Hanna Weller

Of Ash and Fire – Rise of the Phoenix

Hanna Weller ist mit Leib und Seele Geschichtenerzählerin. Seitdem ihr ein Stift in die Hand gedrückt wurde und man ihr erklärt hat, dass Buchstaben nicht nur in der Nudelsuppe schwimmen, jongliert sie mit Worten. Dabei lässt sie sich am liebsten von einem Gedanken leiten: »Was wäre wenn ...«.

Sie studierte Digital Media mit dem Schwerpunkt Video an der Hochschule Darmstadt und fand dort auch zu ihrer Leidenschaft des Schreibens zurück. Nach dem Studium verschlug es sie als Konzepterin zu einer Erklärvideo-Firma und später als Texterin in die Werbung. Wenn sie nicht gerade schreibt, steht sie mit einem kleinen Theaterensemble als Laienschauspielerin in ihrer Heimatstadt Gießen auf der Bühne, baut Lego oder ist mit ihrer Hündin und ihrem Partner in der Weltgeschichte unterwegs.

Hanna Weller

Of Ash and Fire
Rise of the Phoenix

Roman

PIPER

Mehr über unsere Autoren und Bücher:
www.piper.de

Wenn Ihnen dieser Roman gefallen hat, schreiben Sie uns unter Nennung des Titels »Of Ash and Fire – Rise of the Phoenix« an empfehlungen@piper.de, und wir empfehlen Ihnen gerne vergleichbare Bücher.

Wir produzieren nachhaltig
www.piper.de

ISBN 978-3-492-50740-0

Redaktion: Stephanie Kempin
Satz auf Grundlage eines CSS-Layouts
von digital publishing competence (München)
mit abavo vlow (Buchloe)
Covergestaltung: Giessel Design
Covermotiv: Shutterstock (coloradore, Elnoe,
Muhammad Umair Karim)
Printed in the EU

Für Dominic. Meinen Pep-Talk-Meister, Fels in der Brandung, ganz persönlichen Phönix.
Und für das Leben, das uns mit seinen Wendungen oft genau an die Orte bringt, an denen wir gerade sein sollen.

PROLOG

Neunzehn Jahre zuvor

Vereinzelte Fackeln flackerten in regelmäßigen Abständen an den dunklen Basaltwänden des kreisrunden Raumes. In der Mitte zeichnete sich eine sorgfältig gezogene, weiße Linie ab, die ein Pentagramm bildete. Ein leises Rauschen ertönte, füllte den ganzen Raum und schwoll zu einem wütenden Fauchen an. Plötzlich loderte eine Stichflamme in der Mitte des Pentagramms auf und wie aus dem Nichts erschienen mehrere Männer in dunklen Umhängen. Der Geruch nach versengtem Stoff und Fleisch erfüllte den Raum. Aufgeregtes Stimmengewirr hallte von den Wänden wider. Sofort wichen alle an den Rand des Raumes zurück, bis auf zwei, die eine Gestalt in scharlachroter Robe stützten. Vorsichtig lösten sie ihren Griff und traten dann ehrfürchtig mehrere Schritte zurück. Die Gestalt, deren Gesicht von einer Kapuze verdeckt wurde, blieb vornübergebeugt stehen, eine Hand auf ihr Herz gepresst. Schließlich richtete sie sich vorsichtig auf und strich ihre Kapuze zurück. Das schmerzverzerrte Gesicht einer Frau kam zum Vorschein, eingerahmt von wildem, feuerrotem Haar. Sie presste die Lippen zusammen und ihr Blick zuckte durch den Raum, bis er sein Ziel fand. Das Stimmengewirr erstarb.

»Rob, komm her.« Das Atmen fiel ihr offensichtlich schwer.

Dem Angesprochenen fegte wie von Geisterhand die Kapuze vom Kopf. Er erstarrte erschrocken. Es war ein junger

Mann, nicht älter als zwanzig. Seine Augen waren weit aufgerissen und man konnte sehen, dass er unter dem Umhang hektisch atmete. Die Frau richtete sich nun zu ihrer vollen Größe auf und ließ die Hand sinken. Auf ihrer Robe wurde ein blutiger Riss sichtbar. Direkt über dem Herzen.

»Ich sagte: Komm her.« Ihre Finger zuckten kurz, die Stimme war nur ein abgehacktes Keuchen.

Rob wurde wie von Geisterhand nach vorne geschoben. Er ruderte mit den Armen und versuchte sich dagegen zu wehren. Aber es half nichts. Angst zeichnete sich auf seinem Gesicht ab. Direkt vor der Frau kam er zum Stillstand.

Sie schwankte leicht. »Gib mir deine Hand.« Die Frau streckte ihre langen, feingliedrigen Finger aus. Blut tropfte an ihnen herab auf den Boden des Pentagramms.

»B-bitte. Ich tue alles, was Ihr verlangt, Herrin. Aber bitte nicht …«

»Deine Hand, Rob«, schnitt die Frau ihm mit gepresster Stimme das Wort ab. »Du weißt, es geht nur, wenn du es freiwillig machst.«

Robs Adamsapfel hüpfte auf und ab, als er krampfhaft schluckte. Er sah sich zu seinen Kameraden um. Niemand rührte sich. Ein leises Wimmern entrang sich seiner Kehle, bevor er seinen Ärmel ein Stück nach oben schob und zitternd seine Hand ausstreckte. Er trug ein feines, silbernes Armband. Sofort schlossen sich ihre Finger um sein Handgelenk. Sie sah ihm in die Augen. Seine Pupillen waren vor Angst bis zum Anschlag geweitet. In ihren tobte mit einem Mal ein Feuer. Rob unterdrückte einen Schmerzensschrei und versuchte ihr panisch den Arm wieder zu entziehen, aber sie hielt ihn fest. Eine feine Rauchfahne begann sich nach oben zu schlängen, dort, wo ihre Hand seine nackte Haut berührte. Eine kleine züngelnde Flamme folgte ihr. Dann öffnete Rob den Mund zu einem Schrei.

Ein Rascheln erfüllte den Raum, als sich die anderen nervös bewegten. Vor ihren Augen ging ihr junger Kamerad in

Flammen auf und verwandelte sich in einen Menschen aus Asche.

Die Frau atmete genüsslich ein, löste ihre Hand von dem, was einmal ein Arm gewesen war, und sofort fiel alles zu einem kleinen Häufchen zusammen. Sie machte einen Schritt nach vorne und breitete lächelnd die Arme aus.

»Danken wir Rob, dass er sich so mutig für den Orden und das große Ziel geopfert hat.«

Die Köpfe senkten sich. Ein Gemurmel ging durch den Raum. Die Frau legte den Kopf in den Nacken und schloss die Augen. Als sie sie wieder öffnete, glühte ihr Blick. Sie rieb ihre Fingerspitzen aneinander und eine kleine Flamme loderte über ihnen auf.

»Schon besser. Bald werden wir diese Bastarde ein für alle Mal los sein. Es dauert nicht mehr lange, meine Brüder, bis wir …«

Sie hielt mitten im Satz inne. Die Flamme verschwand, ihre Hand fuhr an ihr Herz und ihre Zufriedenheit verwandelte sich in Überraschung, als sie plötzlich keuchend zu Boden ging.

»Was …?«

Ein Blutstropfen löste sich aus ihrem Augenwinkel und rann ohne Eile ihr Gesicht herab. Sie fing ihn mit der Fingerspitze auf und starrte verwundert darauf. Dann schrie sie auf und presste sich eine Hand an den Kopf, eine andere krallte sich in ihre Brust. »Nein!«

Einer der Robenträger strich erschrocken seine Kapuze zurück, eilte auf sie zu und fiel vor ihr auf die Knie. »Herrin! Was ist mit Euch?«

»Das kann nicht sein. Das darf nicht sein! Nicht so kurz vor dem Ziel!«

»Cassandra, bitte! Was habt Ihr?«

Die Frau sah auf. Ihre eben noch lodernden Augen waren nun blutrot. Der junge Mann zuckte zurück.

»Robs Energie hat nicht gereicht. Es muss einen neuen geben.«

»Einen neuen? Was meint Ihr?«

»Einen neuen Verbündeten, du Dummkopf! Das war eine Falle! Sie wussten es und haben ihre Chance genutzt.« Zischend zog sie die Luft ein.

»Aber ... aber was bedeutet das?«

Cassandra stützte sich mit beiden Händen am Boden ab, versuchte sich hochzustemmen, schaffte es aber nicht. »Nur wenn ein neuer Verbündeter geboren wird, kann der alte getötet werden. Irgendwo muss er in diesen Minuten zur Welt kommen. Deshalb sind sie uns nicht gefolgt. Sie wussten es. Sie wussten, dass meine Verwundung dieses Mal ausreichen würde.«

Sie sah zu ihm auf. »Findet ihn, Henry. Bevor sie es tun! Ihr müsst diesen Verbündeten für den Orden finden. Sonst sind all unsere Pläne zunichte.«

»Aber Herrin ...«

»Findet ihn!« Dann ging sie mit einem lang gezogenen Schrei in Flammen auf.

KAPITEL 1

Gegenwart

Ava war im Wohnzimmer ihres Elternhauses. Rauch kitzelte ihr in der Nase. Sie sah die dunkle Couch mit den Kissen in Blümchenform, die einer massiven Wohnwand gegenüberstand, in deren Mitte ein Röhrenfernseher thronte. Den Esstisch unter einem Fenster. Alles an dieser Szene kam ihr so bekannt vor. Aber etwas war falsch, ganz gewaltig falsch. Sie wandte den Kopf und sah es. Das Feuer. Es züngelte bereits an den Gardinen und leckte jetzt auch über den Couchtisch. Rauch waberte durch den Raum und brannte ihr in den Augen. Sie blinzelte, um wieder klar sehen zu können, und starrte auf eine Gestalt. Ihr Vater lag nicht weit von ihr entfernt, seine Arme wiesen schreckliche Brandmale auf. Als hätte er sich direkt in die Flammen gestürzt. Noch während sie hinschaute, begann er sich in Asche zu verwandeln.

»Papa!«, rief Ava und wollte zu ihm laufen, aber sie konnte sich nicht bewegen. Panisch versuchte sie, ihre Beine davon zu überzeugen, ihr zu gehorchen, als ihr klar wurde, dass sie gar nicht stand – sondern schwebte. Sie trat um sich, versuchte Kontakt zum Boden zu bekommen, aber es passierte nichts. Sie schaute nach unten und blickte in das Gesicht ihrer Mutter. Sie war direkt neben Ava zu Boden gegangen. Ihre grünen Augen starrten sie blicklos an. Ihr Mund war wie vor Überraschung leicht geöffnet und ihre roten Haare begannen sich von der Hitze zu kräuseln.

Erst jetzt registrierte Ava das leise Flehen einer weiblichen Stimme, das wie eine Erinnerung körperlos durch den brennenden Raum schwebte und sich immer und immer wiederholte: »Bitte, bitte nicht … Bitte. Bitte nicht sie …«

»Mama?«, flüsterte Ava, bevor eine Stichflamme direkt vor Avas Augen emporschoss und ihr die Sicht auf ihre Mutter nahm …

Schweißgebadet fuhr Ava von ihrem Schreibtischstuhl hoch und stieß dabei fast ihren Energydrink um. Sie konnte die Dose gerade noch abfangen, bevor sie ihren klebrigen Inhalt auf die Tastatur ihres Computers ergoss. So erwischte das Getränk nur ihre Finger.

»Shit!«, fluchte Ava und sah sich vergeblich nach einem Taschentuch um. Kurzerhand stellte sie die Dose auf der Ausgabe ihrer Abiturzeitschrift ab und wischte sich die Hände an ihrer Hose trocken. Ein kurzer Blick auf die Uhr verriet ihr, dass es fünf Uhr dreißig war. Noch immer meinte Ava den Rauch zu riechen und das Knistern der Flammen zu hören. Genervt strich sie sich ihre roten, zerzausten Locken zurück und massierte sich die Schläfen, um die Eindrücke des Albtraums loszuwerden. Seit einem Jahr plagte er sie jetzt schon. So langsam ging es an ihre Substanz.

»Die Marke kommt auf meine Abschussliste«, murmelte sie mit Blick auf die Dose, bevor sie die Maus anstupste, um den Computer aus seinem Ruhemodus zu holen. Sie war mitten in einer Quest des neuesten Online-Rollenspiels *Legend of a Hero* eingeschlafen, während sie auf ihren Mitspieler gewartet hatte. Ihre Waldläuferin Athena stand festgenagelt auf einem belebten Marktplatz und beobachtete gezwungenermaßen das Treiben. Im Hintergrund stellte sich ein NPC wiederholt die Frage, ob der böse Zauberer wohl bald wieder die Stadt heimsuchen würde und was dann aus seinem Geschäft werden sollte. Ihr Mitspieler, SirSimontheGreat, hatte ihr schon mehrere Privatnachrichten geschickt.

Athena: *Sorry, bin eingepennt. Du warst wohl zu lange weg. :/*
SirSimontheGreat: *Hab's gemerkt. Wenigstens gut geschlafen?*
Athena: *Wie man's nimmt. Hab wohl durch die Mission mit dem Feuerteufel meinen Kopf angeregt.*
SirSimontheGreat: *Wieso? Heiße Träume gehabt? :D*
Athena: *Das klingt … echt falsch. :D Egal, bin jetzt wach und muss eh gleich raus. Neue Mission heute Abend?*
SirSimontheGreat: *Klar! Selbe Uhrzeit? Immerhin wartet der dunkle Zauberer noch darauf, dass wir ihm kräftig in den Arsch treten.*
Athena: *So was von!*
SirSimontheGreat: **Daumen hoch**
SirSimontheGreat: *Arbeitest du eigentlich immer noch bei diesem Antiquitätengeschäft? Hab hier vielleicht was für dich.*

SirSimontheGreat hat ein Foto geschickt.

SirSimontheGreat: *Da scheint jemand seine Sammlerstücke loswerden zu wollen und hat nach einem passenden Laden gefragt. Du bist doch in Frankfurt, oder?*
Athena: *Ja, danke! Schau ich mir an! Bis später.*

Du bist jetzt offline.

Ava betrachtete mit brennenden Augen das Foto. Es war der Ausschnitt eines Postings. Ihr Mitspieler wusste, dass Ava sich mit einem Nebenjob in einem Antiquitätengeschäft die Zeit vertrieb und hielt dementsprechend immer fleißig die Augen für sie offen. Diesmal hatte er einen User aufgetrieben, der in einem Kunstforum nachfragte, ob ihm jemand einen Antiquitäten-Handel in Frankfurt empfehlen könne.

Er wolle seine Sammlung verkleinern und suche nach jemandem, der ihm dabei helfen konnte, den Wert zu schätzen und ein neues Zuhause für die Stücke zu finden. Unterschrieben mit H. McLean und seiner Telefonnummer.

Könnte was sein. Aber erst mal Kaffee. Sie schickte sich das Bild auf ihr Smartphone und streckte sich. Eigentlich hatte sie sich ein ziemlich gutes Schlaf-Vermeidungsprogramm zugelegt, wie sie es gerne nannte. Es bestand aus Kaffee, regelmäßigen Sieben-Minuten-Work-outs, um den Kreislauf immer wieder anzukurbeln und der Suche nach allen möglichen Quests in verschiedensten Online-Rollenspielen. Komplett ohne Schlaf kam sie natürlich nicht aus, aber so verminderte sie die Zeit, in der dieser Albtraum sie heimsuchen konnte.

»Das kommt davon, wenn man sich nicht an seinen Plan hält. Nie wieder Experimente mit Energydrinks.«

Sie verzog den Mund, rieb sich die Augen und stand schließlich seufzend auf. Ihre Muskeln protestierten, nachdem sie längere Zeit in eine so unbequeme Haltung gezwungen worden waren. Ava schnappte sich ihren Kimono, den sie vorher achtlos auf ihr Bett geworfen hatte, und ging vorsichtig über die knarzenden Dielen der Altbauwohnung in die Küche.

Dort begrüßte sie an ihrem Platz ein aufgefächerter Stapel Broschüren von diversen Unis. Ava zog ärgerlich die Brauen zusammen, schob die Blätter auf dem kleinen Tisch auf einen Haufen und schmiss sie in den Papiermüll. Netter Versuch.

Während die Kaffeemaschine lief, lehnte sie sich gegen die Anrichte in der Küche und schaute zum Fenster hinaus. Der zarte rosa Morgenhimmel blitzte schon hinter den letzten dunklen Wolken hervor. Es versprach ein schöner Tag zu werden. Durch das gekippte Fenster drang der typische Großstadtlärm zu ihr herauf. Das Rauschen der Autos, vereinzeltes Hupen und das Bimmeln der Straßenbahn. Ava stellte sich direkt ans Fenster und nahm die Kulisse in sich auf. Im Morgenlicht hatte diese sonst so kühle Stadt etwas Wunderschönes. Die Wohnung lag im vierten Stock, deshalb konnte sie bei gutem Wetter sogar einen Blick auf die Frankfurter Skyline erhaschen. Gerade als die Kaffeemaschine gluckerte, hörte Ava die Dielen hinter sich knacken. Als sie sich umdrehte, stand ihre Tante in der Tür. Sie blinzelte Ava verschlafen an und zupfte ihren Schlafanzug zurecht.

»Du bist schon wach? Konntest du wieder nicht schlafen?« Sie schnupperte nach dem frisch gebrühten Kaffee.

Ava lächelte unverfänglich. Es lag mehr am Wollen als am Können, aber das sagte sie nicht. Statt einer Antwort holte sie zwei Tassen aus dem Schrank und goss das dampfende Gebräu ein. Mit einem dankbaren Lächeln nahm Diana die Tasse entgegen und setzte sich an den Tisch. Ihr Blick fiel auf den Papiermüll. Ihre Nasenflügel zuckten. Mehr ließ sie sich nicht anmerken.

Ava ließ sich ihr gegenüber auf den Stuhl fallen.

»Und du? Wieso bist du schon so früh wach?«

»Präsentation. Ich wollte etwas früher im Büro sein, um noch mal in Ruhe alles durchsehen zu können. Das machen verantwortungsbewusste Menschen so, weißt du.«

Ava ignorierte die Spitze und nahm einen Schluck aus ihrer eigenen Tasse. Sofort spürte sie, wie ihr das heiße Getränk neues Leben einhauchte. Sie betrachtete ihre Tante, die nachdenklich die Lippen geschürzt hatte. Ihre rotblonden Haare standen noch wirr in alle Richtungen und ihre müden Augen zeugten von einer Nachtschicht.

»Hm. Klingt nicht so, als würde es Spaß machen.«

»Es kann nicht immer nur Spaß machen, Ava. So ist das Leben nun mal. Einen Plan zu haben ist eindeutig besser, als sich die Nächte mit dämlichen Spielen um die Ohren zu schlagen.«

»Die sind nicht dämlich. Da gibt's interessante Geschichten.«

Diana öffnete den Mund und wollte etwas erwidern. Dann schüttelte sie müde den Kopf und nahm einen weiteren Schluck von ihrem Kaffee. Sie tranken eine Weile schweigend aus ihren Tassen, doch Ava entging nicht, dass Diana noch mehrmals überlegte, etwas zu sagen. Bevor sie sich dazu entscheiden konnte, war Ava bei ihrem letzten Schluck Kaffee angekommen.

»Ich mach mich fertig und gehe zu Mrs Meyers ins Geschäft.«

»Jetzt? Der Laden hat doch noch gar nicht offen.« Eine kurze Pause. Dann schob sie doch hinterher: »Wieso nutzt du nicht lieber die Zeit und schaust dir die Unis an, die ich rausgesucht habe? Die haben wirklich interessante Studiengänge.«

»Ja, vielleicht später«, sagte Ava unbestimmt.

Diana seufzte.

»Und meinst du nicht, du solltest dir wenigstens langsam mal jemanden suchen, mit dem du über deine ... deine Schlafprobleme sprichst? Ich meine, du könntest auch mit mir darüber ...«

»Diana. Es ist alles gut, okay? Ich brauche eben nicht so viel Schlaf.«

»Oder wenigstens mit einer Freundin? Was ist denn mit dieser einen aus deiner Schule?«

Ava schnaubte. »Welche? Ich kann mich an keine erinnern.«

»Ich dachte, weil du ein paarmal etwas mit ihr unternommen hattest ...«

»Das war keine Freundin, aber ist okay. Ich bin es ja gewohnt. Aber das sollte dich ja nicht wundern.«

»Ava, ich ...«

Ava stellte die Kaffeetasse neben der Spüle ab und schob sich an Diana vorbei.

»Wir sehen uns später. Viel Erfolg bei deiner Präsentation.«

Auf dem Weg ins Badezimmer konnte Ava noch hören, wie ihre Tante den Satz seufzend beendete:

»Ich wollte doch immer nur dein Bestes.«

KAPITEL 2

Das Antiquitätengeschäft lag nur einen kurzen Spaziergang von der Wohnung ihrer Tante entfernt. Wie Diana vorausgesagt hatte, war die Ladentür noch verschlossen, als Ava dort ankam. Das Schild über dem Laden schwang sacht hin und her und die Sonne funkelte auf den goldenen Buchstaben.

Ava betrachtete das Lichtspiel und ließ ihren Blick dann über den kleinen Platz wandern, an dem sich das Geschäft befand. Mit dem Kopfsteinpflaster, den urigen Häuschen und den anderen Sträßchen, die auf den Platz trafen, konnte man fast glauben, in einem kleinen Dorf zu stehen. Es war ruhig, kein Mensch unterwegs und Autos fuhren hier nur selten lang. Ava konnte das Rauschen des Verkehrs auf der nicht weit entfernten Dreieichstraße und dem Deutschherrnufer hören.

Sie kramte ihren Schlüssel heraus und schloss die alte Holztür auf. Eine Glocke klingelte leise, als sie eintrat. Der Geruch von alten Büchern, Staub und Geschichte empfing sie. Ava atmete ihn tief ein und seufzte zufrieden. Es gab keinen Ort in dieser hektischen Stadt, an dem sie sich wohler fühlte.

Sie verriegelte die Tür wieder hinter sich und war sofort von der Ruhe umgeben. Mit bedächtigen Schritten ging sie durch den Ausstellungsraum. Der alte Holzboden knarrte leise unter ihren Füßen. Eine Biedermeier-Kommode und ein Esstisch mit passenden antiken Stühlen zierten den Mittelteil des Raumes, ein alter Aussteuerschrank stand links von ihnen an der halbhoch mit Holz vertäfelten Wand. An den anderen Wänden hingen Gemälde und in mehreren Vitrinen waren, verteilt über den ganzen Laden, Teeservices, Schmuckstücke und alte Bücher ausgestellt. Im hinteren Teil wand sich eine schmale Wendeltreppe zu einer Empore mit fein gearbeitetem Holzgeländer, weiteren Ausstellungsstücken sowie einem kleinen abgesperrten Bereich hinauf, den Ava noch nie hatte betreten dürfen. Sie strich gedankenverloren über die polierte Oberfläche des Tisches, bevor sie ihre Tasche hinter der hölzernen Theke ablegte, die sich unter der Empore befand. Mrs Meyers hatte ihr einen Stapel Zeitungsannoncen hingelegt, mit der Bitte, sie durchzusehen. Ava jobbte seit knapp zwei Jahren bei ihr im Laden und nun, nach ihrem Abi, musste sie sich langsam klar darüber werden, was sie mit ihrem Leben anfangen wollte. Bis jetzt war ihr noch kein Geistesblitz gekommen. Wenn sie ehrlich war, kam dieser Zeitdruck auch eher von Diana. Sie selbst hätte kein Problem damit, noch ein paar Jahre hier zu arbeiten. Vielleicht auch ein wenig zu reisen. Zu studieren fühlte sich so erwachsen an. So endgültig. Sobald sie auch nur darüber nachdachte, spürte sie, wie sich ihr Magen verkrampfte. Dann lieber erst mal weiter hier in Frankfurt nach Flohmarkt-Schätzen suchen.

Da sie keine Ausbildung besaß und erst seit einem Jahr volljährig war, hatte Mrs Meyers die ursprüngliche Regelung beibehalten: Sie selbst kümmerte sich um die Kunden, die zu ihnen ins Geschäft kamen, Ava ging auf Flohmärkte, Haushalts- oder Kunstsammlungsauflösungen und schaute, ob sie etwas Wertvolles fand. Sie hatte in dieser Hinsicht inzwischen einiges gelernt und obendrein eine Gabe dafür, wie Mrs Meyers es immer nannte.

Ava hatte die etwas schrullige Mittsechzigerin von Anfang an in ihr Herz geschlossen. Mit ihrem britischen Akzent, den grauen, immer sehr kunstvoll drapierten Haaren samt obligatorischem Hut und der filigranen Brille konnte man meinen, sie stamme selbst aus einem alten Adelsgeschlecht. Was sie nicht tat. Mrs Meyers hatte Ava einmal anvertraut, dass ihr Vater LKW-Fahrer und ihre Mutter einfache Bäckerei-Verkäuferin gewesen war. Aber sie hatte sich davon nicht aufhalten lassen und gerade deshalb immer dafür gesorgt, dass sie mit Stil auftrat. Das schaffte sie definitiv.

Ava holte sich einen frischen Kaffee aus der kleinen Küche im hinteren Teil des Ladens und machte sich an die Arbeit. Die meisten Annoncen kündigten kleinere Wohnungsauflösungen oder private Hofflohmärkte an, also wahrscheinlich nicht der Mühe wert. Am Anfang war Ava zu jeder Auflösung geeilt, im festen Glauben, dass sie dort unentdeckte Schätze finden würde. Mrs Meyers hatte sie machen lassen, aber irgendwann hatte Ava verstanden, dass nicht auf jedem Dachboden der große Fang wartete.

Sie lehnte sich auf ihrem Stuhl zurück, streckte ihre Füße entspannt auf einer Ablage unter der Theke aus und ging Seite für Seite durch. Die vielversprechendsten Anzeigen markierte sie rot und notierte sich Orte und Zeiten auf einem Post-it. Ihre Gedanken wanderten zurück zu der Kunstsammlung. Sie suchte das Bild auf ihrem Smartphone heraus und schrieb sich die Telefonnummer ebenfalls auf den Zettel. Zu angemessener Uhrzeit würde sie dort mal anrufen. Für ihre Notizen nutzte sie einen eleganten Füller, den sie selbst auf einem kleinen Flohmarkt erstanden hatte. Das leise Kratzen der Spitze auf dem Zettel gab ihr das Gefühl, in einer anderen Zeit zu leben. Ein Lächeln stahl sich auf ihr Gesicht, als sie sich vorstellte, wie sie mit diesem Füller vor hundert Jahren wohl einen Brief an ihren Verehrer geschrieben oder eine höfliche Korrespondenz mit einem Brieffreund geführt hätte. Sie legte den Kopf in den Nacken und malte sich aus, wie ihr Leben damals wohl ausgesehen hätte. Ein Bild flackerte vor ihrem inneren Auge auf. Ein herrschaftliches Haus, umgeben von einem großen Garten. Eine Zufahrt aus weißem Kies. Sie schritt energisch auf die große Tür zu, vorbei an einem alten Automobil der Zwanzigerjahre. Ihre Finger prickelten, als sie die Hand ausstreckte und den Türklopfer berührte. Er sah aus wie eine dämonische Fratze, die dem Besucher frech die Zunge herausstreckte. Darauf war ein Pentagramm eingeschnitzt, welches sie mit ihren tiefrot lackierten Nägeln nachzog, bevor sie klopfte. Ein seltsames Gefühl der Vorfreude wallte in ihr auf.

Das leise Klingeln der Türglocke holte Ava aus ihrem Traum. Etwas verwirrt schüttelte sie den Kopf. Ihr mussten die Augen zugefallen sein.

Sie hob den Blick und sah Mrs Meyers, die gerade den Laden betrat.

»Na sieh an. Ich hätte es mir denken können. Was machst du denn schon wieder so früh hier?«

Mrs Meyers stellte ihre Tasche neben der Theke ab. Sie hob eine Augenbraue, als sie die hochgelegten Füße bemerkte, und Ava bemühte sich hastig in eine andere Position zu kommen.

»Konnte nicht schlafen. Deshalb dachte ich, ich schaue schon mal vorbei und sehe, was heute so ansteht.« Ava lächelte sie an.

»Ich muss zugeben, Darling, ich wäre fast enttäuscht, wenn ich dich nicht mindestens an drei Tagen in der Woche um diese Uhrzeit hier antreffen würde.« Mrs Meyers musterte sie besorgt und strich sich ihr fliederfarbenes Kostüm glatt. »Wieder der Albtraum?«

Ava senkte den Blick auf ihren Post-it-Zettel und nickte nur. Im Gegensatz zu ihrer Tante hatte sie Mrs Meyers von ihrem Versuch, dem Schlaf zu entkommen, erzählt. Und von dem Grund. Aus heiterem Himmel hatte sich der immer gleiche Albtraum vor knapp einem Jahr eingestellt. Jedes Mal, wenn sie sich zum Schlafen hinlegte, träumte sie von der Nacht, in der ihre Eltern gestorben waren. Das Einzige, was Ava wusste, war, dass ihre Eltern bei einem Feuer umgekommen waren und nur sie aus den Flammen gerettet werden konnte. Wie durch ein Wunder mit nur einem kleinen Brandmal direkt über ihrem Herzen. Unbewusst strich Ava jetzt mit den Fingern über diese Stelle. Sie hatte keine Ahnung, ob es eine echte Erinnerung war oder nur ihre Fantasie, die versuchte, diese Nacht nachzustellen. So oder so fühlte es sich real an. Zu real. Deshalb hatte sie beschlossen, Schlaf, so gut es eben ging, zu vermeiden.

»Und du willst sicher nicht mit deiner Tante darüber sprechen? Vielleicht könnte sie dir helfen?«

Ava sah kurz auf und schnell wieder weg. Sie konnte den mitfühlenden Blick nicht ertragen.

»Diana hat gerade sowieso nur Interesse daran, mich so schnell wie möglich in eine Uni zu stecken. Ich schaff das auch gut ohne sie.«

Mrs Meyers sah sie tadelnd an.

Ava zuckte mit den Achseln und wechselte das Thema. »Hey, ich habe vorhin eine interessante Anzeige gesehen. Da scheint jemand seine Sammlerstücke verkaufen zu wollen. Vielleicht wäre das was für uns? Wenn es für Sie passt, würde ich da später mal anrufen und um ein Treffen bitten.«

Gerade als Mrs Meyers antworten wollte, ertönte die Klingel aus dem Lager hinter dem Laden.

»Klingt gut. Aber schau bitte vorher nach Dylan und den neuen Lieferungen, bevor du dich auf Entdeckungstour machst. Und gib ihm das Paket mit, das wir noch versenden müssen. Es steht oben.« Mit einer gespielt unwirschen Geste scheuchte Mrs Meyers Ava von ihrem Platz auf.

Sie lachte und machte ihrer Chefin mit einer galanten Verbeugung Platz. »Viel wird es nicht zu entdecken geben. Nächste Woche gibt es wieder einen Nachtflohmarkt, der ganz interessant klingt. Ansonsten noch eine Wohnungsauflösung. Mal sehen, was sich da versteckt.« Damit stieg Ava die Wendeltreppe hoch.

Auch dieser Bereich des Ladens war halbhoch mit Holz vertäfelt. Von hier oben hatte man einen schönen Blick auf den gesamten Ausstellungsraum. Neben dem mit einem alten Gitter versperrten Abteil befanden sich hier oben lediglich drei gläserne Ausstellungskästen. In ihnen drapierte Mrs Meyers im Wechsel besondere Schätze. Aktuell waren die Kästen mit Schmuckstücken belegt. Avas Blick huschte wie immer zum abgeschlossenen Abteil hinüber. Als sie Mrs Meyers einmal gefragt hatte, was sie da für Gegenstände hinter Schloss und Riegel verwahrte, hatte sie nur ein »Das sind Liebhaberstücke« als Antwort erhalten. Was sie nicht sonderlich schlauer machte. Waren denn nicht alle Stücke in einem Antiquitätengeschäft Liebhaberstücke? Wie jedes Mal, wenn Ava hier oben war, trat sie dicht an die Gitterstäbe heran und versuchte, einen Blick auf die Gegenstände in den länglichen Regalen zu erhaschen, aber sie waren alle fein säuberlich mit Tüchern verhängt. Sie spürte ein Kribbeln. Wie gerne würde sie mal einen Blick darunter werfen. Aber bis jetzt hatte sie Mrs Meyers noch nicht davon überzeugen können, ihr Zutritt zu gewähren. Hin und wieder tauchten Kunden auf, mit denen sie sich in eine Ecke des Ladens verzog und tuschelte. Nach den Gesprächen übergaben sie Mrs Meyers oft eingepackte Gegenstände und sie verschwand damit im Abteil. Ava hätte jedoch nicht sagen können, ob auch nur einer dieser Gegenstände den Laden jemals wieder verließ.

»Irgendwann schaffe ich es zu euch rein. Und dann verratet ihr mir, was es mit euch auf sich hat.«

Ava löste sich von der Tür und holte das Paket, das auf einem kleinen Schreibtisch in der rechten Ecke stand.

Sie stieg die Treppe wieder hinunter und ging durch eine unscheinbare Tür hinter der Theke ins Lager, eine kleine Halle, die sich hinter dem Verkaufsraum versteckte. In geordnetem Chaos standen hier weitere Möbelstücke, eingepackte Gemälde und sogar eine alte Kutsche. Das Ende dieses Lagers dominierte eine große hölzerne Flügeltür mit Milchglasscheiben. Ava öffnete sie und betrat den Innenhof des Gebäudes. Ein Lieferwagen wartete schon davor. Der Fahrer, Dylan, lehnte lässig am Wagen und sah in den frühen Morgenhimmel auf. Seine dunklen Haare waren locker nach hinten gegelt.

Als er sie sah, stieß er sich vom Wagen ab. »Morgen, Ava. Alles gut?«

»Morgen, Dylan. So weit, und bei dir? Was bringst du uns heute Schönes?« Ava trat zu ihm in die Sonne und drückte ihm ihr Paket in die Hand.

Er kletterte ins Innere des Transporters und holte seinerseits ein Päckchen hervor. Bevor Ava danach greifen konnte, zog er es weg.

»Was wäre das wohl wert, wenn ich es auf eBay verkaufen würde?«

»Keine Ahnung, dafür müsste ich wissen, was es ist. Und wenn ich es wüsste, würde ich es dir erst sagen, wenn du es schon für viel zu wenig online verramscht hast. Damit ich mich über dein Gesicht freuen kann, wenn ich dir sage, wie viel es wirklich hätte einbringen können.« Ava lächelte ihn zuckersüß an und streckte wartend die Hand aus.

Dylan zögerte einen Moment, dann lachte er. Es klang kehlig und ein wenig heiser. »Du bist der schadenfrohste Mensch, den ich kenne.«

»Dann hat man mehr zu lachen. Danke.« Sie nahm ihm das Päckchen schwungvoll aus der Hand und wollte sich gerade abwenden, als Dylan sie aufhielt.

»Hey, warte mal. Ich hatte überlegt, … also … ich wollte …«

Damit unterbrach er ihre übliche Routine. Geplänkel, Austausch der Ware und zurück an die Arbeit. Avas Magen rutschte eine Etage tiefer. Sie wusste nicht, wie sie auf solche Gesprächsabweichungen reagieren sollte und versuchte, es zu kaschieren, indem sie den Kopf zur Seite neigte und fragte: »Geht's dir gut?«

Dylan griff sich verlegen in den braun gebrannten Nacken. »Ja! Mann, ich wollte dich nur fragen, ob du ...«, er gab sich einen Ruck, »ob du Bock hättest, heute Abend mal mit feiern zu kommen. Mit ein paar Freunden, meine ich.«

Ava spürte, wie sich ihr Herzschlag beschleunigte. »Heute Abend?« Sie tat, als müsste sie überlegen und hoffte, dass er das leichte Zittern in ihrer Stimme nicht gehört hatte. Bis jetzt war ihr Plan nicht anders als sonst gewesen. Kaffee kochen, Jogginghose an, spannende Quests suchen und gemeinsam mit SirSimontheGreat gegen Trolle, Drachen oder böse Magier kämpfen, um den Verstand wach zu halten. Nicht, dass sie ein großer Fantasy-Nerd war. Aber die Abenteuer reizten sie irgendwie und es half, sie vom Schlafen abzulenken. Na ja, zumindest bis zur letzten Nacht. Ob sie jetzt also vor dem Rechner saß oder im Club war ... wach war wach. Und ihr Mitspieler fand immer jemanden zum Spielen.

»Äh, ja klar. Wieso nicht. Ausgerechnet heute habe ich tatsächlich noch nichts vor. Du Glückspilz.« Sie zwinkerte ihm zu und machte eine Pistolengeste dazu, ließ die Hand aber schnell wieder sinken. Oh Gott, was sollte das denn bitte?!

»Ja, okay. Cool! Dann bis heute Abend!« Dylan schien von dieser dämlichen Geste nicht abgeschreckt worden zu sein.

»Jap, bis heute Abend!« Sie wollte gerade zurück ins Lager verschwinden, als ihr etwas auffiel. »Ähm, halt, warte mal!«

Dylan war schon wieder dabei, in seinen Lieferwagen zu steigen. Er kam noch mal um die Motorhaube herum. »Ja?«

»Wo eigentlich? Und wann?«, fragte Ava.

»Oh, klar!« Er lachte auf. »Das wäre gut zu wissen, nicht? Kennst du den *Cradle Club*?«

Ava schüttelte den Kopf.

»Okay, pass auf. Ich hol dich um neun an der Hauptwache ab, ja? Von da ist es nicht mehr weit.«

»Um neun an der Hauptwache, alles klar.« Ava nickte und konnte sich gerade noch davon abhalten, ein Aye-Aye-Zeichen zu machen. »Dann bis heute Abend.«

»Bis heute Abend.«

Dylan lächelte sie begeistert an. Sie lächelte zurück und sah zu, dass sie wieder ins Lager kam. Das Päckchen hatte sie so fest umklammert, dass ihre Hand schon zu schmerzen begann. Als sie von der Helligkeit in das Dämmerlicht des Lagers trat, brauchten ihre Augen einen Moment, um sich an die neuen Lichtverhältnisse zu gewöhnen.

»Hat der junge Gentleman dich etwa endlich nach einem Treffen gefragt?«

Ava fuhr zusammen. »Guter Gott, Mrs Meyers! Wie lange stehen Sie schon da?«

Mrs Meyers kam neben der Tür hervor. »Oh, eigentlich wollte ich nur eine Kleinigkeit aus dem Lager holen, aber dann konnte ich nicht anders, als euch zuzuhören. Junge Liebe ist ja immer so unbeholfen. Herrlich, es mit anzusehen.« Sie kicherte.

»Wir sind nicht … Lauschen ist nicht sehr ladylike!« Ava wusste nicht, ob sie empört oder belustigt sein sollte. Die alte Dame schien sich diebisch zu freuen.

»Auch eine Lady braucht ihren Zeitvertreib, Darling. Sieh zu, dass du dich heute Abend anständig anziehst, ja? Aber nicht zu freizügig! Der junge Mann soll einen ordentlichen Eindruck von dir bekommen. Und jetzt bring das Päckchen in den Verkaufsraum. Es müsste eine Büchersendung sein, die ich begutachten will, bevor ich sie in den Verkauf nehme.«

»Sind Sie jetzt meine Anstandsdame?«, murrte Ava und machte, dass sie aus dem Lager kam.

KAPITEL 3

Gegen zwölf Uhr am Mittag erreichte Ava die Adresse des Kunstsammlers McLean im Nordend. Von ihren Funden schien ihr diese am vielversprechendsten zu sein. Deshalb hatte sie sich nach einem kurzen Telefonat mit dem Besitzer direkt auf den Weg gemacht. Nun blieb Ava einen Moment vor der mächtigen Steinmauer und dem vielleicht zwei Meter hohen Tor stehen. Wenn sie zurücktrat, konnte sie gerade so den Giebel des Hauses sehen. Bei diesem Anwesen war es geradezu sicher, dass sie etwas Gutes fand. Umso seltsamer, dass er in ein Internetforum schrieb. Zaghaft drückte sie auf den Klingelknopf, der neben dem Tor angebracht war. Sollte ihr hier irgendetwas komisch vorkommen, würde sie sich direkt wieder aus dem Staub machen.

Die Sprechanlage knackte. »Ja bitte?«

»Äh, hi. Herr McLean? Hier ist Ava Holler. Von Meyers Antiquitäten-Handel. Wir hatten vorhin miteinander telefoniert. Wegen der Sammlung?«

Sie wollte es nicht, aber am Ende des Satzes ging ihre Stimme nach oben.

Toll, nicht sehr professionell.

»Ja, natürlich! Kommen Sie herein.«

Ein erneutes Knacken, dann verstummte die Sprechanlage. Ava sah gespannt auf das Tor und keine Sekunde später glitt es fast lautlos zur Seite. Sie trat ein und blieb überwältigt stehen. Alte Olivenbäume säumten den weißen Kiesweg, der die Auffahrt hinaufführte. Akkurat gestutzter Rasen mit bunten Blumenbeeten umgaben ein beeindruckendes Gebäude aus der Gründerzeit. Das mächtige Eingangsportal zog ihren Blick magisch an. Langsam näherte sich Ava dem Anwesen. Es kam ihr seltsam bekannt vor. Als sie vor der Tür stand, suchte sie vergeblich nach einer Türklingel. Langsam streckte sie die Hand aus, um den antik aussehenden Türklopfer zu bedienen, als sie bemerkte, was für eine Form er hatte. Als hätte er ihr einen elektrischen Schlag verpasst, zuckte sie zurück. Der Klopfer war eine Fratze, die die Zunge herausstreckte. Wie in meinem Traum.

Sie spürte, wie ihr kalt wurde. Mit zusammengekniffenen Augen schüttelte sie kurz den Kopf. Als sie die Augen wieder öffnete, zwang sie sich, die Zunge der Fratze zu betrachten. Kein Pentagramm. Da hast du es. Reiner Zufall.

Aber so richtig wollte sie sich selbst nicht glauben. Es kostete sie all ihre Überwindung, die Hand auszustrecken und die Zunge zu greifen, um anzuklopfen. Für einen kurzen Augenblick meinte Ava sogar, dass sie sich weich und feucht anfühlte. Ruckartig zog sie die Hand wieder zurück und der Klopfer schlug mit einem lauten Knall gegen die Tür. Nervös trat Ava einen Schritt zurück, den Blick unverwandt auf die Fratze gerichtet. Sie sah aus, als würde sie sie auslachen.

Die Tür öffnete sich schwungvoll und ein Mann um die fünfzig erschien im Türrahmen. Er trug eine graue Anzugshose, kombiniert mit einem Hemd in Altrosa. Der obere Knopf war geöffnet. Zusammen mit seinen schwarzen Haaren, durch die sich silberne Streifen zogen, sah er aus wie frisch aus dem Katalog für erfolgreiche Manager entstiegen.

Ein bisschen wie McDreamy. Oder Dr. Strange, schoss es Ava durch den Kopf.

Für einen Moment starrte er sie überrascht an, doch dann breitete sich ein Lächeln auf seinem Gesicht aus. »Fräulein Holler. Schön, dass Sie kommen konnten. Kommen Sie doch herein. Kommen Sie!« Ein leichter englischer Akzent schwang in seiner Aussprache mit.

Fräulein? In welchem Zeitalter lebt der denn?

Beschwingt trat er beiseite und machte eine einladende Geste. An seinem Ringfinger funkelte ein Siegelring. Sein Lächeln entblößte strahlend weiße, ebenmäßige Zähne.

»Vielen Dank.« Etwas eingeschüchtert trat Ava über die Türschwelle, nicht ohne dem Türklopfer einen letzten unbehaglichen Blick zuzuwerfen.

Das entging ihrem Gastgeber nicht. »Ein Prachtexemplar, nicht wahr? Er stammt noch aus der Erbauungszeit.«

»Beeindruckend. Ich muss allerdings gestehen, ich finde ihn etwas ... unheimlich.« Ava lächelte entschuldigend.

Herr McLean lachte. »Oh, das geht vielen so. Meine Frau bat mich sogar, ihn zu ersetzen. Durch einen Löwen oder besser noch eine normale Klingel. Aber wo besteht denn der Sinn darin, sich solch ein Haus zu kaufen, wenn man es dann doch nur rundherum verändert?«

»Da haben Sie sicher recht. Sie sind also ein Nostalgiker? Wenn Sie noch nicht mal einen Türklopfer verändern wollen, obwohl er eindeutig hässlich ist?«, rutschte es Ava heraus.

Überrascht schaute sie der Mann an.

»Verzeihen Sie! Ich wollte nicht, ... der letzte Teil sollte nicht laut ausgesprochen werden«, entschuldigte sich Ava hastig. Verdammt noch mal, Holler, vermassel das hier nicht sofort!

»Sie sind direkt. Das gefällt mir.«

Das Lächeln lag unverändert auf seinen Lippen, aber seine Augen fixierten sie plötzlich intensiver und Ava bekam das Gefühl, dass er auf etwas wartete.

»Ähm, ja. Tut mir leid. Das passiert mir leider öfter.«

»Kein Problem, Fräulein Holler. Wirklich kein Problem. Es ist erfrischend. Sollen wir uns jetzt zum Grund Ihres Besuches begeben?« Er deutete mit einer Hand tiefer ins Haus hinein, ohne den Blickkontakt zu brechen.

Unbehaglich schob sich Ava ihre Tasche auf die Schulter und schaute in die gewiesene Richtung. Sie stand in einer herrschaftlichen Eingangshalle mit einem Fliesenboden in Schachbrettmuster. Am Ende wand sich eine breite Treppe zu einer Balustrade im Obergeschoss hinauf. Neben der Treppe ging auf jeder Seite eine Tür ab.

»Ja klar.« Sie machte einen weiteren Schritt in die Eingangshalle hinein.

Er schloss bedächtig die Haustür und erst jetzt fiel Ava auf, dass aus diesem großen Haus kein einziges Geräusch gedrungen war, während sie sich unterhalten hatten. Kurz senkte sich eine erdrückende Stille auf sie herab. Ohne auf Ava zu warten, schritt er energisch auf den hinteren Teil des Hauses zu. Seine Anzugsschuhe klackten laut auf dem Boden. Sie musste sich beeilen, um Schritt zu halten.

»Und Ihre Frau ist unterwegs?« Bis jetzt hatte sie weder Angestellte noch mögliche Familienmitglieder gesehen.

Bitte lass ihn kein verrückter Serienkiller sein. Ich habe Mrs Meyers noch nicht mal gesagt, wo der Typ wohnt. Bis mich hier jemand finden würde ...

»Sie ist in Edinburgh geblieben. Das ist nicht mein Hauptwohnsitz, müssen Sie wissen. Ich bin nur hier, um den Verkauf der Sammlung zu organisieren.« Herr McLean öffnete die Tür links neben der Treppe und trat beiseite, um Ava hindurch zu lassen.

Dahinter erstreckte sich ein Raum, der sich auch ohne Probleme in einem Museum hätte befinden können. Bodentiefe Fenster, umrahmt von roten Samtvorhängen, sorgten für eine wahre Lichtflut. Dunkelgrüne Tapete mit Rankenmuster und auf Hochglanz polierte, dunkle Bodendielen rundeten das Bild ab. Überall standen Schaukästen mit Gegenständen. Im Gegensatz zu der dämmrigen Eingangshalle strahlte dieses Zimmer so viel Wärme und Gemütlichkeit aus, dass Ava sich augenblicklich ein wenig entspannte. Das hier war kein Zimmer eines Serienkillers. Das war das Zimmer eines wahren Sammlers. Staunend sah sie sich um.

»Das ist die Sammlung?« Ava versuchte die Aufregung aus ihrer Stimme herauszuhalten.

»Ein Teil davon. Der Teil, den ich zu verkaufen gedenke.«

Ava ging auf den Kasten zu, der ihr am nächsten war. Darin befand sich, auf ein Samtkissen gebettet, eine goldene Brosche mit einem tiefgrünen Stein in der Mitte. Kleine Perlen umgaben die Fassung. Sie funkelte im Sonnenlicht.

»Die gehörte einem Zaren. Er schenkte sie meiner … Großmutter.«

»Sie verkaufen Familienerbstücke?«, fragte Ava überrascht.

Er zog eine Augenbraue hoch. »Ja.«

Wieder in ein Fettnäpfchen getreten. Wenn sie so weitermachte, dann schmiss er sie hochkant wieder raus.

»Entschuldigung, das ist natürlich allein Ihre Sache. Ich war nur überrascht.« Da er nichts sagte, fuhr sie schnell fort: »Haben Sie eine Urkunde? Oder einen Beleg für die Herkunft?«

»Nein, habe ich nicht. Nur das Wort meiner Großmutter.«

»Okay. Ich möchte das Wort Ihrer Großmutter wirklich nicht anzweifeln. Allerdings … so ein Beleg würde den Wert der Brosche um einiges steigern.«

»Wie hoch schätzen Sie ihren Wert ohne einen Beleg?«

»Oh, ich … diese Aussage muss meine Chefin treffen. Ich bin nur hier, um herauszufinden, ob es Stücke in Ihrer Sammlung gibt, die von Interesse für uns sind.«

»Hm.« Er wandte sich von dem Schaukasten mit der Brosche ab und schlenderte weiter zum nächsten.

Ava warf noch einen letzten Blick darauf und folgte ihm dann.

Er war vor einem Kasten stehen geblieben, in dem eine bemalte Holzmaske lag. »Eine afrikanische Zeremonienmaske.«

»Für was für eine Zeremonie wurde sie benutzt?«

»Sie repräsentiert einen Dämon oder Geist. Der Träger der Maske fällt während der Zeremonie durch Tanz und Rhythmus in eine Trance und wird von ihm besessen.«

»Okay, das ist gruselig. Wieso haben Sie ausgerechnet so eine Maske mitgenommen?«

Er zuckte mit den Schultern und ein Lächeln stahl sich wieder auf seine Lippen. »Ich fand diese Vorstellung irgendwie faszinierend.«

Ava betrachtete die Maske näher. So eine würde sie nicht gerne bei sich zu Hause haben. Die leeren Augenhöhlen starrten zu ihr herauf, der Mund wirkte, als würde er sich gleich öffnen.

Sie fühlte sich, als würde sie eine Museumstour machen. Nur der Audio-Guide fehlte noch. So viele Schätze auf einmal hatte sie noch nie bei einer Auflösung gesehen. Eigentlich war das Ganze eine Nummer zu groß für sie. Sie sollte Mrs Meyers anrufen und bitten, hier zu übernehmen. Wenn sie irgendeinen Fehler machte, wandte sich der reiche Manager oder was er war, am Ende noch an jemand anderen.

»Warten Sie einen Moment.« Ohne eine Antwort abzuwarten, verschwand er durch die Tür.

Ava blieb unsicher vor der Maske stehen und sah sich im Raum um. Wenn er jetzt sein Mordwerkzeug holt, komme ich hier nicht mehr raus.

Ihr Blick blieb an den Fenstern hängen. Sie trat an eines heran und zog testweise am alten Griff. Er bewegte sich nicht. Draußen erstreckte sich eine gut gepflegte Gartenanlage.

»Vielleicht passt das hier eher zu Ihnen?«

Hastig ließ Ava den Griff los und drehte sich um. Herr McLean trug einen kleinen Schaukasten in den Raum und stellte ihn auf einem schmalen Tisch mit zwei Schubladen ab. Ein aufgeschlagenes Buch lag darin.

Nur ein Buch. Ich habe eindeutig zu viele Horrorfilme gesehen. Sie entspannte sich wieder und ging zu ihm.

»Eigentlich wollte ich es nicht verkaufen, aber vielleicht sollten Sie doch einen Blick darauf werfen. Ich schätze, Sie mögen Bücher?«

»Ja. Das war jetzt aber auch eine fünfzig-fünfzig-Chance bei einer Neunzehnjährigen, die freiwillig in einem Antiquitätenhandel arbeitet.«

Er gluckste. »Da haben Sie wohl recht.«

Ava musste ebenfalls schmunzeln. Seine Begeisterung war irgendwie ansteckend. »Was ist das?«

»Aufzeichnungen über einen besonders spektakulären Hexenprozess. Besagte Hexe soll mehrmals vor Gericht gestanden haben und sogar zweimal auf dem Scheiterhaufen gelandet sein. Aber jedes Mal konnte sie entkommen. Und jedes Mal fand man nur die Aschehäufchen ihrer Jäger.«

Ava spürte, wie sich ihr Herzschlag beschleunigte. Sie trat näher an den Kasten heran. Das Buch war ungefähr in der Mitte aufgeschlagen. Eine Seite war eng beschrieben, die andere zeigte eine Zeichnung von einer Frau, die auf einem Scheiterhaufen mitten in den Flammen stand und lachte, während das Feuer um sich schlug und alle anderen Anwesenden verschlang.

»Wow.«

Er lächelte. »In der Tat. Es ist ein einzigartiger Bericht. Nirgends sonst gibt es eine so detaillierte Geschichte über den Versuch, eine einzelne Hexe einzufangen und ihr rätselhaftes Entkommen.«

»Wie ist es in Ihren Besitz gekommen?« Ava konnte die Augen nicht von der Zeichnung lösen.

»Auch ein Familienerbstück«, gab er zur Antwort.

»Kennen Sie ihren Namen?«

»Cassandra, soweit ich weiß. Der Nachname ist leider nicht überliefert. War bei ihr auch nicht weiter nötig. Sie war offenbar recht bekannt.«

»Cassandra.« Als Ava den Namen aussprach, fühlte sie eine Resonanz in ihrem Inneren. Er fühlte sich vertraut an.

Als wäre ihre Zunge es gewohnt, ihn zu formen. Ihr Blick lag immer noch auf dem Bild der Frau. Der Künstler hatte sie lachend mit nach hinten geworfenem Kopf und wild wehenden Locken gemalt. Ihre roten Haare schienen in die Flammen überzugehen. Sie war nackt und hatte die Arme in einer Pose vollkommener Ekstase ausgebreitet. Als würde sie alles willkommen heißen, was gleich passieren würde. Avas Blick blieb an einem kleinen Fleck direkt über dem Herzen der Frau hängen. Sie kniff die Augen zusammen und versuchte zu erkennen, was es darstellen sollte. »Wurden die Hexen damals gebrandmarkt?«

»Bitte?«

»Die Frau hat direkt über dem Herzen einen Fleck.« Instinktiv berührte sie die Stelle über ihrem Herzen, an der das Brandmal saß.

Herr McLean entging die Bewegung nicht. Er musterte sie kurz, dann beugte auch er sich tiefer über das Buch und studierte das Bild. Nach einem Moment meinte er: »Könnte auch ein verirrter Strich sein. Ich bin kein Geschichtsexperte, ich glaube, üblich war es nicht. Aber jede Gegend hat es sicher auf ihre eigene Art gehandhabt. Müssten Sie so etwas nicht eher wissen?«

Ertappt schaute Ava auf. »Oh, na ja. Ich … ich bin noch ganz am Anfang, wissen Sie. Meine Chefin ist die wahre Expertin. Sie hätte so eine Frage sicher nicht gestellt.« Ava lächelte ihn entschuldigend an und verfluchte sich innerlich. »Wann genau fanden ihre Prozesse statt, sagten Sie?«, versuchte sie, von ihrem Patzer abzulenken.

»1648. Der Prozess wurde ihr in Edinburgh gemacht.«

»Edinburgh? Meine Chefin kommt aus England, ich könnte mir vorstellen, dass Sie an diesem Stück vielleicht sogar persönliches Interesse hätte.«

Er lächelte breit. »Das ist schön zu hören. Wollen wir dennoch die restlichen Stücke durchgehen?«

»Aber hallo!«, ließ Ava begeistert verlauten, was ihr ein erneutes Schmunzeln einbrachte.

Die nächste Stunde verbrachten sie damit, durch den Raum zu streifen und die Stücke zu begutachten. Es war wirklich eine beachtliche Sammlung. Ava konnte sich kaum vorstellen, wieso er sich davon trennen wollte. Sie machte sich akribisch Notizen, fragte, ob sie für ihre Chefin ein paar Fotos schießen dürfe, und versuchte sich so viele Details wie möglich einzuprägen. Aber sie konnte nicht verhindern, dass ihre Gedanken immer wieder zu dem Buch zurückwanderten. Cassandra. Sie musste unbedingt sehen, ob sie mehr über diese Geschichte in Erfahrung bringen konnte.

Bis heute hatte sie noch nie von einer Frau gehört, der es tatsächlich gelungen sein sollte, vom Scheiterhaufen zu fliehen. Wäre das nicht um die Welt gegangen? Damals wie heute? Denn das würde ja bedeuten, dass sie tatsächlich eine Hexe gewesen sein musste. Vorausgesetzt, es hatte sie wirklich gegeben. Vielleicht war dieses Familienerbstück auch nur das Resultat einer äußert blühenden Fantasie.

Als sie am Ende der Führung angekommen waren, steckte Ava Notizbuch und Smartphone wieder weg.

»Danke, Herr McLean. Ich muss sagen, so eine Sammlung habe ich noch nie gesehen. Ich bin ja noch nicht lange dabei, aber das war ... wow. Ich kann mir gar nicht vorstellen, wieso Sie diese ganzen Schätze verkaufen wollen. Und wie wohl die restliche Sammlung aussehen muss, die Sie nicht verkaufen.«

»Freut mich, dass ich bei Ihnen Eindruck schinden konnte.« Er lächelte zufrieden. »Irgendwann ist es eben Zeit für eine Veränderung. Manche Dinge muss man loslassen, um Platz für das wirklich Wichtige zu schaffen.« Er sah sie an.

»Ja, nicht zu sehr an der Vergangenheit hängen und so weiter. Wobei das in meinem Falle eher hieße, dass ich ein paar alte Schuhe aussortiere. Nicht so beeindruckend wie das, was Sie hier abgeben.« Ihr Blick wanderte wieder zu dem Schaukasten mit dem Buch.

»Oh, es geht mir dabei nicht darum, dass die Dinge alt sind. Manchmal kann das Alte sogar besser sein als das Neue. Wenn man eine Leidenschaft hat, muss man Platz für sie schaffen. Damit sie erblühen kann. Verstehen Sie?«

Ava bekam plötzlich das Gefühl, dass er nicht nur über die Sammlung sprach. Unsicher schob sie sich eine Strähne hinter ihr Ohr. »Ähm ... ja, klar. Glaub ich. Darf ich Sie etwas fragen?«, wechselte sie das Thema.

»Natürlich.«

»Wieso machen Sie sich die Mühe und suchen in einem Internet-Forum nach dem passenden Händler? Wäre es nicht viel einfacher für Sie gewesen, ins nächste Auktionshaus zu gehen? Oder sicher kennen Sie Menschen, die in der Szene gut vernetzt sind. Die Dinge, die Sie hier haben, sind viel wert. Deutlich mehr als bei einer normalen Haushaltsauflösung. Bei einer Auktion würden Sie sicher viel Geld bekommen.«

»Ich habe meine Gründe.«

»Oh. Klar, verstehe. Entschuldigung, ich wollte nicht neugierig sein.«

»Kein Problem. Ich möchte einfach, dass die Stücke in gute Hände kommen. Ich hätte ja nicht ahnen können, dass ich auf diesem Weg sofort so kompetenten Händen begegne. Wann darf ich mit einer Antwort von Ihnen oder Ihrer Chefin rechnen?«

»Ich werde ihr die Bilder und Notizen zeigen. Sie nimmt sich immer gerne Zeit für die Begutachtung, aber ich denke, in ungefähr einer Woche werden wir uns bei Ihnen melden.«

»Das ist in Ordnung. Ich möchte das nur so schnell wie möglich erledigt haben.«

»Natürlich.«

»Schön, dann will ich Sie nicht länger aufhalten, Fräulein Holler.« Er machte Anstalten, sie aus dem Zimmer zu geleiten.

»Oh, ähm, ja.« Ava warf einen letzten Blick in Richtung Buch.

Herr McLean schien er nicht zu entgehen, denn er blieb stehen. »Sie würden das Buch gerne einmal in die Hand nehmen, richtig?«, fragte er.

»Nein! Nein, das wäre nicht richtig. Es ist sicher ein wertvolles Stück und ich möchte nicht ...«, stammelte sie.

Er sah sie abwartend an.

»Ja, doch. Das wäre traumhaft«, gab Ava schließlich kleinlaut zu.

Er lächelte und kehrte zu dem Schaukasten zurück. Aus einer der Schubladen darunter holte er weiche, weiße Schutzhandschuhe hervor und reichte sie ihr. Dann öffnete er den Deckel des Kastens und bedeutete Ava, das Buch herauszuholen.

Ihr Herz schlug ihr bis zum Hals. Vorsichtig zog sie die Handschuhe über, als sie ein leichter Stich im rechten Zeigefinger überrascht zurückzucken ließ. »Au.« Sie zog ihre Hand aus dem Handschuh heraus und sah einen einzelnen Blutstropfen aus ihrer Fingerkuppe quellen. Irritiert schaute sie auf den Handschuh herunter.

»Oh, das tut mir leid. Ein verirrter Splitter.«

Herr McLean nahm ihr den Handschuh ab und zupfte etwas von der Spitze des Zeigefingers. Dann zog er ein Stofftaschentuch aus seiner Hosentasche und reichte es ihr. »Selbstverständlich frisch.«

»Danke.« Ava nahm es und presste es auf ihre Fingerspitze. Sofort verfärbte sich der blütenweiße Stoff rot. In einer unteren Ecke waren seine Initialen eingestickt. Sie drückte das Tuch einen Moment auf die Wunde. Herr McLean stand geduldig daneben. Als sie sich versichert hatte, dass kein weiteres Blut kommen würde, nahm sie das Taschentuch von ihrem Finger. Unsicher knüllte sie es zusammen, als er seine Hand danach ausstreckte.

»Sie können es mir ruhig zurückgeben. Es stört mich nicht.«

»Okay.« Zögernd hielt Ava ihm das verschmutzte Taschentuch entgegen. Er nahm es und faltete es ordentlich, bevor er es zurück in seine Hosentasche steckte. Es fühlte sich nicht richtig an. Doch als er Ava erneut die Handschuhe reichte, schüttelte sie ihr Unbehagen ab. Sie streifte sie über, diesmal ohne weitere Verletzungen. Bedächtig hob sie das Buch von seiner Stütze. Es war in schwarzes Leder gefasst. Die Seiten waren vergilbt und wellig. Ava hielt den Atem an. Noch nie hatte sie ein so altes Buch in den Händen gehalten. Sie blätterte vorsichtig durch die Seiten, die leise knisterten. Sie waren eng beschrieben, nur unterbrochen von gelegentlichen Zeichnungen. Immer wieder sah Ava die Frau, Cassandra, in unterschiedlichsten Situationen. Manche zeigten sie offenbar vor Gericht, andere sollten wohl ihre Schandtaten darstellen. Immer trug sie ein fast schon überhebliches Lächeln zur Schau. Als würde sie auf die Menschen herabschauen. Ava fiel auf, dass der Zeichner in jede Szene Feuer integriert hatte. Durch Fackeln, den Scheiterhaufen, notfalls stellte er auch ihre Haare als Flammen dar. Jedes Bild trug außerdem dasselbe Symbol in der rechten unteren Ecke. Ein Pentagramm mit einer Feder in der Mitte. Auf einer Seite hatte die Frau den Mund geöffnet, als würde sie schreien und rundherum hielten sich die Leute die Ohren zu und fielen zu Boden. Nur ein Hund und ein kleines Mädchen standen unberührt davon vor ihr und sahen sie verträumt an. Wenn es Magie tatsächlich geben würde, Ava jedoch Zweifel daran hätte, dieses Buch hätte sie überzeugt. Da war sie sich sicher. Auch wenn sie Stunden brauchen würde, um die Worte zu entziffern, diese Aufzeichnungen würde sie am liebsten direkt mitnehmen. Behutsam blätterte Ava zu der ausgestellten Seite zurück. Dann legte sie das

Buch wieder in den Kasten und schloss den Deckel. Ein leises Bedauern erfasste sie. Erst jetzt fiel ihr auf, dass sie es kaum gewagt hatte zu atmen. Als sie aufsah, bemerkte sie, dass Herr McLean sie beobachtete.

Ein Lächeln umspielte seine Lippen. »Faszinierend oder?«

»Ja.« Mehr brachte Ava nicht heraus. »Danke dafür.«

»Gern geschehen. Also, rufen Sie mich an, sobald Ihre Chefin alles durchgeschaut hat.« Er begleitete sie zur Eingangstür.

»Das mache ich, Herr McLean! Auf Wiedersehen.«

Sie trat in die Sonne und hatte plötzlich das Gefühl, aus einer Traumwelt aufzutauchen. Die Tür schloss sich leise hinter ihr. Als sie sich umdrehte, fiel ihr Blick wieder auf den Türklopfer.

»Immer noch gruselig.« Sie schüttelte sich und machte sich eilig auf den Weg zur nächsten Adresse, immerhin war sie schon spät dran.

KAPITEL 4

Als Ava am Nachmittag das Antiquitätengeschäft von Mrs Meyers wieder betrat, war diese gerade dabei, Papiere zu sortieren. Sie schaute erwartungsvoll auf.

»Und, war etwas Gutes dabei?«

Ava legte ihre Tasche auf dem Tisch ab und nahm sich eine Tasse Kaffee. Sie lehnte sich gegen den Tresen und grinste aufgeregt.

»Nicht nur etwas.«

Mrs Meyers zog die Augenbrauen hoch.

»Dieser Kunstsammler? Der hat abgefahrenes Zeug. Eine Brosche, die angeblich mal einem Zaren gehört hat, leider hat er dafür keinen Beleg. Irgendeine afrikanische Zeremonienmaske, um von Dämonen besessen zu werden und …«

»Von Dämonen? Großer Gott, in was für ein Haus habe ich dich da geschickt?« Mrs Meyers klang ernsthaft besorgt.

Ava lachte. Ihre Chefin hatte eine Neigung zum Aberglauben. »Er war wirklich nett, keine Sorge. Kein verrückter Serienkiller oder so. Das Coolste war aber ein Buch über eine Hexe. Ich glaube, das könnte Sie sogar persönlich interessieren.«

Mrs Meyers ließ von den Papieren ab und lehnte sich zurück. »So? Wieso das?«

»Es ist scheinbar ein Bericht über eine einzelne Hexe in Schottland. Super detailliert, mit Zeichnungen und allem.«

»Das klingt in der Tat interessant. Hat er dir mehr Details dazu verraten?«

Ava nickte. »Ich durfte sogar darin blättern. Es war abgefahren. Derjenige, der das Buch geschrieben hat, hat sich alle Mühe gegeben, genau zu schildern, was damals passiert ist. Was dieser angeblichen Hexe alles nachgesagt wurde ...« Sie ließ sich auf den Stuhl gegenüber von Mrs Meyers Schreibtisch fallen.

Die lächelte Ava belustigt an. »Ich sehe, du hast deinen ganz eigenen Schatz gefunden.«

»Aber hallo. Sie soll mehrmals vor Gericht gestanden haben und sogar zweimal auf dem Scheiterhaufen gelandet sein. Aber jedes Mal ist sie entkommen und jedes Mal sind ihre Ankläger gestorben. Es klang alles so ... echt.«

Das Lächeln auf Mrs Meyers Lippen verblasste. »Wann sagtest du, soll dieser Prozess gewesen sein?«

»Ähm ... 1648 in Edinburgh, wenn ich es richtig im Kopf habe.«

Es war nur eine leichte Veränderung, aber Ava registrierte, wie sich Mrs Meyers entspannte Körperhaltung plötzlich versteifte.

»Hat er dir auch gesagt, um welche Hexe es sich in diesem Bericht handeln soll?« Mrs Meyers lehnte sich nun leicht in ihrem Stuhl vor.

»Ja. Cassandra war ihr Name. Den Nachnamen wusste er nicht ... Hier, ich habe Fotos von dem Buch gemacht.«

Ava hielt Mrs Meyers ihr Smartphone hin, mit dem sie die Zeichnung von Cassandra auf dem Scheiterhaufen fotografiert hatte.

»Krass oder? Mrs Meyers, alles in Ordnung?« Ava stand besorgt auf. Von einer auf die andere Sekunde war Mrs Meyers totenblass geworden. »Geht's Ihnen gut?«

Die sonst so wortgewandte Engländerin starrte Ava einen Moment lang an. Dann setzte sie ein Lächeln auf und erhob sich plötzlich.

»Natürlich, Darling. Das klingt wirklich nach einem unglaublichen Fund. Könntest du mir den Namen und die Adresse des Sammlers geben? Dann werde ich einen Termin mit ihm ausmachen und mir die Sachen selbst mal anschauen.« Ihre Stimme klang gepresst.

»Klar.« Irritiert kramte Ava den Notizzettel aus ihrer Jackentasche. »Die oberste ist es.«

»Danke dir. Ich denke, du kannst für heute Schluss machen. Es wird ruhig. Ich schaffe das auch alleine.« Mrs Meyers nahm den Zettel an sich. Ihre Hand zitterte ganz leicht.

»Geht's Ihnen wirklich gut? Sie sehen aus, als hätten Sie einen Geist gesehen. Ich kann wirklich noch bleiben.«

»Nein, schon gut. Geh ruhig.«

Skeptisch schaute Ava ihre Chefin an. Sie hatte sich zwischen der Wendeltreppe und Ava aufgebaut, ihre Präsenz wirkte mit einem Mal abweisend.

»Na gut.« Ava nahm ihre Tasche und wandte sich zum Gehen. Nach wenigen Schritten drehte sie sich noch mal um. Mrs Meyers hatte sich nicht vom Fleck bewegt und starrte auf den Zettel.

»Sagt Ihnen der Name etwas?«

»Hm?«

»Cassandra. Mir kommt er seltsam bekannt vor, als hätte ich ihn schon mal gehört. Aber ich weiß nicht, wo.«

»Nein, Darling. Ich habe den Namen noch nie gehört.« Die Worte waren sicher nett gemeint, aber ihre Stimme klang kalt.

Ava zog verwundert die Augenbrauen zusammen. »Okay ... Dann bis morgen?«

»Natürlich.«

Ava zögerte noch einen Moment, aber Mrs Meyers sagte nichts mehr. Sie konnte förmlich spüren, wie sehr die alte Dame sie aus dem Laden haben wollte. Ava rückte ihre Tasche zurecht, lächelte ihr noch einmal zu und verließ den Laden. Draußen drehte sie sich um und sah gerade noch, wie Mrs Meyers die Wendeltreppe hinauf verschwand. Was war das denn?

Als Ava nach Hause kam, war die Wohnung still und verlassen. Sie ließ ihre Tasche im Flur auf den Boden gleiten. Die Stille drückte auf ihre Ohren. Seit sie von dem Sammler zurückgekehrt war, erfüllte sie eine innere Unruhe. Sie musste mehr herausfinden, über dieses Notizbuch und über Cassandra. Sie ging in die Küche und startete die Kaffeemaschine. Ihr Blick fiel dabei auf den Papiermüll, aus dem die Prospekte der Unis herausragten. Ihr schlechtes Gewissen regte sich, weil sie Dianas wiederholten Versuch, endlich sich und ihr Leben anzugehen, wieder so hatte abblitzen lassen. Sie würde das schon noch machen. Demnächst.

Als der Kaffee durchgelaufen war, setzte sich Ava mit der dampfenden Tasse vor ihren PC und begann mit der Suche. Sie hatte erwartet, dass diese Cassandra ein bekannter und gut erforschter Fall sein müsste, doch im Gegenteil. Sie fand nichts im Internet. Keine Beiträge, keine Videos, keinen Wikipedia-Eintrag. Weder auf Deutsch noch auf Englisch.

»Seltsam.«

Irritiert starrte Ava auf den Bildschirm. So spektakulär, wie der Fall war, müsste es doch irgendetwas über sie zu finden geben. Oder war die Geschichte im Laufe der Zeit in Vergessenheit geraten? Sie spürte, wie Enttäuschung sich breitmachte.

Nach kurzer Überlegung loggte sich Ava in *Legend of a Hero* ein. Ihr Mitspieler interessierte sich für solche Themen. Vielleicht wusste er etwas darüber.

Er war nicht online, das hatte sie auch nicht erwartet. Anders als sie studierte er und hing jetzt garantiert noch in der Uni herum. Ihre Nachricht würde er sehen, sobald er online kam.

Athena: *Hey, kurze Frage: Hast du schon mal was von einer Hexe namens Cassandra gehört, der 1648 in Edinburgh der Prozess gemacht wurde? Sag mal Bescheid, wenn du was weißt. Ich suche mir hier die Finger wund, finde aber nix.*

Nachdenklich trank sie einen Schluck Kaffee. Vielleicht kann ich ja etwas vom Text entziffern? Sie kramte ihr Handy heraus und ging die Fotos durch, die sie geschossen hatte. Bei dem Bild, das sie Mrs Meyers gezeigt hatte, blieb sie hängen: Die eng beschriebene Seite und die detaillierte Zeichnung. Allerdings war die Schrift so klein und offenbar in altem Englisch, dass sie kaum ein Wort entziffern konnte. Ava betrachtete die Zeichnung genauer, zoomte heran. Cassandras Gesichtsausdruck war pure Ekstase. Sie lachte aus vollem Herzen. Irritierend, wenn man überlegte, dass sie gerade bei lebendigem Leib verbrannt werden sollte. Ava musterte ihre Gesichtszüge. Sie konnte ihr Lachen hören. Es vermischte sich mit dem Knistern des Feuers und dem Gemurmel der Zuschauer. Ein ganz schwacher Rauchgeruch stieg Ava in die Nase. Sie sah die Szene vor sich. Wie sich die überheblichen und selbstgerechten Gesichtsausdrücke der Menge in Angst verwandelten, als Cassandra nicht verbrannte. Wie Rufe laut wurden, mehr Fackeln gebracht wurden und wie sie aus vollem Hals lachte. Ihr Blick fiel auf den Priester, der ganz in ihrer Nähe stand. Auch sein zuvor selbstherrliches Getue hatte sich in Angst verwandelt. Er hielt seine Bibel umklammert und betete, schleuderte ihr die Wörter förmlich entgegen. Sie hob eine Hand und deutete auf ihn. Erschrockene Rufe ertönten aus der Menge. Von ihren Handgelenken hing das verkohlte Seil, mit dem sie eben noch an den Pfahl gefesselt gewesen war. Die ersten Zuschauer drehten sich um und flüchteten. Viele schlugen Kreuze in der Luft. Ein Zucken ihrer ausgestreckten Hand reichte und plötzlich stießen die Flammen des Scheiterhaufens hervor und umhüllten den Priester. Er schrie auf und rannte als menschliche Fackel durch die Menge, die ihm hastig Platz machte. Es roch nach verbranntem Fleisch. Sie lachte. Herrlich. Diese Narren. Nun brach Panik in der Menschenmenge aus, Hals über Kopf flohen die Menschen. Ihre Häscher und Henker versuchten sich zu retten, doch sie würden nicht davonkommen. Sie dirigierte das Feuer und einer nach dem anderen wurde von ihm verschlungen, bis nur noch Aschehäufchen übrig blieben …

Ein helles *Pling* ließ Ava aufschrecken. Sie blinzelte. Nur langsam verklangen die Schreie und das Prasseln des Feuers. Wilde Freude ließ ihr Herz schneller schlagen. Ein Glucksen stieg in ihrer Kehle auf. Was zur Hölle?!

Ava ließ das Handy, das sie immer noch umklammert hielt, auf ihren Schreibtisch fallen. War sie eingeschlafen? Hatte sie geträumt? Wann war das passiert? Noch immer hatte sie den Rauch in der Nase, den Geruch nach verbranntem Fleisch. Ihr wurde schlecht. Sie sprang auf und rannte ins Bad. Gerade noch schaffte sie es, den Klodeckel aufzureißen, ehe sich ihre letzte Mahlzeit den verkehrten Weg bahnte. Zitternd und schweißbedeckt glitt sie anschließend an der kühlen Wand hinab. So blieb sie eine Weile sitzen und versuchte ihre Atmung zu beruhigen.

»Was war das?«, flüsterte sie in den stillen Raum hinein.

Sie hatte mittlerweile genug Erfahrung mit Albträumen, aber dieser war beängstigend real gewesen.

Als wäre ich wirklich dort gewesen.

Ein weiteres leises *Pling* ertönte aus ihrem Zimmer. Es war der Nachrichtenton des Spiels. Ist er doch schon online? Ava rappelte sich auf und ging auf wackeligen Beinen zurück in ihr Zimmer. Sie vermied den Blick auf ihr Smartphone und stieß die Maus an, um ihren PC aus dem Ruhemodus zu holen. Als ihr Blick dabei auf die Uhrzeit fiel, hielt sie inne. Viertel vor sieben. Nur noch knapp zwei Stunden, bis sie sich mit Dylan treffen würde. »Aber … was?«

Wo waren die vergangenen vier Stunden hin?

SirSimontheGreat: *Hey, hey. Wo treibst du dich denn schon wieder rum? Hexenprozesse? :D*

SirSimontheGreat: *Mir sagt der Name nichts, auch Google war nicht hilfreich, aber das hast du ja auch schon gemerkt. Wie bist du denn auf sie gekommen?*

Avas Finger zitterten, als sie eine Antwort tippte.

Athena: *Dein Kunstsammler hatte ein altes Notizbuch über diesen Prozess.*
SirSimontheGreat: *Du meinst diesen Typen aus dem Forum? Du warst dort? Wieso hast du ihn dann nicht gefragt?*
Athena: *Ja, vorhin. Ist echt 'ne beeindruckende Sammlung. Keine Ahnung, ich dachte, ich finde auch sicher so alles raus. Wollte nicht zu neugierig sein.*

Nach Mrs Meyers Reaktion und ihrem ... Traum dafür umso mehr.

SirSimontheGreat: *Hm, sorry, ich weiß leider nichts. Kann ja aber die Augen und Ohren mal weiter offen halten.*
Athena: *Das wäre mega. Danke dir.*

Nachdem sie sich aus dem Chat ausgeloggt hatte, saß Ava auf ihrem Schreibtischstuhl und starrte aus dem Fenster. Dieses seltsame Gefühl hatte sich seit dem Traum an ihr festgekrallt. Eine Mischung aus Panik und ... Euphorie? Sie war diese Hexe gewesen. Sie hatte all diese Leute zu Asche verbrannt und es hatte ihr gefallen.

»Was stimmt nicht mit dir, Hirn?«, fragte sie in die Stille hinein. »Wir haben schon genug Probleme, ich brauche nicht auch noch Serienkiller-Fantasien, danke.«

Plötzlich hatte sie das Bedürfnis, Abstand zwischen sich und die Bilder auf ihrem Smartphone zu bringen. Sie stand auf und ging in die Küche, um sich noch einen Kaffee zu machen.

Gerade als sie sich eine Tasse eingoss, hörte sie die Wohnungstür aufgehen.

»Ava?«

»In der Küche.«

Diana erschien im Türrahmen und ließ sich auf einen Küchenstuhl fallen. Sie legte den Kopf in den Nacken und schloss die Augen.

»Anstrengenden Tag gehabt?«, wollte Ava wissen.

»Hm-hm.« Diana massierte sich die Nasenwurzel.

»Mein Chef dreht mal wieder am Rad. Also eigentlich ein ganz normaler Arbeitstag.« Sie grinste und sah Ava an. »Was hast du heute so getrieben?«

»Hab Mrs Meyers im Geschäft geholfen. Mir eine Kunstsammlung für sie angeschaut. War ganz ... interessant.« Ava vermied den Gedanken an das Notizbuch und die Zeichnung.

»So, eine Kunstsammlung. Und sonst?«

»Was *und sonst*?« Ava verschränkte die Arme.

Diana antwortete nicht sofort. Ava konnte sehen, wie sich ihre Nasenlöcher blähten. Sie versuchte offenbar, die Ruhe zu bewahren.

»Du warst wieder den ganzen Tag nur für Mrs Meyers unterwegs?«

»Nein.«

»Nein?«

»Soll ich dir jetzt jeden meiner Schritte heute aufzählen? Okay. Ich bin aufgestanden, habe Kaffee gekocht, war auf dem Klo, habe Zahnpasta auf die Zahnbürste gemacht ...«

»Ach Ava, lass den Mist, ja.«

»Dann frag mich einfach direkt, was du wissen willst! Nein, ich habe mir keine Unis angeschaut, ich habe auch nicht nach Ausbildungsplätzen oder Volontariaten gesucht. Ich war den ganzen Tag wieder nur faul und habe gar nichts gemacht.«

Eine plötzliche, unerklärliche Wut ergriff von ihr Besitz. Ava knallte ihre Tasse auf den Küchentresen und wollte an Diana vorbei aus der Küche stürmen, aber die packte sie am Arm.

»Ich möchte doch nur, dass du dir überlegst, was du mit deinem Leben anfangen willst.« Ihre Stimme klang jetzt versöhnlicher.

Ava starrte Diana an. Sie spürte, wie sich ein Druck auf ihre Brust legte.

»Die Schule ist vorbei, du musst dir langsam überlegen, wie es weitergehen soll.«

In ihren Ohren summte es. Ava riss ihren Arm los. »Ja ... weißt du ... es ist eben nicht so einfach, wenn man nicht weiß, wer man eigentlich sein und was man sein restliches Leben lang machen will.« Unbeholfen gestikulierte sie in der Luft herum. »Und ob du es glaubst oder nicht, es stresst mich, das nicht zu wissen. Also hör einfach auf, ständig immer wieder damit anzufangen, okay?!«

Überrascht schaute Diana sie an. »Ich wusste nicht, dass du so ...«

»Ja, hab ich gemerkt. Ist ja schön, dass du offenbar immer wusstest, wie dein Leben verlaufen sollte, ich weiß es nicht. Also lass mich einfach in Ruhe. Bitte.«

Diana lachte bitter auf. »Wie mein Leben verlaufen sollte ...«

»Oder etwa nicht?« Vielleicht habe ich diese Pläne auch wieder zunichtegemacht. Ersatzmutter zu sein, hat sicher nicht auf ihrer Liste gestanden.

Ihre Tante holte lediglich tief Luft. Sie dachte kurz nach und Ava konnte hören, wie ihr die nächsten Worte nur schwer über die Lippen kamen. »Und wenn du es wie andere machst und dir erst mal eine Auszeit nimmst? Ein wenig reist, um den Kopf freizubekommen. Das machen doch viele in deinem Alter.«

Aus irgendeinem Grund war das der Punkt, der Avas Wut zum Überkochen brachte. »Tja, mag sein, dass andere das so machen. Aber das kann ich ja nicht wissen, oder? Falls es dir entfallen ist, du hast doch jahrelang versucht, mich von anderen fernzuhalten, also habe ich auch nicht gerade viele soziale Kontakte, mit denen ich darüber sprechen könnte. Geschweige denn verreisen. Und überhaupt, dir ist schon klar, dass ich an der Uni neue Menschen kennenlernen und am Ende vielleicht sogar Freundschaften schließen könnte, ohne dass du weißt, mit wem ich mich abgebe. Willst du das wirklich riskieren?«

Das hatte gesessen. Ava konnte sehen, wie Diana zusammenzuckte. Sofort taten ihr die Worte leid, aber etwas in ihr weigerte sich, die Wut loszulassen und die Worte zurückzunehmen. Bevor Diana etwas sagen konnte, schob sich Ava an ihr vorbei. »Ich muss mich jetzt fertig machen. Denn ausnahmsweise habe ich heute Abend tatsächlich mal eine Verabredung.«

KAPITEL 5

Die U-Bahn ratterte durch den dunklen Tunnel. Ava saß auf ihrem Platz und starrte ihr Spiegelbild im Fenster gegenüber an. Sie sah aus wie immer. Abgesehen von etwas Make-up um ihre grünen Augen und ihre rötlichen Locken waren ausnahmsweise offen, anstatt in einem chaotischen Dutt. Aber innerlich fühlte sie sich schlecht. Diana hatte noch mehrmals versucht, mit ihr zu sprechen, aber Ava hatte sie abgeblockt und war aus der Wohnung verschwunden. Sie konnte nicht sagen, was sie geritten hatte. Es war, als wäre sie von einer fremden Macht gesteuert worden. Sie hatte die Worte einfach nicht aufhalten können. Während sie darüber nachgrübelte, erregte eine Bewegung vor dem Fenster ihre Aufmerksamkeit. Es wirkte, als würde etwas zwischen U-Bahn und Tunnelwand wabern. Eine schwarze Masse. Oder eher, schwarzer Rauch. Avas Herzschlag beschleunigte sich. Brannte es irgendwo im Tunnel? Sie schnupperte, konnte aber keinen Rauch riechen. Die anderen Fahrgäste schienen von dem Rauch draußen auch keine Notiz zu nehmen. Ava sah noch mal genauer hin. Doch, da war eindeutig etwas. Sie stand auf und trat näher an die Scheibe. Der Mann, der unter dem Fenster saß, sah sie irritiert an, aber Ava beachtete ihn nicht weiter. Sie kniff die Augen zusammen und versuchte trotz der Deckenbeleuchtung der U-Bahn mehr zu erkennen als ihre eigene Spiegelung. Am liebsten hätte sie die Hände gegen die Glasscheibe gelegt, um hinauszuspähen, aber dann hätte sie sich komplett über den Mann beugen müssen. Sie machte noch einen Schritt vorwärts und stieß mit dem Fuß gegen seinen Schuh.

»He, setzen Sie sich wieder auf Ihren eigenen Platz.« Er sah sie ärgerlich an.

»'tschuldigung. Ich wollte nur ...« Ava hatte einen kurzen Moment ihre Aufmerksamkeit auf den Mann gerichtet, als sie wieder zum Fenster aufsah, zuckte sie zurück. Von außen starrten sie zwei glühend rote Augen an, die mitten im Rauch zu schweben schienen. Hastig brachte Ava ein paar Schritte Abstand zwischen sich und das Fenster.

Der Mann beobachtete sie misstrauisch. »Sind Sie auf Drogen? Bleiben Sie bloß weg von mir!«

Bevor Ava antworten konnte, wurde die Dunkelheit von der plötzlichen Helligkeit der Hauptwache verdrängt. Ava konnte ohne Probleme die Menschen sehen, die auf dem Bahnsteig warteten. Kein Rauch waberte dort draußen und auch keine roten Augen durchbohrten sie. Hab ich mir das gerade eingebildet?

Verwirrt ließ sich Ava von den Menschen auf den Bahnsteig schieben. Sie sah unsicher zu dem Tunnel hinüber, aus dem sie gerade gekommen waren. Nichts. Vielleicht nur Signallichter für den Zug. Eilig mischte sie sich unter die Menschenmenge. Sie stieg die Treppen hoch und wartete darauf, dass sich das ungute Gefühl wieder verzog, aber es wollte sie nicht loslassen, als hätte es sich an ihrem Rücken festgekrallt.

Als Ava aus dem U-Bahnhof heraus und auf den Platz an der Zeil trat, sah sie Dylan schon warten. Er stand genau in der Mitte des Platzes und sah abwechselnd zu beiden U-Bahn-Eingängen. Als er sie entdeckte, winkte er. Unsicher hob Ava die Hand und ging auf ihn zu.

»Hey, da bist du ja. Ich wusste nicht, wo du hochkommst.« Etwas unerwartet und unbeholfen umarmte er sie.

»Ja, da bin ich«, murmelte Ava verlegen gegen seine Schulter. Ihr Herz klopfte immer noch zu schnell von dem Schreck in der Bahn.

Er ließ sie wieder los und lächelte sie an. Ein Grübchen stahl sich dabei auf seine linke Wange. Seine Uniform hatte er gegen eine Jeans und ein schwarzes Hemd getauscht, das lässig in die Hose gesteckt war. Darüber trug er eine ebenfalls schwarze Jacke. Er sah gut aus.

»Du siehst toll aus«, sagte er und Ava spürte, wie sie rot wurde.

»Danke.«

Sie hatte ewig gebraucht, um sich zu entscheiden, was sie anziehen sollte. Letztendlich hatte sie sich für eine Skinny-Jeans und ein Top mit leichtem Wasserfallausschnitt entschieden. Etwas nervös zupfte sie es jetzt zurecht.

»Wollen wir? Meine Freunde warten vor dem Club.«

»Okay.«

Fremde Menschen. Yay. Ihre übliche Schlagfertigkeit war verschwunden. Sie hatte das Gefühl, anstelle ihres Magens nur noch einen harten Klumpen in sich zu haben. Dylan ging los und sie folgte ihm. Ein paar Schritte lang sagte keiner von ihnen etwas. Dylan griff sich immer wieder an den oberen Hemdknopf und spielte damit herum. Schließlich räusperte er sich und fragte: »Du warst also noch nie im *Cradle*?« Beim letzten Wort sprang seine Stimme eine Oktave höher. Er räusperte sich erneut und wurde ein wenig rot.

Ava sah ihn an und musste unwillkürlich lächeln. »Nein, im *Cradle*«, sie ließ ihre Stimme auch hochrutschen, »war ich noch nie.«

Dylan warf ihr einen unsicheren Blick zu, aber dann musste auch er lächeln. »Du bist so blöd.« Er stieß sie leicht mit der Schulter an.

Ava lachte und der Klumpen in ihrem Bauch wurde etwas kleiner. Dylan war genauso nervös wie sie. Aus irgendeinem Grund beruhigte sie diese Erkenntnis.

»Ich wusste nicht, dass du noch im Stimmbruch bist. Darfst du denn dann überhaupt schon in einen Club gehen?«, fragte sie und sah ihn unschuldig an.

»Klar, ich sehe eben älter aus, als ich bin. Im Gegensatz zu dir. Dir sieht man direkt an, dass du schon mindestens dreißig bist.«

Ava blieb stehen und verschränkte die Arme. »Okay. Erstens: Autsch. Und zweitens: Willst du dich dann heute Abend wirklich mit einer so alten Frau sehen lassen? Nicht dass noch jemand denkt, du gehst mit deiner Mutter feiern. Vielleicht sollte ich doch besser wieder gehen.« Sie machte einen Schritt zurück, aber Dylan griff schon nach ihrem Arm.

»Hey, war nur ein Spaß! Du siehst nicht wirklich aus wie dreißig!«

Einen Moment starrten sie sich an, dann konnte Ava es nicht mehr unterdrücken und spürte, wie ihre Mundwinkel zuckten.

Dylan schnaubte. »Oh Mann. Ich werd wirklich nicht schlau aus dir.« Er lachte leise und ließ sie wieder los.

»Sorry, ich kann nicht anders. Sarkasmus ist ein guter Freund.«

»Ja, das merk ich. Meine Freunde werden dich mögen.«

Und da war sie wieder. Die Nervosität. Dylan bemerkte es offenbar.

»Hey, keine Sorge. Die sind alle echt entspannt. Das wird lustig.« Er lächelte sie aufmunternd an, legte eine Hand auf ihren Rücken und schob sie sanft an.

»Ja, bestimmt.« Ava lächelte, aber sie spürte, wie sich ihr Magen wieder zusammenzog. Mit Dylan etwas zu unternehmen war schon ungewohnt. Aber direkt noch mehr fremde Leute kennenzulernen, das war etwas zu viel soziale Interaktion für ihren Geschmack.

Sie gingen die Zeil entlang und bogen schließlich in eine kleine Nebenstraße ein. Von Weitem konnte Ava schon die

Schlange sehen, die sich vor dem Club drängte. Der Club selbst war von außen unauffällig. Nur ein Schild über einer alten Holztür verkündete den Namen. Wenn die vielen Menschen nicht gewesen wären, wäre Ava garantiert vorbeigelaufen.

Dylans Freunde standen schon an. Sie stellten sich als Mark, Stella, Nico und Lea vor. Avas Nervosität legte sich etwas und während sie langsam vorrückten, kamen sie ins Gespräch. Offenbar waren sowohl Mark und Stella als auch Nico und Lea ein Paar. Er wollte wohl nicht das fünfte Rad am Wagen sein, schoss es Ava durch den Kopf und sie sah Dylan an. Dann kam ihr ein anderer Gedanke. Moment, ist das hier ein Date? Hat man ein Date in einem Club?

Ihre Handflächen wurden feucht und sie musterte Dylan. Er spielte schon wieder an seinem Hemdknopf herum, strich sich mit der Hand durch die Haare. Hätte er das nicht vorher gesagt? Oder sagt man das nicht?

Während Ava darüber nachgrübelte, trat Lea einen Schritt vor und schlug Dylan sanft auf die Hand, die immer noch den Knopf malträtierte. Er ließ sie sinken, sie öffnete den Knopf mit einer geschickten Bewegung und zwinkerte ihm zu. Er lächelte etwas angespannt zurück, dann wanderte sein Blick zu Ava.

Fuck. Das ist ein Date!

Ava überlegte, ob sie lieber verschwinden sollte. Aber bevor sie eine passable Ausrede parat hatte, bewegte sich die Schlange weiter und sie wurde ins Innere des Clubs geschoben. Die Menschen drängten eine steile Treppe hinunter. Mit jeder Stufe wurde die wummernde Musik lauter und die Luft schlechter. Unten angekommen, fand sich Ava in einem großen Kellergewölbe wieder. Eine wogende Masse aus Körpern bewegte sich zur Musik, Lichter blitzten im Takt auf. Ava konnte nicht mehr sagen, wieso sie am Morgen gedacht hatte, das hier wäre eine gute Idee. Die hereinströmenden Menschen schoben sie immer tiefer hinein. Bevor sie in die

Masse eintauchten, griff Dylan nach ihrer Hand. Sie ließ sich von ihm mitziehen. Das Ziel war offenbar die Bar am anderen Ende des Raumes.

Dort angekommen schrie Dylan Ava förmlich ins Ohr. »Was willst du trinken?«

»Äh.« Hilflos sah Ava sich nach einer Karte um. »Eine Cola?«

»Cola?«, fragte er, als ob er sich nicht sicher wäre, sie richtig verstanden zu haben.

Okay, offenbar nicht das richtige Getränk für einen Club.

»Oder was trinkst du denn?«, rief sie schließlich zurück.

»Wodka-Energy.«

Kannte sie nicht, klang auch nicht lecker. Aber ihr fiel sonst nichts Besseres ein. »Okay, ich auch.« Sie reckte einen Daumen nach oben. Dylan beugte sich vor und bestellte beim Barkeeper. Zumindest vermutete Ava das, denn hören konnte sie das kurze Gespräch nicht.

Kurze Zeit später standen sie alle mit einem Getränk in der Hand an der Bar. Während die anderen es genüsslich schlürften, nippte Ava vorsichtig daran und verzog das Gesicht. Das war offenbar Desinfektionsmittel mit Zucker. Sie schob es unauffällig hinter sich auf den Tresen, als ein neues Lied einsetzte und Lea begeistert johlte.

»Tanzfläche, schnell!«, schrie sie Ava an und stieß dabei mit ihrer Nase fast gegen die von Ava.

Lea griff nach ihrer und Stellas Hand und zog sie mit sich in die Menge. Ava wurde von allen Seiten angerempelt. Ein Typ drehte sich um, grinste und legte eine Hand an ihre Hüfte. Bevor sie diese von sich stoßen konnte, hatte Lea sie schon weitergezogen. Ohne Rücksicht auf Verluste drängelten sie sich bis zu einer kleinen Lücke in der Menge vor. Lea und Stella fingen sofort an, sich im Takt der Musik zu bewegen. Sie verschmolzen mit der Menge, während Ava als Störfaktor etwas unbeholfen daneben stand und ständig Ellenbogen in den Rücken oder die Seite bekam. Mehrere Typen tanzten sie an, aber sie drehte ihnen demonstrativ den Rücken zu. So unwohl hatte sie sich noch nie gefühlt. Sie sah sich nach einer Fluchtmöglichkeit um, als sich schon wieder eine Hand auf ihren Rücken legte. Ärgerlich drehte Ava sich um, aber es war Dylan, der zusammen mit seinen Freunden den Weg zu ihnen gefunden hatte. Dylan stieß Ava mit der Schulter an und nickte in Richtung der Tanzenden. Er streckte ihr seine Hände entgegen. Alles in Ava sträubte sich gegen das Tanzen. Sie konnte es nicht, sie wollte es nicht. Aber so stand sie nur wie ein Idiot auf der Tanzfläche und wurde von anderen angerempelt. Außerdem wirkte Dylan in diesem Moment ein wenig wie der Fels in der Brandung. Sie legte ihre Hände in seine und er begann sich im Takt zu bewegen und signalisierte Ava, dass sie einfach mitmachen sollte. Steif verlagerte sie ihr Gewicht von einem Bein aufs andere. Plötzlich hüpfte der gesamte Club wie auf ein geheimes Kommando und Ava blieb irritiert stehen. Dylan trat einen Schritt näher und rief ihr ins Ohr: »Mach die Augen zu und hör einfach nur auf die Musik.« Er nickte ihr aufmunternd zu und ließ ihre Hände los.

Sie kam sich wie der letzte Mensch vor. Welche Neunzehnjährige weiß nicht, wie man tanzt?

Aber sie hörte auf ihn und schloss die Augen. Ohne die ganzen visuellen Reize konnte Ava den Takt hören, fast wie von selbst begann sich ihr Körper zur Musik zu bewegen. Sie spürte den Rhythmus, schwang leicht die Hüften und hörte den Moment, in dem sie hüpfen sollte. Ein Lächeln stahl sich auf ihre Lippen. Es begann tatsächlich Spaß zu machen. Sie öffnete die Augen wieder und sah, wie Dylan selbst nun zur Musik tanzte. Sie lachte und bewegte sich schneller, hüpfte gemeinsam mit einer Menge unbekannter Menschen zu einem Lied, das sie noch nie gehört hatte. Diese automatische Verbundenheit nur durch ein paar Töne war auf eine merkwürdige Art ein berauschendes Gefühl. Ava ließ den Blick durch den Club und über die anderen Tänzer wandern.

Dabei streifte ihr Blick eine junge Frau, die reglos an der Bar stand und Ava beobachtete. Die Lichtreflexe der Scheinwerfer spiegelten sich in ihrem kinnlangen dunklen Haar. Sie trug ein einfaches T-Shirt und enge Jeans, trotzdem sah sie hundertmal besser aus als all die aufgetakelten Mädels, die um Ava herumsprangen. Sie besaß eine lässige Schönheit. Als sich ihre Blicke begegneten, war es Ava, als würde ein kleiner Stromschlag sie durchzucken. Abrupt blieb sie stehen und starrte die Frau durch die Menge an. Ihr Atem ging schnell und ihr Herz raste noch vom Tanzen. Aus irgendeinem Grund hatte Ava das Gefühl, sie zu kennen. Sie kam nur nicht darauf, woher. Keine von beiden wandte den Blick ab. Ein Typ sprach die Frau an, aber sie beachtete ihn gar nicht. Sie schien vollkommen auf Ava fokussiert zu sein. Ein Kribbeln erfüllte Avas Körper. Ohne darüber nachzudenken, begann sie sich einen Weg durch die Menge zu bahnen.

Ein neues Lied setzte ein, die Menge jubelte und ein neuer Rhythmus ergriff von ihnen Besitz. Ava wurde erneut angerempelt, sie stolperte gegen jemand anderen, entschuldigte sich. Als sie den Blick wieder der Bar zuwandte, war die Frau verschwunden. Hastig sah sich Ava um, doch sie war weg.

Eine Hand packte sie von hinten und wirbelte sie herum. Lea war ihr gefolgt. »Nicht schlapp machen!«, rief sie ihr ins Ohr. Lachend zog sie Ava zu sich und begann mit ihr zu tanzen.

Ava suchte den Club ein weiteres Mal mit den Augen ab. Die Frau blieb verschwunden.

KAPITEL 6

Als der Club sie wieder ausspuckte, hatte Ava jedes Zeitgefühl verloren. Es war noch dunkel und relativ still. Ihre Ohren fühlten sich dumpf an, die kühle Nachtluft ließ sie frösteln und sorgte fast für eine Sauerstoff-Überdosis. »Wie viel Uhr haben wir?«, fragte sie in die Runde.

Dylan sah auf seine Uhr. »Fast vier.«

»Wohin jetzt?«, fragte Lea aufgekratzt.

»Äh, ins Bett? Im Gegensatz zu euch müssen andere Leute bald arbeiten.«

Lea verdrehte die Augen. »Du bist so ein Spielverderber, Dylan. Meld dich krank.«

»Jaja, danke. Ich dich auch.«

»Ava, du kommst doch aber noch mit oder?«, Lea zog einen Schmollmund.

»Ähm …« Unsicher schaute sie zu Dylan.

»Ich habe ihr versprochen, dass ich sie heimbringe. Wenn ich das machen soll, dann muss sie jetzt leider mit mir kommen.«

Lea stöhnte genervt. Ava lächelte dankbar.

»Komm Lea, lass die beiden«, lachte Nico und legte liebevoll einen Arm um seine Freundin.

»Also dann, gute Nacht.« Dylan nutzte die Chance und umarmte seine Freunde nacheinander.

»Gute Nacht«, schloss Ava sich an und hob die Hand, aber ehe sie es sich versah, hatte Lea sie in eine feste Umarmung geschlossen.

»Schön, dass du dabei warst. Komm das nächste Mal wieder mit, ja?« Sie schwankte etwas und hatte offenbar Probleme, Ava richtig zu fixieren.

»Ähm, ja, vielleicht. Danke!« Etwas unsicher löste sich Ava aus der Umarmung.

»Bis dann.« Dylan schob Ava ein wenig an und gemeinsam gingen sie die leere Straße entlang. Als sie außer Hörweite waren, sagte er: »Sorry. Lea wird immer etwas touchy, wenn sie was getrunken hat.«

Ava lächelte. »Hab's gemerkt.« Ihr lief ein Schauer über den Rücken. Erst jetzt bemerkte sie, wie verschwitzt sie vom Tanzen war.

»Kalt?«, erkundigte sich Dylan.

»Ein wenig.« Sie zog die Schultern hoch und schlang die Arme um sich.

Dylan zog seine Jacke aus und reichte sie ihr.

»Nein, das musst du nicht ...« Ava wehrte ab, aber Dylan blieb stehen und streckte sie ihr auffordernd weiter entgegen. Ein erneutes Zittern ging durch ihren Körper und sie gab schließlich auf. »Danke«, sagte sie und schlüpfte hinein. Die Ärmel baumelten an ihrer Seite herab, ohne dass ihre Fingerspitzen überhaupt zu sehen waren.

»Kein Problem«, antwortete er lächelnd.

Gemeinsam steuerten sie auf die Hauptwache zu. Nach einem Moment fragte Dylan: »Sag mal, warst du schon mal feiern?«

»Wieso? Sah es nicht danach aus?«, fragte Ava und merkte, dass sie rot wurde.

»Nein, du hast am Anfang nur etwas überfordert gewirkt.«

Ava gab sich einen Ruck. »Ja, gut. Noch nicht so oft.«

»Ist ja nicht schlimm.«

»Nein, aber das sagt irgendwie schon was aus, oder?«

»Und was?«

Ava zuckte mit den Schultern. »Weiß nicht. Dass mein Leben nicht sonderlich aufregend ist? Dass ich auch nicht unbedingt die coolste Eiskugel in der Waffel bin?« Sie wusste nicht, woher diese Ehrlichkeit kam, aber etwas gab ihr das Gefühl, dass sie Dylan vertrauen konnte.

»Hey.« Er blieb stehen und musterte sie. »Mich hat's gefreut, dass du heute mitgekommen bist.«

»Ja, mich auch.«

Ihr schoss die Frau an der Bar durch den Kopf und wieder hatte sie das Gefühl, einen kleinen Stromschlag zu bekommen. Wo war sie abgeblieben?

»Und ich finde, du bist eine ziemlich coole Eiskugel.« Er lächelte.

Ava schmunzelte. »Danke.«

»Nicht dafür. Wie sieht's aus, soll ich dich heimbringen?«

Sie waren auf dem Platz an der Hauptwache angekommen.

»Nein, musst du nicht. Ist ja nicht weit mit der U-Bahn.«

»Aber ich kann wirklich ...«

»Nein, ehrlich.« Ava schlüpfte aus der Jacke und reichte sie ihm. »Danke. Auch für den schönen Abend. Es hat Spaß gemacht.«

Er nahm ihr die Jacke ab. »Ja, mir auch.«

Ava überlegte kurz, bevor sie sagte: »Darf ich dich was fragen?«

»Klar.«

»War das ... war das ein Date heute Abend?« Sie spürte wieder, wie ihre Wangen rot wurden.

»Oh. Ähm. Ich ... ich weiß nicht.« Dylan fasste sich verlegen in den Nacken.

»Nicht, dass ich wollte, dass es eins war«, beeilte sie sich zu versichern. »Es ist nur ... ich bin nicht wirklich auf der Suche nach jemandem.« Sie sah ihn entschuldigend an.

»Ach so. Kein Problem. Ich auch nicht. Irgendwie. Ich meine, ich mag dich, aber … es muss kein Date gewesen sein.« Er lächelte verlegen.

»Okay. Ich wollte das nur sagen, weil … na ja. Damit es nicht irgendwann peinlich wird.«

»Du meinst peinlicher als jetzt?«, fragte er.

»Sorry«, gab sie zerknirscht zurück.

»Alles gut. Ist ganz angenehm, wenn mal jemand zur Abwechslung ehrlich ist.«

Ava trat einen Schritt nach vorne und umarmte ihn. War er zu Beginn des Abends höchstens ein flüchtiger Bekannter gewesen, fühlte er sich jetzt schon auf seltsame Weise vertraut an. »Ja, find ich auch.« Sie löste sich von ihm und lächelte ihn an. »Dann bis bald?«

Er nickte. »Bis bald.«

Damit stieg Ava die Treppen zur U-Bahn hinunter.

In der Zwischenebene der Hauptwache hallten Avas Schritte laut von den Wänden wider. Die Geschäfte waren alle geschlossen, die sonst so von regem Treiben bevölkerte Ebene war ungewohnt leer und still. So langsam begannen sich ihre Ohren nicht mehr anzufühlen, als hätte jemand Watte hineingestopft. Sie nahm wieder mehr Umgebungsgeräusche wahr. Als sie den Abgang zur U-Bahn ansteuerte, fiel ihr plötzlich auf, dass ihre Schritte nicht mehr das Einzige waren, was sie hörte. Ein Klackern wie von Krallen schien ihr zu folgen. Sie sah sich im Gehen in alle Richtungen um, konnte aber die Quelle des Geräusches nicht ausmachen. Trotzdem klang es, als würde es immer näher kommen. Ava beschleunigte ihre Schritte und auch das Klackern wurde schneller. Sie sah sich erneut nach allen Seiten um, das Geräusch schien von überall und nirgendwo zu kommen. Die letzten Meter zur Treppe rannte sie und übersprang auf dem Weg nach unten mehrere Stufen auf einmal. Beinahe wäre sie über einen Betrunkenen gestolpert, der angelehnt an die

Rolltreppe auf den Stufen saß und schlief. Unten angekommen hastete sie über den menschenleeren Bahnsteig. Vor der gelben Wand stand ein Snackautomat. Sie ging dahinter in Deckung, sodass sie von der Treppe aus nicht mehr zu sehen war. Vorsichtig lugte sie um die Ecke des Automaten, lauschte auf das Klackern. Sie erwartete, dass jede Sekunde jemand auf dem Bahnsteig erscheinen würde, aber nichts geschah. Während sie die Treppe weiter fixierte, bemerkte sie aus dem Augenwinkel eine Bewegung im dunklen Tunnel daneben. Dort schien etwas zu wabern. Ava spürte, wie ihr Herz zu rasen begann, als sie zwei rot glühende Augen am Rand des Tunnels entdeckte, die sie anstarrten. Wie vorhin in der U-Bahn, schoss es ihr durch den Kopf. Der Blick hatte etwas Hypnotisierendes. Ihre Nackenhaare stellten sich auf, als das Klackern wieder an Avas Ohr drang. Es dauerte einen Moment, bis sie realisierte, dass das Geräusch nun seinen Ursprung hinter ihrem Rücken hatte. Sie sah sich um. Dort zog sich gerade etwas aus dem Gleisbett auf den Bahnsteig.

»Was zur Hölle ...«, flüsterte sie.

Das Wesen schien ganz aus Rauch zu bestehen, bis auf seine klauenartigen Hände und die glühenden Augen. Rasiermesserscharfe Krallen klackerten auf dem gefliesten Boden. Am Rand des Bahnsteigs blieb es in geduckter Haltung stehen und fixierte Ava.

Unwillkürlich drückte sich Ava gegen den Automaten. Ein kurzer Blick zurück offenbarte nun auch dort solch ein Wesen, das aus dem Tunnel ins Licht getreten war und langsam über die Schienen auf Ava zuschlich.

Jäger. Woher auch immer dieser Gedanke gekommen war, sie wusste, dass es stimmte. Diese Wesen waren Jäger und sie offenbar ihre Beute.

Sie spürte, wie Adrenalin durch ihren Körper schoss und ihre Hände anfingen zu zittern. Ihr wurde übel. Hektisch sah sie sich um. Sie saß in der Falle. Von diesem Bahnsteig kam sie nicht runter, ohne an einem der Wesen vorbeizumüssen. Vielleicht über die Gleise auf die andere Seite?

Ava sah zum Bahnsteig gegenüber. Allein der Gedanke, dass sie zwei Gleise überqueren, dann die hohe Bahnsteigkante hinaufklettern und die Wesen währenddessen aus den Augen lassen musste, jagte ihr einen Schauer über den Rücken. Dennoch, wenn sie sich beeilte, konnte sie es vielleicht schaffen. Und dann dort die andere Treppe hoch.

Als ob es ihre Gedanken gelesen hätte, ließ sich das Wesen vor ihr auf alle viere nieder und sprang wie eine Raubkatze auf Ava zu. Ihr blieb keine andere Wahl. Sie war mit wenigen Schritten am Rand des Bahnsteigs und wollte gerade auf die Schienen springen, als ein Windstoß ihre Haare erfasste und sie ihr ins Gesicht wehte. Gerade noch rechtzeitig bemerkte sie die herannahende U-Bahn. Ava machte hastig einen Schritt zurück und sah, wie das Wesen auf dem Bahnsteig umdrehte und hinter der gelben Wand verschwand. Das andere sprang im letzten Moment auf das benachbarte Gleis. Die U-Bahn ratterte in den Bahnhof und blieb quietschend stehen.

Die Türen öffneten sich und ein paar Nachtschwärmer stolperten heraus. Ihre von Alkohol überdrehten Stimmen hallten von den Wänden wider. Ava eilte ins Innere der U-Bahn und sah durch das Fenster auf das gegenüberliegende Gleis. Das Wesen war nicht zu sehen. Kurz bevor sich die Türen schlossen, hechteten noch vier weitere Fahrgäste herein. Lachend setzten sie sich und beratschlagten, wo es als Nächstes hingehen sollte. Mit wild klopfendem Herzen ließ sich Ava ein Stück von der Gruppe entfernt auf einen der Sitze fallen. Ihre Hände zitterten unkontrolliert und ihre Beine fühlten sich an wie Gummi.

Die U-Bahn ruckte und fuhr an. Was zum Teufel war das? Als sie in den Tunnel eintauchten, starrte Ava angestrengt in die Dunkelheit, aber nirgends blitzten ihr die roten Augen entgegen. Verwirrt lehnte sie den Kopf gegen ihren Sitz und atmete mehrmals tief durch. Sie versuchte ihren Herzschlag zu beruhigen, aber es gelang ihr nicht ganz, die Furcht abzuschütteln. Werde ich jetzt verrückt?

Sie sah kurz zu der Gruppe, aber die war ganz mit sich selbst beschäftigt.

Okay, beruhig dich. Es gibt dafür sicher eine logische Erklärung. Vielleicht der Schlafmangel? Lichtreflexe? Oder dieses widerliche Getränk im Club? Vielleicht war da irgendwas drin gewesen. So oder so ...

»Da waren mir die Albträume definitiv lieber«, flüsterte sie und ließ erschöpft den Kopf gegen die Glasscheibe sinken.

KAPITEL 7

Wieder stand Ava im brennenden Zimmer. Doch anstatt ihre Eltern zu sehen, war sie ganz alleine im Raum. Der Rauch stach ihr in der Nase, sie musste husten. Während sie sich nach einer Fluchtmöglichkeit umsah, registrierte sie eine Bewegung hinter den Flammen, die sie einzuschließen drohten. Am anderen Ende des Zimmers schien sich der Rauch zu verdichten, er wirbelte durcheinander und formte langsam eine Gestalt. Zwei rot glühende Augen erschienen und fixierten Ava. Wie eine Katze lauerte das Wesen und schien jeder ihrer Bewegungen mit den Augen zu folgen. Es duckte sich und setzte zum Sprung an. Ava wollte zurückweichen, aber hinter ihr züngelten die Flammen empor. Sie sah noch, wie es durch die Luft auf sie zugeflogen kam, die scharfen Klauen griffen nach ihr …

Eine Berührung ließ Ava hochschrecken. Bei dem Versuch, dem Griff zu entkommen, fiel ihr zu spät ein, wo sie war. Sie fiel vom Schreibtischstuhl hinter der Theke des Antiquitätengeschäfts und landete hart auf dem Boden. Vor ihren Augen standen zwei schicke dunkelblaue Pumps. Als Ava hochblickte, ragte eine verwirrt dreinblickende Mrs Meyers über ihr auf.

»Alles in Ordnung, Darling?« Sorgenvoll musterte sie Ava.

»Ich … ja. Sie haben mich erschreckt. Ich muss kurz weggenickt sein. Sorry.«

Ava stand mit zitternden Beinen auf. Seit der Party waren einige Tage vergangen, Dylan hatte sie nur einmal kurz morgens bei der Postübergabe gesehen. Eigentlich hatte sie gedacht, die Geschehnisse in der U-Bahn ganz gut verdrängt und als Ermüdungserscheinungen abgetan zu haben. Aber nun hatten sich die Wesen in ihren Traum geschlichen. Na großartig.

Draußen vor dem Schaufenster war es schon fast dunkel. Ava hatte nur noch einige Papiere wegsortieren sollen. Sie konnte sich nicht daran erinnern, wann sie eingeschlafen war.

»Ja, das habe ich gesehen. Ein angenehmer Traum war es offenbar nicht. Herzchen, du siehst schrecklich aus.« Mrs Meyers legte eine Hand unter Avas Kinn und drehte ihr Gesicht sanft hin und her, um sie im Licht der Deckenlampe zu betrachten. »Ich finde, du solltest deiner Tante langsam von deinem Albtraum erzählen.«

Ava entzog sich ihrem Griff und strich sich eine Strähne hinters Ohr. »Und dann? Was soll Diana dagegen tun? Sie wird ihn ja wohl kaum wegzaubern können.«

Mrs Meyers verschränkte ihre Hände und betrachtete nachdenklich einen ihrer vielen Ringe. »Ava ...«, setzte sie an. Als sie aufsah, schien sie mit sich zu ringen.

Ava zog erwartungsvoll die Augenbrauen hoch.

Mrs Meyers seufzte. »Mach Schluss für heute, ja? Es ist sowieso schon viel zu spät. Ich muss noch was im Lager erledigen, du kannst vorne raus und dann abschließen.« Sie streckte die Hand aus und strich Ava sanft über die Wange.

»Ach so. Klar. Okay.« Ava lächelte irritiert. Sie hatte das Gefühl, Mrs Meyers hatte eigentlich etwas anderes sagen wollen. Einen kurzen Moment sah sie sie noch abwartend an, aber die alte Dame sagte nichts mehr.

»Dann bis morgen?«

Mrs Meyers lächelte. »Ja, bis morgen. Und versuch zu schlafen.«

Ava schnaubte nur und verließ den Laden. Sie zog ihren Schlüssel aus der Hosentasche und schloss ab. Mrs Meyers eilte die Wendeltreppe hoch. Nicht ins Lager. Ava sah ihr noch einen Moment nach. Irgendetwas hatte ihr auf der Zunge gelegen, da war Ava sich sicher. Aber sie hatte sich umentschieden. Warum? Obwohl sie über ihren Albtraum gesprochen hatten, hatte Ava nicht das Gefühl, dass es darum ging. So seltsam, wie sich Mrs Meyers verhalten hatte, müsste es schon etwas Wichtiges gewesen sein. Aber was?

Während Ava darüber nachgrübelte, spürte sie plötzlich, wie sich ihre Nackenhaare aufstellten. Sie sah die kleine Seitenstraße hinauf und hinunter. Keine Menschenseele zu sehen. Und doch hatte Ava das Gefühl, als würde sie jemand beobachten. Ihr kamen die Schatten wieder in den Sinn und ihr Herzschlag beschleunigte sich. Ein paar Häuser weiter war eine Laterne ausgefallen. Bewegte sich dort in der Dunkelheit etwas? Genug Hallus für heute. Ich geh jetzt.

Ava stopfte den Schlüssel zurück in ihre Hosentasche und eilte davon. Bei jedem Schritt spitzte sie angestrengt die Ohren, aber ein Klackern war nicht zu hören. Erst als sich eine Welle Kneipenbesucher in die kleine Straße ergoss und sie verschluckte, verlangsamte sie ihren Schritt. Sie warf einen Blick zurück. Das Schild von Mrs Meyers' Laden schwang sachte hin und her, als hätte der Wind es angestoßen. Nur, dass es absolut windstill war.

Als sie die Wohnungstür aufschloss, sah Ava wie Diana im Wohnzimmer gegenüber der Tür auf und ab lief. Sie telefonierte. Als ihr Blick auf Ava fiel, blieb Diana stehen. Sie bedeutete ihr zu warten. Ava lehnte sich gegen die Flügeltür, die das Wohnzimmer vom schmalen Flur trennte.

»Ja, gut. Sie ist da. Danke. Bis dann.« Diana legte auf und sah Ava einen Moment an. Ihr Gesichtsausdruck war schwer zu deuten. War sie sauer?

»Du bist nicht ans Handy gegangen. Ich habe mir Sorgen gemacht.«

Sie war sauer. Ava seufzte.

»Es tut mir leid, ich hatte erst was im Laden vergessen und bin dann über der Arbeit eingeschlafen ...«

»Du hättest Bescheid sagen können«, unterbrach Diana sie. Ava bemerkte, dass Diana ihr Smartphone fest umklammert hielt.

»Wie denn, wenn ich geschlafen habe? Wieso bist du so wütend? Ist nicht so, als ob ich erst um drei Uhr nachts nach Hause komme. Was, nebenbei bemerkt, auch in Ordnung ist. Ich bin nämlich kein Kind mehr und kann machen, was ich will. Ohne dich vorher um Erlaubnis zu fragen.«

Die beiden starrten sich einen Moment an. Dann drehte sich Diana um und setzte sich auf die Couch. Wie oft hatten sie hier Abende verbracht und gemeinsam Spiele gespielt oder sich über eine blödsinnige Liebeskomödie lustig gemacht. Es waren immer nur sie beide gewesen. Zusammen gegen den Rest der Welt. Diese Zeit schien gerade so weit weg.

Diana legte ihr Smartphone auf den Tisch und sah Ava an. »Was ist los mit dir?«

Ava verschränkte die Arme. »Nichts.«

Diana faltete ihre Hände und schob sie zwischen die Knie. Die Geste wirkte ungewohnt unsicher. »Ava, ich will dir helfen. Aber ich weiß nicht, wie. Seit einiger Zeit verhältst du dich so ... merkwürdig. Du bist launisch. Was auch immer ich sage oder mache, es ist falsch. So angespannt warst du nicht mal während des Abis. Und du siehst, um ehrlich zu sein, du siehst ziemlich fertig aus. Was kein Wunder ist. Egal wann ich nachts mal ins Bad muss, ich höre dich, wie du irgendwelche Onlinespiele spielst. Das ist nicht gesund.«

Dianas Gesichtsausdruck war so ehrlich besorgt, dass Ava merkte, wie ihre Abwehrhaltung bröckelte.

»Wieso bist du noch so spät im Laden gewesen? Was auch immer du vergessen hattest, Mrs Meyers hätte kein Problem damit gehabt, wenn du es morgen erledigt hättest.«

Ava stutzte. »Moment. Hast du mit ihr gesprochen?« Ihr Blick fiel auf Dianas Smartphone. »Eben gerade? Was hat sie zu dir gesagt?«

Diana hob die Schultern. »Sie hat nur angedeutet, dass es vielleicht gut wäre, wenn wir beide mal reden würden. Worüber ich auch froh wäre. Ich möchte dir helfen. Das bin ich meiner Schwester ...« Sie brach ab. Nach einem kurzen Moment setzte sie erneut an: »Ich bin für dich verantwortlich, Ava, und ich fühle mich schrecklich, wenn ich dir nicht helfen kann.« Diana klopfte sanft auf den Platz neben sich und sah Ava bittend an.

Die atmete tief durch. »Na gut«, sagte sie schließlich und setzte sich neben Diana.

Diana richtete sich auf und sah Ava aufmerksam an.

»Ich habe Albträume.« Mehr sagte sie nicht.

Diana wartete einen Moment. Als Ava nicht weitersprach, fragte sie: »Was für Albträume?«

Ava knetete ihre Hände und zog die Schultern hoch. Sie wusste nicht einmal, warum sie sich dabei unwohl fühlte, ihrer Tante zu sagen, was sie plagte.

»Na ja, eigentlich ist es nur einer. Ein und derselbe seit über einem Jahr. Am Anfang hatte ich ihn nur hin und wieder, aber mittlerweile kommt er regelmäßig. Fast jede Nacht.«

»Schlägst du dir deshalb die Nächte immer mit deinen Spielen um die Ohren?«

Ava nickte.

Diana schob nachdenklich die Lippen vor. Offenbar wusste sie nicht so recht, was sie von Avas Offenbarung halten sollte. Vielleicht hat sie mit Schlimmerem gerechnet. Drogen oder so.

»Ich weiß, das klingt banal. Aber langsam geht es mir an die Substanz.«

»Nein, klingt es ganz und gar nicht. Das glaube ich dir. Worum geht es in dem Traum?«, fragte Diana zaghaft.

Ava holte tief Luft, wie vor einem Sprung ins kalte Wasser. Es dauerte einen Moment, bis die Worte ihr über die Lippen kommen wollten. »Ich träume vom Tod meiner Eltern.«

Angestrengt starrte sie auf den Teppich, der unter der Couch lag. Ihr Blick hatte sich an einem herausstehenden Faden festgehakt, der ganz leicht in einem Luftzug hin und her zitterte.

»Du ...« Diana musste sich räuspern, ihre Stimme klang belegt. »Du erinnerst dich daran?«, fragte sie.

Ava hob hilflos die Schultern. »Ich weiß es nicht. Ich weiß nicht, ob es Erinnerungen sind, die ich sehe oder ... einfach nur meine Fantasie.«

Diana blieb stumm.

Ava riss ihren Blick vom Teppich los und sah auf. Ihre Tante saß wie eingefroren neben Ava auf der Couch und starrte sie an. Sie blinzelte nicht mal.

»Diana?«, fragte Ava besorgt.

Alle Farbe war aus Dianas Gesicht gewichen.

»Hey, alles gut bei dir?« Ava berührte leicht ihre Schulter.

Ihre Tante blinzelte mehrmals, als würde sie von weit weg zurückkommen. »Was siehst du in deinem Traum?«, fragte sie.

»Du musst dir keine Sorgen machen. Es ist nur ein Traum. Die Bilder sind nicht echt«, versuchte Ava sie zu beruhigen. Die unerwartete Reaktion irritierte sie. Wieso ist sie so geschockt?

»Ava, was siehst du in deinem Traum?«, fragte Diana jetzt bestimmter und beugte sich vor.

Ava antwortete, überrascht von der Dringlichkeit in Dianas Stimme. »Meine Eltern, wie sie tot auf dem Boden liegen. Es steht alles in Flammen. Ich glaube, ich höre die Stimme meiner Mutter. Sie fleht jemanden an. Ich kann nie ganz verstehen, worum und es ergibt auch keinen Sinn. Sie ist ja schon tot.«

Ava spürte, wie sich dasselbe beklemmende Gefühl in ihrer Brust ausbreitete, welches sie auch immer im Traum befiel. Sie schluckte und schüttelte leicht den Kopf, um es loszuwerden.

»Oh Ava.« Diana zog sie an sich und Ava ließ es zu. Sie sank in die Umarmung. Erst jetzt realisierte sie, wie weit sie sich in letzter Zeit voneinander entfernt hatten, und plötzlich waren die Tränen da. Sie verzog ihr Gesicht und vergrub es an Dianas Schulter. Ein Schluchzen stieg in ihrer Kehle auf. Diana schlang die Arme um sie und wiegte sie langsam hin und her. Als hätte jemand eine Schleuse geöffnet, strömten all die Tränen und aufgestauten Emotionen aus Ava heraus. Sie wusste nicht mal, wieso genau sie weinte. Wegen ihrer Eltern? Deren Tod oder einfach nur aus Schlafmangel durch den Albtraum? Fast zwanghaft presste sich ein Schluchzen nach dem anderen aus ihrer Kehle. Es tat weh und fühlte sich gleichzeitig gut an. Befreiend.

Eine ganze Weile saßen sie so da. Diana sagte kein Wort, sondern strich ihr nur über den Rücken. Wie früher, wenn Ava sich wehgetan oder einen bösen Traum gehabt hatte. Harmlose Träume im Vergleich zu heute.

Irgendwann kamen keine Tränen mehr. Avas Kehle schmerzte und ihre Nase lief. Sie versuchte ihren krampfhaften Atem zu beruhigen, dann löste sie sich aus Dianas Umarmung. Ihr Kopf dröhnte.

»Entschuldige«, nuschelte sie. Sie deutete auf den großen nassen Fleck, der sich auf Dianas Bluse ausgebreitet hatte. Plötzlich war ihr der Gefühlsausbruch unangenehm.

»Du musst dich nicht entschuldigen«, sagte Diana sanft und griff nach einem Päckchen Taschentücher, das auf dem Couchtisch lag.

Ava putzte sich die Nase und verzog dabei das Gesicht. »Au. Mein Kopf.«

Bevor sie noch mehr sagen konnte, war Diana aufgestanden. Wenige Momente später kam sie mit einem Glas Wasser aus der Küche zurück. »Hier.«

Ava nahm es dankbar an und trank ein paar Schlucke.

Diana beobachtete sie aufmerksam. »Ava, dieser Traum ...«, setzte sie schließlich vorsichtig an.

»Schon okay. Es ist nur ein Traum, das weiß ich. Diese feuchtfröhliche Vorstellung«, Ava deutete auf ihr verquollenes Gesicht, »wurde Ihnen präsentiert von: Schlafmangel.«

Diana verzog das Gesicht. »Das ist nicht lustig, Ava. Dir geht es nicht gut.«

»Tatsächlich geht es mir jetzt etwas besser.«

Eine von Dianas Augenbrauen wanderte zweifelnd in die Höhe. »Vielleicht solltest du mit jemandem sprechen. Jemand Professionellem«, sagte sie unsicher. Sie schien offenbar selbst nicht angetan von dem Gedanken.

»Nein. Das ist nicht nötig. Es ist nur ein Traum und der geht sicher auch wieder vorbei.« Ava klang zuversichtlicher, als sie sich fühlte. Aber der Gedanke, bei einem Therapeuten auf der Couch zu liegen und ihn in ihrem Kopf herumwühlen zu lassen? Nein danke. Sie stand auf.

»Okay. Aber wenn du noch reden möchtest, du weißt, ich bin da«, sagte Diana.

»Ich glaube, ich möchte gerade nur noch schlafen.« Vielleicht diesmal dann ja ohne Träume. Eine bleierne Müdigkeit überkam Ava. Sie zog an ihrem Körper, jeder Schritt in Richtung Flur fühlte sich an, als würde sie durch Schlamm waten. An der Tür blieb sie noch einmal stehen.

»Danke, Diana.«

»Wofür?«

»Für alles. Das hier war sicher nicht unbedingt das, was du dir für dein Leben vorgestellt hast. Trotzdem hast du immer dein Bestes gegeben.«

Diana lächelte traurig. Bevor sie etwas erwidern konnte, wandte Ava sich ab und verließ das Zimmer.

Als Ava am nächsten Morgen aufwachte, fühlte sie sich, als hätte ihr ein Boxer ins Gesicht geschlagen. Ihre Augen waren verquollen und ließen sich kaum öffnen und der Kopf pochte noch immer leicht. Die Sonnenstrahlen, die sich in ihr Zimmer verirrten, machten es nicht besser. Stöhnend wälzte sie sich auf die Seite und vergrub ihr Gesicht im Kissen. So blieb sie einen Moment liegen, bis ihr etwas auffiel. Ich habe durchgeschlafen. Kein Albtraum.

Langsam setzte sich Ava auf und zog die Beine unter der Decke an. Sie blinzelte zum Wecker neben ihrem Bett. Zehn Uhr. Trotz der durchgeschlafenen Nacht fühlte sie sich wie erschlagen. Kein Wunder, wenn man fünfzig Liter Wasser aus den Augen presst.

Ein leises Klappern erklang aus der Küche. Diana musste auch schon wach sein. Ava schälte sich aus ihrer Bettdecke, warf sich ihren Kimono über und schlurfte zur Zimmertür. Als sie sie öffnete, wehte ihr Kaffeegeruch entgegen. Sie schnupperte genüsslich. Es gab keinen schöneren Geruch als frisch gekochten Kaffee am Morgen. Langsam tappte sie in den Flur und zur Küche, rieb sich dabei den Schlaf aus den Augen. In der Tür blieb Ava stehen. An dem kleinen Tisch saß Diana mit dem Rücken zu ihr. Und gegenüber auf dem Stuhl Mrs Meyers. Sie trank gerade einen Schluck aus ihrer Kaffeetasse.

»Guten Morgen, Darling. Haben wir dich geweckt?«, fragte sie dann.

Ava blinzelte. Mrs Meyers in ihrer Küche. Das Bild passte nicht zusammen.

Diana drehte sich zu Ava um. Im Gegensatz zu Mrs Meyers wirkte sie etwas verspannt. Sie lächelte Ava flüchtig an, dann zuckte ihr Blick kurz zu der älteren Dame. Ihr war offenbar ganz und gar nicht wohl dabei, das Ava den Besuch mitbekam. »Es ist noch Kaffee da, wenn du magst«, sagte sie an Ava gewandt.

Ava nahm sich eine Tasse und lehnte sich an die Küchenzeile. »Was machen Sie hier?«, fragte sie schließlich.

Mrs Meyers lachte leise. »Es ist auch schön, dich zu sehen, Darling. Ich bin gleich wieder weg.«

»Nein, Entschuldigung. So habe ich das nicht gemeint. Aber ... was machen Sie hier? Ich wusste nicht, dass ihr beide euch so gut kennt.« Ava schaute zwischen Mrs Meyers und Diana hin und her. Diana starrte in ihren Kaffee.

Mrs Meyers lächelte Ava über den Rand ihrer Tasse hinweg an. »Ich bin wegen dir hier.«

»Wegen mir?«

»Ja. Ich habe dir gestern schon gesagt, ich mache mir Sorgen. Und deine Tante auch, wie es scheint.« Mrs Meyers sah zu Diana. Die begutachtete immer noch hoch konzentriert die braune Flüssigkeit. Die ganze Situation kam Ava seltsam vor. Dianas Unbehagen war beinahe mit Händen greifbar.

»Aha«, sagte Ava nur. Sie wusste nicht, wie sie sonst darauf reagieren sollte.

Mrs Meyers schien die unbehagliche Stimmung nichts auszumachen. Sie lehnte sich entspannt in ihrem Stuhl zurück. »Ja. Nach unserem Gespräch gestern kam mir der Gedanke, dass du vielleicht etwas Ruhe brauchst. Etwas Zeit, um dich zu erholen. Du arbeitest seit deinem Abitur fast jeden Tag bei mir. Deswegen dachte ich, gebe ich dir ein paar Tage frei.«

»Frei?«, echote Ava überrascht. »Das ist nett, aber das brauche ich wirklich nicht.«

»Vielleicht könntet ihr zusammen wegfahren«, fuhr Mrs Meyers fort, als ob Ava nichts gesagt hätte. »Das tut euch bestimmt gut.«

Ava sah Diana an. Der Kaffee musste unglaublich spannend sein, denn sie weigerte sich beharrlich, aufzusehen. Was zur Hölle soll das? Sie spürte, wie sie langsam genervt wurde. »Ich denke nicht, dass das nötig ist. Abgesehen davon muss Diana ja arbeiten. Stimmt's?«

Nun sah Diana doch auf und zuckte mit den Schultern. »Vielleicht könnte ich meinen Chef fragen, ob er mir frei gibt.«

»Und was genau soll das bringen?«, fragte Ava gereizt. »Meint ihr, woanders schlafe ich besser? Geht es euch darum?«

»Ava, wir wollen doch nur, dass du dich mal etwas entspannst. Vielleicht tut ein Tapetenwechsel gut.« Mrs Meyers sah Ava tadelnd an.

»Ist der Gedanke, mit mir wegzufahren, so schlimm?«, fragte Diana. Sie lächelte, aber Ava konnte sehen, dass ihre Reaktion sie verletzte.

Sie schnaubte genervt. »Das hat nichts damit zu tun. Ich mag es einfach nicht, wie jeder plötzlich anfängt und mir erklären will, was gut für mich ist.«

Diana warf Mrs Meyers einen hilflosen Blick zu. Die nickte.

»Ich verstehe, was du meinst.«

Dieses stumme Einvernehmen zwischen den beiden reizte Ava aus irgendeinem Grund noch mehr.

»Was verstehen Sie?« Nur mit Mühe konnte sie die Aggression aus ihrer Stimme heraushalten.

Mrs Meyers sah Ava mit einem unergründlichen Blick an. Dann stellte sie ihre Kaffeetasse ab und erhob sich plötzlich. »Ich glaube, meine Anwesenheit macht das Ganze nicht besser.« Sie trat vor Ava und sah ihr forschend in die Augen. »Entschuldige, Darling. Ich wollte dich nicht aufregen. Es war nur eine Idee.«

Ava atmete tief durch und nickte.

Mrs Meyers legte beim Vorbeigehen kurz eine Hand auf Dianas Schulter. Die versteifte sich unter der Berührung.

»Ich denke, lange wird es nicht mehr dauern, Diana.« Mit diesen Worten verließ sie die Küche.

Ava hörte, wie die Tür sanft ins Schloss fiel. Perplex sah sie Diana an. »Was meinte sie damit? Was wird nicht mehr lange dauern?«

»Ich muss zur Arbeit«, antwortete Diana und verließ hastig die Küche.

»Hey! Diana, warte! Was meinte sie damit? Außerdem ...« Ava stellte ihre Tasse auf der Küchenzeile ab und folgte ihrer Tante. Im Flur sah sie gerade noch, wie die Tür ins Schloss fiel. Und sie stand alleine in der Wohnung.

»... ist heute Samstag«, murmelte sie verwirrt. Was hatte das alles zu bedeuten?

KAPITEL 8

Diana ließ sich den restlichen Tag nicht mehr blicken. Ava tigerte ruhelos durch die Wohnung, horchte bei jedem leisen Geräusch vor der Wohnungstür auf, aber ihre Tante blieb verschwunden. Wohin auch immer. Auf der Arbeit war sie sicher nicht. Nach mehreren erfolglosen Versuchen, Diana anzurufen, warf sich Ava genervt auf die Couch und starrte an die Decke. Was sollte dieses seltsame Verhalten? Worüber hatte Diana mit Mrs Meyers gesprochen, was war das für eine Sache, die nicht mehr lange dauern würde? Auch von ihr erhielt sie keine Erklärung. Ava hatte Mrs Meyers zwar ans Telefon bekommen, aber sie weigerte sich beharrlich, ihr etwas zu sagen. Gerade als sich ihre Gedanken in die hundertste Schleife begeben wollten, klingelte Avas Smartphone. Beim Versuch, es vom Couchtisch zu schnappen, fiel Ava fast auf den Boden, so hastig streckte sie sich danach. In der festen Annahme, Diana würde endlich zurückrufen, nahm sie das Gespräch entgegen, ohne richtig aufs Display zu schauen.

»Diana? Wo zum Henker bist du?«

Es entstand eine kurze Pause, in der Ava das Rauschen der Leitung hören konnte. Dann: »Äh. Hier ist Dylan.«

Ava nahm das Handy vom Ohr und schaute aufs Display. *Dylan.* Fängt zwar auch mit D an, aber dennoch die falsche Person.

Sie rappelte sich auf. »Oh, hey. Sorry. Ich dachte, du wärst jemand anders.«

»Ja. War nicht zu überhören. Wer ist Diana?«, fragte er neugierig.

»Meine Tante. Ich versuche sie schon den ganzen Tag zu erreichen, aber sie geht nicht ans Handy.«

»Oh. Meinst du, es ist was passiert?«

Ava lehnte sich auf der Couch zurück und fuhr sich mit der Hand übers Gesicht. »Nein, sie will offenbar bloß nicht mit mir reden.«

»Ah.«

Dylan hatte scheinbar keine Ahnung, wie er darauf reagieren sollte.

»Egal. Rufst du aus einem bestimmten Grund an?«, warf sie ihm eine Rettungsleine zu.

»Ja, ich ... tatsächlich. Ich wollte fragen, ob du heute Abend Zeit hättest?«

Ava richtete sich auf. Abgesehen von dem einen Mal, als er eine Lieferung gebracht hatte, hatte sie nichts mehr von ihm gehört. Sie war davon ausgegangen, dass ihr Geständnis ihn vertrieben hatte.

»Ja, klar. Ich glaube, von halb neun bis viertel vor neun habe ich noch einen Slot frei. Aber du musst dich mit der Reservierung beeilen, da sind noch andere in der Warteschleife.«

Direkt nachdem sie es ausgesprochen hatte, biss sie sich auf die Lippe und verzog gequält das Gesicht. Was war das denn für eine dämliche Antwort?! Sie wartete angespannt auf seine Reaktion.

»So, noch andere? Na dann schlag ich doch direkt zu. Länger als eine Viertelstunde würde ich dich sowieso nicht ertragen.«

Ava grinste. »Schön, ist eingetragen. Was schwebt dir vor?«

»Wie wär's mit was essen gehen? Oder ins Kino?«

Essen gehen? Kino? Das klang verdächtig nach ...

»Du meinst wie ein ... Date?«, fragte Ava unsicher.

»Nein, Ava. Kein Date. Ich hab deine Ansage verstanden.«

»Oh, gut.«

»Wow, du klingst ja richtig erleichtert.« Eine kurze Pause. »Ist der Gedanke an ein Date wirklich so schlimm?«

Er sagte es in neckischem Ton, aber Ava hatte das Gefühl, dass ihn ihre Reaktion verletzt hatte. Unruhig stand sie auf und begann wieder durch die Wohnung zu tigern. »Nein, so meinte ich das nicht.« Mein Gott, wieso muss ich heute jedem auf die Füße treten?! »Ich hatte ja nur gesagt, dass ...«

»Ja, ja, ich weiß. Wenn es dich beruhigt, man kann auch zusammen essen oder einen Film schauen, ohne dass da direkt irgendwas Romantisches passiert. Versprochen.«

Ava atmete erleichtert aus. Ihre Runde hatte sie mittlerweile in die Küche geführt. »Okay.«

»Gut. Jetzt, wo wir den super unangenehmen Part hinter uns hätten: Was willst du machen?«

Sie lächelte verlegen. »Ich weiß nicht. Wie du magst.« Ihr Blick fiel auf einen Flyer, den sie an den Kühlschrank gehängt hatte.

»Du bist ja keine große Hilfe.« Dylan seufzte übertrieben.

Sie trat näher an den Flyer. *Nachtflohmarkt im Günthersburgpark* lautete die Überschrift. Sie sah auf das Datum. »Ach Mist«, unterbrach sie Dylans Aufzählungen von kulinarischen Genüssen und Filmen.

»Was?«, fragte er.

»Heute Abend ist ein Nachtflohmarkt. Ich hatte Mrs Meyers gesagt, dass ich mir den anschaue. Tut mir leid.« Sie starrte den Flyer zerknirscht an, als wäre er es, dem sie die Nachricht überbrachte.

Dylan schwieg einen Moment. »Tja, auf einem Nachtflohmarkt war ich auch noch nie.«

Ava blinzelte überrascht. »Du würdest mitkommen?«

»Wenn das nicht dein Versuch war, wieder aus der Nummer rauszukommen, ja.«

»Nein! Nein, wirklich nicht. Ich hatte den ganz vergessen«, sagte sie eilig.

»Gut, dann haben wir wohl ein Nicht-Date auf einem Nachtflohmarkt. Wow. Ich glaube, dieser Satz wurde noch nie zuvor in der Geschichte der Menschheit ausgesprochen.«

Ava lachte. »Es gibt immer ein erstes Mal.«

»Stimmt. Hatte schon schlimmere erste Male. Wann und wo heute Abend?«, fragte er.

»Um zwanzig Uhr? Im Günthersburgpark. Sagen wir, Treffpunkt vor dem Stier?«

»Alles klar. zwanzig Uhr, Schreitender Stier. Dann bis später.«

»Bis dann.«

Sie legte auf und sah auf die Uhr. Es war mittlerweile schon kurz vor neunzehn Uhr. Wo blieb Diana bloß? Erneut versuchte Ava sie anzurufen, wieder ging nur die Mailbox dran.

»Diana, melde dich bitte. So langsam mache ich mir Sorgen. Ich ... keine Ahnung, ruf bitte einfach an, okay?«

Frustriert legte sie auf. Ewig würde sie ihr nicht aus dem Weg gehen können. Und dann müsste sie mit Ava sprechen.

Erneut betrachtete sie den Flyer. Die Aussicht, nicht alleine über den Flohmarkt laufen zu müssen, war heute scheinbar tatsächlich der einzige Lichtblick. Auch wenn sie es sich nicht eingestehen wollte, sie freute sich auf das Nicht-Date.

Punkt zwanzig Uhr stand Ava vor der Statue des Schreitenden Stiers im Günthersburgpark. Mit seinen fast vier Metern Länge war er kaum zu verfehlen. Laut Mrs Meyers wurde er schon 1905 von einem Frankfurter Bildhauer entworfen, aber erst 1950 aufgestellt. Das Alter sah man ihm auf jeden Fall an, sein Kupfer war mittlerweile blaugrün angelaufen. Ava setzte sich auf den Rand des Podestes, auf dem der Koloss stand, und lehnte sich gegen eins seiner Beine. Viele Frankfurter ließen den schönen Sommertag hier ausklingen.

Decken waren ausgebreitet, Kinder spielten Fangen und lachten ausgelassen, von irgendwoher wehte leise Musik. Ava schloss die Augen und hielt ihr Gesicht in die Sonne. Sonnenstrahlen tasteten sanft über ihre Haut und sofort entspannte sie sich etwas. Sie atmete tief ein. Es roch nach warmer Erde, Gras und Blumen.

»Tut gut, oder?«

Ava öffnete langsam die Augen, als würde sie aus einem Traum erwachen. Dylan war neben ihr aufgetaucht und ließ den Blick über die Wiese wandern.

»Ja. In solchen Momenten kann ich mir einfach nicht vorstellen, dass irgendwo auf der Welt etwas Böses geschieht«, erklärte Ava mit einem Seufzen.

Dylan neigte den Kopf zur Seite und musterte sie. »Geht's dir gut?«

Achselzuckend erhob sich Ava von dem Podest. »Alles gut. Nur etwas neben der Spur wegen des kleinen Streits mit meiner Tante.« Sie runzelte die Stirn. »Wenn es denn ein Streit war. Sie ist heute Morgen einfach abgehauen und seitdem nicht mehr zu erreichen. Ich mache mir etwas Sorgen.«

»Worum ging's denn?«

»Wenn ich das wüsste.« Nachdenklich kaute Ava auf ihrer Lippe herum. Dann schüttelte sie leicht den Kopf, wie um die Gedanken zu vertreiben. »Was soll's. Wollen wir?«

Sie folgten dem Fußweg durch eine Ansammlung von Bäumen und an einem Bolz- und Basketballplatz vorbei. Als sie auf dem Hauptweg ankamen, konnten sie schon die vielen Tische sehen, die sich auf der Wiese dahinter aneinanderreihten. Der Flohmarkt hatte gerade erst begonnen und schon schob sich eine kleine Menschenmenge durch die Reihen. Jeder auf der Suche nach einem Schatz. Ava und Dylan schlenderten durch die Reihen. Hin und wieder blieb Ava stehen und nahm ein Stück in die Hand. Während sie mit den Verkäufern sprach, stand Dylan schweigend neben ihr und lauschte. Nachdem sie fast über den ganzen Flohmarkt spaziert waren, steuerten sie schließlich den kleinen Imbiss an, der am Rand aufgebaut war. Sie kauften sich Hotdogs und stellten sich an einen der Stehtische.

»Und, war schon ein unentdeckter Schatz dabei?«, fragte Dylan zwischen zwei Bissen.

Ava schüttelte den Kopf und leckte sich Ketchup vom Finger. »Nein, bis jetzt noch nicht.«

»Woher weißt du, was etwas wert sein könnte und was nicht?«

»Mittlerweile? Erfahrung. Vorher war es eher Glück.« Ava lachte. »Ich habe Mrs Meyers am Anfang jeden Schrott zur Begutachtung gebracht. Sie hat regelmäßig die Hände über dem Kopf zusammengeschlagen und zugesehen, dass sie mir so schnell wie möglich einen Crash-Kurs gibt. Woran erkennt man ein Original, woran eine billige Kopie, was sind *wertvolle* alte Stücke und was sind einfach nur alte Stücke.«

Ihre Gedanken sprangen zu der McLean-Sammlung. Darin könnten sich tatsächlich einige Schätze befinden. Seltsamerweise wich Mrs Meyers ihr jedes Mal aus, wenn Ava sie danach fragte.

»Und das ist das, was du machen möchtest? Ich meine, als Beruf?«, holte Dylan sie wieder an den Imbissstand zurück.

Ava warf ihm einen kurzen Blick zu, bevor sie sich wieder mit ihrem Brötchen beschäftigte. »Keine Ahnung. Momentan macht es mir Spaß. Und du, willst du ewig bei der Post arbeiten?«

Er zuckte mit den Schultern. »Ich weiß, ist kein aufregender Beruf. Aber sie bezahlen gut und ich bin draußen unterwegs. Die Vorstellung, den ganzen Tag im Büro vor einem Rechner zu sitzen …« Er schüttelte sich. »Nein danke.«

Ava nickte lächelnd. »Versteh ich.« Sie musterte ihn einen Moment, bevor sie fragte: »Darf ich dich was fragen?«

»Hast du doch gerade.« Er grinste.

»Ha, ha.« Sie verdrehte gespielt genervt die Augen.

»Schieß los«, forderte er sie auf und schob sich den letzten Rest seines Essens in den Mund.

»Wieso Dylan? Ich meine ... hast du irgendwie englische Wurzeln oder so?«

»Schön wär's. Meine Mutter ist ein riesiger Bob-Dylan-Fan, also ...«

»Ah, du bist also eine Hommage an ihn.«

»Sieht so aus.«

»Hmm. Und hast du auch sein Talent geerbt?«

Dylan lachte auf. »Ich bin musikalisch leider absolut unbegabt. Wenn ich also jemals Karaoke singen sollte, flieh!«

Sein ehrliches Lachen war ansteckend und Ava musste kichern. Ein plötzliches Kribbeln im Nacken ließ sie jedoch schnell wieder verstummen. Es fühlte sich an, als ob jemand sie anstarren würde. Sie sah sich um und ließ ihren Blick über die Menge schweifen. Die Sonne war mittlerweile untergegangen. Quer über den Flohmarkt waren Lichterketten gespannt worden, die ihn in eine verwunschene Atmosphäre tauchten. Hinter den Grenzen des Marktes kroch langsam die Dunkelheit heran. Wie ein hell erleuchtetes Schiff auf dunkler See stach er aus dem Park heraus. Zuerst sah sie nur die Menschen, die sich weiter an den Tischen vorbeischoben. Sie wollte sich schon wieder Dylan zuwenden und es als falschen Alarm abtun, als ihr eine regungslose Gestalt auffiel. Sie stand neben einem Kleiderständer, der an einem der Verkaufstische aufgebaut worden war. Es war ein Mann. Er war ganz in Schwarz gekleidet und hatte seine Hände in die Jackentaschen geschoben. Trotz der voranschreitenden Dunkelheit trug er eine Sonnenbrille. Ava meinte dennoch die Augen dahinter erkennen zu können. Glühten sie rot?

»Alles in Ordnung?«, fragte Dylan.

Sie drehte sich wieder zu ihm um. »Äh, ja, klar. Ich dachte nur kurz ...«

Erneut sah sie über die Schulter. Der Mann war verschwunden. Sie suchte die Menschenmenge ab, konnte ihn aber nicht mehr entdecken. Das war Einbildung. Nur ein normaler Besucher. Mehr nicht.

Dylan folgte ihrem Blick. »Sicher? Du wirkst auf einmal so angespannt.«

Auch wenn sie den Mann nicht mehr sehen konnte, ließ sie das Gefühl, beobachtet zu werden, nicht los. »Können wir gehen?«

»Klar«, antwortete Dylan überrascht. »Aber die letzten Reihen haben wir noch nicht geseh…«

»Macht nichts. Da wird auch nichts dabei sein.«

Auch wenn es ihr nicht behagte, diese kleine erleuchtete Insel zu verlassen, marschierte sie los in die Dunkelheit. Dylan warf noch einen letzten Blick zurück, dann folgte er ihr. Ava beeilte sich, die dunkle Wiese hinter sich zu lassen und auf den beleuchteten Weg zu kommen. Unterwegs sah sie sich immer wieder um, konnte aber niemanden erkennen, der ihnen folgte. Zumindest nicht auf dem schön ausgeleuchteten Weg. Was die dunklen Wiesen daneben betrifft … Sie musterte die Umgebung unbehaglich.

Dylan ging schweigend neben ihr, bis sie am Ende des Parks angelangt waren. Dort fasste er sie sanft am Arm und brachte sie zum Stehen. »Hey, ist wirklich alles gut? Du siehst aus, als hättest du einen Geist gesehen.«

Er sah ehrlich besorgt aus. Am liebsten hätte Ava ihm von ihrem Erlebnis in der U-Bahn nach der Party erzählt, aber wer würde das schon glauben? Sie war sich ja nicht mal selbst sicher, was sie da gesehen hatte. Also nickte sie und versuchte zu lächeln. »Alles in Ordnung. Mir ist nur auf einmal kalt geworden. Ich werd mich jetzt heim machen.«

Dylan zog zweifelnd die Augenbrauen hoch.

Lahme Ausrede, ich weiß.

»Soll ich dich begleiten?«

Die Vorstellung, nicht alleine durch die Stadt laufen zu müssen, war tröstlich, andererseits: Wenn sie sich diese Wesen nicht eingebildet hatte, dann waren sie aus irgendeinem Grund offenbar hinter ihr her. Am Ende griffen sie noch Dylan an.

»Nein, brauchst du nicht«, beeilte sie sich zu sagen.

»Bist du sicher?« Er warf einen Blick über ihre Schulter in den Park, als würde er immer noch nach dem suchen, was sie so erschreckt hatte.

»Ja, wirklich. Ich bin ja schon groß. Aber danke fürs Angebot.« Bevor er noch etwas erwidern konnte, stellte sie sich auf die Zehenspitzen und umarmte ihn schnell. »Also, bis dann.« Damit ließ sie ihn stehen und machte sich auf den Heimweg. Als sie noch mal zurückschaute, stand er immer noch am selben Fleck und sah ihr verwirrt hinterher.

KAPITEL 9

Nach acht im Eiltempo gegangenen Minuten erreichte Ava den Nibelungenplatz. Während des ganzen Weges hatte sie immer wieder Blicke über die Schulter geworfen, konnte aber keinen Verfolger entdecken. Als sie sich schließlich auf einen Platz in der Tram fallen ließ, war sie leicht verschwitzt und ihr Herz pochte. Reg dich ab. Das war sicher nur Einbildung. Das war ein normaler Typ. Vielleicht hat sich irgendein Licht in seiner Sonnenbrille gespiegelt ... Aber wer trägt denn bitte abends eine Sonnenbrille?

Sie versuchte den Gedanken mit einem Schulterzucken abzutun. Das war Frankfurt, hier gab es genug seltsame Menschen und nachts eine Sonnenbrille zu tragen, war bei Weitem nicht das Seltsamste, was ihr in dieser Stadt untergekommen war.

Die Tram schaukelte durch die Straßen und allmählich begann Ava sich zu entspannen. Je länger sie darüber nachdachte, umso sicherer war sie sich, dass sie sich den möglichen Verfolger nur eingebildet hatte. Es war ihr peinlich, dass sie sich so komisch aufgeführt hatte. Sie spielte mit ihrem Handy. Sollte sie Dylan eine Nachricht schreiben und sich entschuldigen? Andererseits, wofür? Sie hatte ihm nur gesagt, dass ihr kalt war.

Kurz vor der Ignatz-Bubis-Brücke entschied sie sich auszusteigen und das restliche kurze Stück zu Fuß zu gehen. Die Nähe von Wasser beruhigte sie und sie liebte es, die erleuchtete Skyline zu sehen. Wie sie über dem Main thronte und sich in ihm spiegelte.

Um die Uhrzeit war der Verkehr schon deutlich weniger geworden und nur hin und wieder rauschte ein Auto an ihr vorbei. Sie schlenderte langsam über die Brücke und lehnte sich schließlich gegen das Geländer. Die Lichter tanzten auf dem Wasser. Der typische Flussgeruch stieg ihr in die Nase. Irgendwo hörte man eine der Nilgänse leise schnattern. Es war so friedlich und normal, dass ihr ihre Reaktion im Park direkt doppelt idiotisch vorkam.

Ein Flackern am Anfang der Brücke erregte ihre Aufmerksamkeit. Als sie einen Blick zurückwarf, sah sie, wie die Straßenlaterne mehrmals aufflackerte und dann erlosch. Bevor sie sich einen Reim darauf machen konnte, wurde auch die nächste Laterne dunkel. Sie machte einen Schritt vom Geländer weg und wandte den Blick zum anderen Ende der Brücke. Auch dort fiel eine Laterne nach der anderen aus. Langsam kroch die Dunkelheit auf Ava zu. Und dann hörte sie es. Ein Klackern gemischt mit schnell heraneilenden Schritten. Der Mann mit der Sonnenbrille tauchte aus der Dunkelheit auf. Nur hatte er die Brille jetzt abgenommen und Ava konnte das rote Glühen seiner Augen deutlich sehen. Also doch keine Einbildung! Ava wollte wegrennen, aber auch auf der anderen Seite löste sich eine Gestalt aus der Schwärze. Eine Frau in einem dunklen Mantel, deren Augen ebenfalls glühten. Ava war gefangen. Auf beiden Seiten des Mains konnte sie die Autos vorbeirauschen sehen, aber ausgerechnet jetzt wollte natürlich keines über die Brücke. »Shit, shit, shit!«

Hektisch sah sie sich um, aber die einzige Chance, von der Brücke zu gelangen, wäre ein Sprung über das Geländer gewesen. Trotz ihrer Angst war das kein Ausweg. Also schrie sie: »Was wollt ihr? Wieso verfolgt ihr mich?«

Natürlich gaben die Wesen keine Antwort. Die beiden kamen immer näher und aus einem verzweifelten Wunsch heraus, etwas zu tun und nicht nur wie das Lamm auf seine Schlachtung zu warten, rannte Ava los, um die Straßenseite zu wechseln. Doch schon nach wenigen Schritten spürte sie einen heftigen Schlag im Rücken, als hätte sie jemand geschubst. Sie verlor den Boden unter den Füßen und schlug der Länge nach hin. Ihr Kinn knallte auf die Straße und sie hörte, wie ihre Zähne schmerzhaft aufeinander schlugen. Stöhnend drehte sie sich auf den Rücken. Ein Sog erfasste sie und wie von schwarzen wabernden Fäden gezogen, wurde sie auf den Mann zugeschoben. Er ging gemächlich auf Ava zu, seine Hand war ausgestreckt und seine Augen fixierten sie. Ein Lächeln lag auf seinen Lippen.

Was zur Hölle ...?! Ava versuchte sich dagegen zu wehren, strampelte und wand sich, aber sie konnte dem Sog nicht entkommen. Sie kam ihrem Verfolger immer näher. Seltsamerweise wurde ihre Angst für einen kurzen Moment von einem anderen Gefühl überlagert. Freude? Sie registrierte es verwirrt, aber dann packte sie der Mann am Arm und riss sie hoch. Seine Finger bohrten sich wie Krallen durch ihr T-Shirt und sie schrie kurz auf. Der Schrei hallte über die Brücke, fast klang er wie der eines Adlers. Aus ihr unerfindlichen Gründen zuckte ihr Angreifer zusammen und lockerte seinen Griff. Ava nutzte die Chance und rannte von ihm weg, aber er fing sich wieder und war mit einem Satz hinter ihr. Erneut packte er sie am Arm. Aus einem Reflex heraus drehte sie sich um und stieß ihm die freie Hand vor die Brust. Nun war er es, der aufschrie, denn dort, wo Ava ihn berührt hatte, war ihr Handabdruck eingebrannt und seine Kleidung schwelte. Verwundert starrte Ava den Abdruck an. Das überhebliche Lächeln des Mannes war verschwunden, sein Gesicht nun wutverzerrt. Er duckte sich wie zum Sprung und seine Finger wurden zu den Krallen, die Ava schon bei den Wesen im U-Bahnhof gesehen hatte. Ava stolperte zurück und sah schnell zu der Frau. Auch sie hatte nun Krallen. Dennoch blieb sie in sicherem Abstand zu Ava. Fast so, als hätte sie Respekt vor ihr. Sie blieben stehen und taxierten Ava wie Raubtiere ihre Beute. Ava streckte ihre

Hände schützend nach vorne, auch wenn sie keine Ahnung hatte, wie sie das Shirt des Mannes angesengt hatte. Doch gerade als die beiden sich mit einem Blick verständigten und er zum Sprung ansetzte, wurde er von den Füßen gerissen. Als hätte ihn ein unsichtbarer Rammbock mit voller Wucht in den Magen getroffen, flog er mehrere Meter weit und knallte gegen das Geländer der Brücke. Dort blieb er zusammengesackt liegen. Die Frau und Ava wirbelten herum und Ava sah eine weitere Gestalt auf sie zu rennen. Die Frau stieß ihre Krallen nach vorne und etwas Schwarzes schoss daraus hervor. Die rennende Gestalt blieb nicht stehen, sondern hob ebenfalls eine Hand. Ein gleißender Lichtblitz beleuchtete die Brücke. Was auch immer die Frau auf die neue Gestalt losgelassen hatte, es wurde durch das Licht wie von einem Schild abgelenkt und schoss in die Dunkelheit über dem Main davon. Die Frau vor Ava fauchte und sprang, knallte aber offenbar mitten in der Luft gegen eine unsichtbare Barriere. Benommen fiel sie zu Boden. Ohne der Frau einen weiteren Blick zu schenken oder langsamer zu werden, rannte die Gestalt weiter auf Ava zu. Die machte unsicher einen Schritt zurück und wollte schon fliehen, als sie erkannte, wer da auf sie zukam. Es war die junge Frau aus dem Club. Überrascht blieb sie, wo sie war.

Die Unbekannte erreichte sie und griff übergangslos nach ihrer Hand. »Wir müssen weg.« Sie zog Ava mit sich und ohne darüber nachzudenken, folgte sie ihr. Gemeinsam rannten sie über die Brücke.

»Was war das? Wer bist du?«, keuchte Ava.

»Später, wir müssen weg von der Straße.«

Erst kurz vor dem Antiquitätengeschäft fiel Ava auf, dass die Frau sie zielsicher dorthin geleitet hatte. »Woher …?«

»Rein.«

Mit einem Mal war die Tür offen und die Frau schob Ava in den dunklen Laden. Sie schloss die Tür hinter ihnen und spähte durch die Schaufenster nach draußen. Ava stand vornübergebeugt da und holte krampfhaft Luft. Als sie sich schließlich aufrichtete, presste sie eine Hand in die Seite. Die Frau starrte immer noch aus dem Fenster, ihr ganzer Körper vibrierte förmlich vor Anspannung.

»Wer bist du?«, wiederholte Ava ihre Frage.

Die Frau warf einen letzten Blick die Straße hinunter, dann drehte sie sich um und musterte Ava. »Yana«, kam schließlich die einsilbige Antwort.

Ava wartete darauf, dass Yana eine Erklärung zu dem absolut verrückten Vorfall auf der Brücke abgab, aber sie schwieg.

»Aha. Und was ... was war das eben?«, fragte Ava schließlich und deutete in die Richtung, aus der sie gekommen waren.

Yana sah Ava noch einen Moment lang schweigend an, dann seufzte sie. »Jetzt ist es sowieso zu spät«, sagte sie, mehr zu sich selbst.

»Zu spät wofür?«, fragte Ava verständnislos und folgte Yana mit ihrem Blick, als diese tiefer in den Laden hineinging und sich an den mächtigen Esstisch mitten im Raum setzte.

»Um sich rauszuhalten«, antwortete Yana.

Diese kryptische Aussage half Ava nicht weiter und sie spürte, wie sie langsam wütend wurde. »Rauszuhalten aus was? Was ist da draußen eben passiert? Wo bin ich da reingeraten? Wer sind diese ... Dinger, die mich die ganze Zeit verfolgen?«

Ava machte ein paar Schritte auf Yana zu.

»Diese Wesen sind Schattendämonen. Sie werden beschworen und können entweder in ihrer natürlichen Gestalt über unsere Welt wandeln oder in einen Menschen fahren.«

»Schattendämonen?«, echote Ava ungläubig.

Yana nickte. »Sie sind ausgezeichnete Jäger und werden oft genutzt, um jemanden aufzuspüren und einzufangen.«

»Von wem?«

»Diese hier? Von einem Magier-Orden.«

»Magier?« Ava spürte, wie ein ungläubiges Lachen in ihrer Kehle aufstieg. Sie griff sich an den Kopf. »Okay, ich glaube, es ist offiziell. Ich werde verrückt.« Sie warf Yana einen Blick zu, als ob sie prüfen müsste, ob dort wirklich eine Person aus Fleisch und Blut saß.

Yana sah sie ernst an. »Ava, ich weiß, das klingt alles verrückt, aber es ist wichtig, dass du begreifst, dass du dich in großer Gefahr befindest. Wenn ich eben nicht gewesen wäre ...«

»Woher weißt du, wie ich heiße?«, unterbrach Ava sie. Plötzlich kam ihr ein Gedanke. »War das überhaupt ein Zufall, dass du auf dieser Brücke aufgetaucht bist? Woher wusstest du von dem Laden?« Ava wich einige Schritte vor Yana zurück. Die verzog kurz das Gesicht. Dann stand sie auf und kam langsam auf Ava zu. Ava sah sich nach etwas zum Verteidigen um und griff nach einem alten Spazierstock, der an der Aussteuerkommode lehnte. »Bleib bloß weg!« Sie fuchtelte mit dem Stock herum.

Yana blieb stehen. Beschwichtigend hob sie die Hände. »Es ist kompliziert, aber glaub mir, ich will dir nichts tun. Im Gegenteil.«

»Woher kennst du meinen Namen?«, wollte Ava erneut wissen.

Yana biss sich auf die Unterlippe, schien mit sich zu ringen. Eine Seite gewann schließlich die Oberhand, denn sie antwortete: »Ich beobachte dich. Schon sehr lange. Um dich zu beschützen.«

»Beschützen, wovor?«

»Vor denen. Sie suchen nach dir, seit du auf der Welt bist.« Yana deutete nach draußen.

»Was? Blödsinn.«

»Nein, ich fürchte nicht.«

»Aber ... wieso?«, fragte Ava schließlich.

Yana ballte die Fäuste und öffnete sie wieder. Sie sah sich Hilfe suchend im dunklen Laden um. Schließlich blickte sie Ava wieder in die Augen. »Ich darf es dir nicht sagen. Es ist zu früh. Aber wenn ich es nicht tue, …«

»Ich verstehe kein Wort.«

Yana seufzte. »Ich weiß.« Sie berührte kurz eine kleine goldene Feder, die an einer feinen Kette um ihren Hals hing.

Dann gab sie sich einen Ruck. »Du bist mehr, als du glaubst zu sein, Ava.«

»Aha«, sagte Ava.

»Du bist ein Phönix.«

Es entstand eine kurze Stille, in der Yana Ava angespannt betrachtete. Ava versuchte die Worte zu verarbeiten, aber sie ergaben keinen Sinn.

»Ich bin ein … was?«

»Ein Phönix. Ein magisches Wesen.«

»Aber … was?!«

»Ich weiß, das ist schwer zu verstehen. Hör mir zu. Du bist eigentlich noch nicht dazu bereit, die Wahrheit zu erfahren. Aber sie haben dich gefunden. Mir bleibt keine Wahl. Schon seit Jahrhunderten herrscht ein Krieg zwischen uns und diesem Orden, der dich verfolgt. Sie wollen dich haben, um …«

»Warte, warte, warte«, Ava brachte Yana mit einer Handbewegung zum Schweigen. »Du willst mir ernsthaft weiß machen, dass ich irgendein mystischer Vogel bin, der unsterblich ist und ein böser Magier-Orden es auf mich abgesehen hat?« Ungläubig starrte sie Yana an.

»Es ist etwas komplizierter als das, aber im Grunde genommen … ja.«

Ava lachte fassungslos auf. »Ist klar.«

»Ava …«

»Nein! Das ist doch absoluter Bullshit. Es gibt keine Magie. Und ich bin sicher kein Vogel!« Sie deutete auf ihren sehr menschlichen Körper.

»Du hast doch mit eigenen Augen gesehen, was vorhin auf der Brücke passiert ist«, versuchte Yana, sie zu überzeugen.

»Hab ich das?« Ava begann auf und ab zu marschieren, auf der Suche nach einer logischen Erklärung. »Vielleicht seid ihr ja nur eine absolut verrückte Cosplay-Gruppe mit abgefahrenen Effekten.«

»Ich meine es ernst! Du bist in Gefahr. Sie hatten dich schon mal fast, aber nach dem Tod deiner Eltern haben sie deine Spur wieder verloren. Doch jetzt haben sie dich erneut gefunden!«

Wie vom Blitz getroffen blieb Ava stehen. Sie drehte sich langsam zu Yana um. »Woher weißt du, dass meine Eltern tot sind?«

Yana kam auf Ava zu und legte ihr beschwörend eine Hand auf den Arm. »Deine Eltern wussten nicht, was du bist, und deshalb haben sie mit dem Leben bezahlt. Hätten wir dich früher gefunden, hätten wir sie vielleicht beschützen können, aber ...« Yana brach ab und sah Ava flehend an. »Du musst mir glauben. Bitte. Ich weiß, es ist verwirrend, aber wenn du mich lässt, werde ich dir alles erklären.«

Ava betrachtete wie in Trance Yanas Hand auf ihrem Arm. In ihren Ohren rauschte es. Sie wussten nicht, was ich bin, und deshalb haben sie mit dem Leben bezahlt? Sie stieß Yanas Hand weg. »Hau ab«, sagte Ava.

Yana blickte sie verwirrt an. »Was?«

»Ich sagte, hau ab!«, wiederholte Ava, diesmal lauter.

»Ava, bitte, du musst ...«

»Meine Eltern sind gestorben, weil unser verdammtes Haus abgebrannt ist! Das hatte nichts mit mir zu tun! Ich war damals noch ein Kind!« Ihre Stimme war immer lauter geworden.

Yana starrte sie erschrocken an. »Ich wollte damit nicht ...«

»Ich weiß nicht, was für ein bescheuertes Spiel du hier spielst, aber das reicht jetzt!« Eine heiße Welle der Wut spülte über Ava hinweg. »Nimm deine Freunde mit und lasst mich in Ruhe!« Sie schubste die völlig überrumpelte Yana auf die Ladentür zu.

»Du verstehst nicht …«, versuchte diese es erneut.

»Hau ab!«, schrie Ava jetzt, riss die Tür auf und stieß Yana hinaus.

Yana stolperte aus dem Laden. Sie sah aus, als hätte Ava ihr eine Ohrfeige verpasst. Bevor sie noch etwas sagen konnte, knallte Ava die Tür zu und verriegelte sie. Ohne Yana noch eines Blickes zu würdigen, drehte sich Ava um. Auf wackeligen Beinen schaffte sie es bis hinter die Theke. Dort rutschte sie schließlich kraftlos an der Wand hinunter. Yanas Worte kreisten unaufhörlich in ihrem Kopf. Deine Eltern wussten nicht, was du bist, und deshalb haben sie mit dem Leben bezahlt. Ava schlug sich die Hände auf die Ohren, als könnte sie so ihre Gedanken zum Verstummen bringen. Meine Eltern sind bei einem Brand gestorben. Meine Eltern sind bei einem Brand gestorben. Sie wiederholte den Satz so lange, bis er Yanas Worte verdrängte.

»Meine Eltern sind bei einem Brand gestorben …«, flüsterte sie schließlich.

Nur was oder wer diesen Brand verursacht hatte, das hatte ihr ihre Tante nie sagen wollen.

KAPITEL 10

Ava blieb hinter der Theke sitzen, bis die ersten Lichtstrahlen durch das Schaufenster fielen. Mehrmals war sie eingeschlafen, aber immer wieder aus wirren Träumen hochgeschreckt, bevölkert von den Wesen mit glühenden Augen, Vögeln, die aus dem Feuer aufstiegen und bösen Magiern, die Zaubersprüche auf sie abfeuerten. Erschöpft lehnte sie ihren Kopf gegen die Wand. Er pochte wie verrückt. Ihr ganzes Gesicht tat weh und als sie ihr Kinn berührte, durchzuckte sie ein scharfer Schmerz. Eine geschlagene Viertelstunde versuchte sie ihre Beine davon zu überzeugen, aufzustehen. Der Gedanke, dass Mrs Meyers sie hier – schon wieder – in miserablem Zustand finden würde, trieb sie schließlich hoch. Sie hatte keine Lust, mit ihr zu sprechen. Was sollte sie ihr auch sagen? Hey, ich habe gestern erfahren, dass ich ein Phönix sein soll und angeblich böse Magier hinter mir her sind. Das musste ich erst mal verdauen. Ja, klar.

»So ein Blödsinn«, fügte sie leise hinzu, als sie die Ladentür aufschloss und nach draußen in die Sonne trat. Um diese Uhrzeit war die Stadt noch ruhig. Ava blieb kurz vor dem Laden stehen und sah in Richtung Brücke. Es kam ihr alles wie ein verrückter Traum vor. Diese seltsamen Wesen … oder tatsächlich doch sehr engagierte Cosplayer? Yana, die plötzlich aus dem Nichts auftauchte. Woher wusste sie von dem Antiquitätengeschäft? Und überhaupt, wer war sie?

Als ihre Blicke sich im Club getroffen hatten, hatte Ava etwas Seltsames gespürt. Als hätte ein Teil von ihr Yana wiedererkannt. Dabei war sie sich sicher, dass sie sie noch nie gesehen hatte.

Ava wandte sich nach rechts und ging die noch leere Straße entlang. Während hier bis in den späten Abend hinein dank der kleinen Kneipen reges Treiben herrschte, lag die Gegend nun still und verlassen da. Der Weg durch die kleinen Gassen war eigentlich ein Umweg, aber Ava ging ihn lieber, als an der Hauptstraße entlangzulaufen. Aus irgendeinem Grund fühlte sie sich in diesen kleinen Gässchen mehr zu Hause als in den typischen Großstadtvierteln.

Als Ava schließlich leise die Wohnungstür aufschloss und hineinschlüpfte, merkte sie, wie die Anspannung von ihr abfiel. Sie lehnte sich gegen die Tür und schloss kurz die Augen. Sie versuchte sich immer noch davon zu überzeugen, dass sie irgendwelchen Idioten auf den Leim gegangen war. Vielleicht steckte ja sogar Mrs Meyers dahinter. Um Ava dazu zu bringen, mal ein paar Tage frei zu nehmen. Ihr wollte zwar kein vernünftiger Grund einfallen, wieso Mrs Meyers zu so verrückten Mitteln greifen würde, aber bei der alten Dame wusste man nie. Würde erklären, woher Yana den Laden kannte. Und auch vom Tod ihrer Eltern wusste. Wobei sich Ava nicht wirklich vorstellen konnte, dass Mrs Meyers diese Information so einfach weitergeben würde. Wie sie es drehte und wendete, sie fand einfach keine logische Erklärung für die Dinge, die in der vergangenen Nacht passiert waren.

Ein Klappern aus der Küche ließ Ava ihre Augen öffnen. Leise ging sie auf die Geräuschquelle zu und spähte in den Raum. Ihre Tante goss sich gerade eine Tasse Kaffee ein.

»Wieso bist du schon wach?«, fragte Ava.

Diana zuckte so heftig zusammen, dass sie sich das heiße Gebräu über die Hand schüttete. Fluchend stellte sie die Kanne ab und hielt ihre Hand unter den Wasserhahn. Dabei sah sie Ava vorwurfsvoll an. »Was glaubst du denn? Ich konnte die ganze Nacht nicht schlafen, weil du nicht aufgetaucht bist und mal wieder auf keine Anrufe und Nachrichten reagiert hast.«

Ava zog ihr Handy aus der Tasche und tatsächlich: Mehrere verpasste Anrufe und Nachrichten von Diana. Sie hatte keine einzige davon mitbekommen.

»Du meinst, so wie du gestern? Als du zur *Arbeit* bist? An einem Samstag«, gab Ava zurück.

Dianas vorwurfsvoller Blick fiel in sich zusammen. »Ja, ich weiß. Das war nicht richtig von mir. Aber direkt über Nacht verschwunden zu bleiben war wirklich nicht schön, Ava. Ich habe kaum ein Auge zugemacht. Wo warst du überhaupt?« Erst jetzt schien sie Ava richtig anzusehen. »Ist das Blut? Was ist passiert?« Alarmiert kam Diana auf Ava zu und umfasste vorsichtig ihr Kinn.

Ava ließ es über sich ergehen. »Bin gestürzt, auf dem Heimweg.«

»Ach Ava, was ist in letzter Zeit nur mit dir los?«

Ava sah die Sorge in Dianas Augen. Sie entzog sich ihrem sanften Griff. »Nichts. Was ist mit dir?«

»Was meinst du?«

»Du bist gestern regelrecht aus der Wohnung geflohen. Wieso? Was meinte Mrs Meyers damit, dass es nicht mehr lange dauert?«

»Das weiß ich nicht.« Diana drehte sich abrupt um und griff nach ihrer Kaffeetasse. Sie stellte sich damit ans Fenster und sah hinaus.

»Das glaub ich dir nicht«, gab Ava zurück.

Diana schwieg.

Ava hörte wieder Yanas Stimme deutlich in ihrem Kopf. Du bist ein Phönix. Deine Eltern wussten nicht, was du bist, und deshalb haben sie mit dem Leben bezahlt.

»Wie sind meine Eltern gestorben, Diana?«, fragte Ava.

Diana drehte sich überrascht um. »Wie kommst du jetzt darauf?«

»Wie sind sie gestorben?«, wiederholte Ava.

»Durch einen Hausbrand. Das weißt du doch.«

»Ja, aber wie ist dieser Brand entstanden? Das hast du mir nie gesagt.«

Ava beobachtete Dianas Reaktion genau. Sie blinzelte perplex und starrte Ava an. Ava konnte sehen, wie es in ihr arbeitete.

»Das ... das weiß ich nicht, ich war nicht zu Hause. Die Ursache konnte nie ermittelt werden.« Diana hielt Avas Blick nur kurz stand, dann sah sie weg.

Sie lügt.

»Aber es muss doch irgendeinen Grund für den Brand gegeben haben. Ein Haus entzündet sich doch nicht einfach selbst«, beharrte Ava. »Wieso sprichst du nie mit mir über ihren Tod? Wieso habe nur ich überlebt? Warum sagst du mir nicht, wo wir damals gewohnt haben?«

Als Kind hatte sie ihre Tante mit diesen Fragen gelöchert, Aber mehr, als dass sie alle zusammen im Elternhaus ihrer Tante und Mutter gewohnt hatten, hatte sie nicht herausbekommen und es dann irgendwann aufgegeben. Sie hatte einfach angenommen, dass die Erinnerungen an jene Nacht für ihre Tante zu schmerzhaft waren und sie deshalb dicht machte. Doch ihr standen Antworten zu. Sie hatte ihre Eltern damals verloren! Und nie eine ausführliche Erklärung bekommen, wie es zu dieser Tragödie hatte kommen können. Ava konnte sehen, dass ihre Fragen Diana auch jetzt aufwühlten, ihre Hand mit der Kaffeetasse zitterte. Wieso macht sie das so nervös?

»Warum sagst du mir nicht, was damals passiert ist?«, bohrte Ava weiter nach.

»Das tue ich doch!« Diana stellte die Kaffeetasse so heftig auf dem Tisch ab, dass die braune Flüssigkeit überschwappte. »Verdammt Ava, deine Eltern sind tot! Was bringt es, da noch über die Ursache zu philosophieren? Es ändert nichts an der Tatsache.« Dianas Worte waren wie Peitschenhiebe. Ava zuckte unter ihnen zusammen.

»Ich will doch nur wissen, was passiert ist! Wieso gibt es keinen Grabstein, den ich besuchen kann?« Wütend wischte sich Ava ein paar verräterische Tränen aus den Augenwinkeln.

»Wieso muss in letzter Zeit immer alles ein Kampf mit dir sein? Du bist doch kein Kleinkind mehr!«, gab Diana zurück. Auch ihre Augen glitzerten, aber noch hatte sie sich unter Kontrolle. »Ich kann das bald nicht mehr, Ava. Immer wieder diese Diskussionen und Streitereien, wegen jeder Kleinigkeit.«

»Kleinigkeit? Du glaubst, der Tod meiner Eltern wäre eine Kleinigkeit?« Fassungslos starrte Ava Diana an. Noch nie hatte sie ihre Tante so herzlose Dinge sagen hören.

Diana erkannte offenbar, dass sie damit in die völlig falsche Richtung gerannt war, denn sie drängte sich nun an Ava vorbei aus der Küche. »Ich pack das heute nicht, Ava. Ich war die ganze Nacht wach und habe später noch eine Verabredung.«

Ava ließ sich widerstandslos von Diana wegschieben. Sie war wie betäubt. Ein Gefühl der Einsamkeit überfiel sie. Ihre liebevolle und fürsorgliche Tante war mit einem Mal so weit weg. Der Stress und die schlaflose Nacht forderten nun ihren Tribut. Ava hatte das Gefühl, als würde ihre gesamte Kraft ihren Körper verlassen und im Boden zerrinnen.

»Wirst du es mir jemals sagen?«, fragte Ava müde.

Diana war mittlerweile bis zu ihrem Zimmer gekommen. Auf Avas leise Frage hin drehte sie sich um. Ihre Miene war eine mühsam aufrechterhaltene Maske der Undurchdringlichkeit. »Manchmal ist es besser, wenn man die Vergangenheit ruhen lässt, Ava.«

Mit diesen Worten verschwand sie in ihrem Zimmer. Ava konnte hören, wie sich der Schlüssel im Schloss drehte. Sie starrte noch einen Moment die geschlossene Tür an, dann schleppte sie sich ebenfalls in ihr Zimmer. Erschöpft ließ sie sich auf ihr Bett fallen. Ihr Blick irrte umher, ohne dass sie etwas bewusst wahrnahm.

Als Ava Stunden später wieder die Kraft fand, ihr Zimmer zu verlassen, war die Wohnung leer und Diana längst zu ihrer Verabredung gegangen. Als wäre nichts gewesen. Sie blieb unschlüssig im Flur stehen, als ein kurzer Ton eine eingehende Nachricht verkündete. Ava tappte zurück zu ihrem Nachttisch. Dylan hatte ihr geschrieben.

Hey, alles gut bei dir? Bist du gut nach Hause gekommen? Du hast gestern ziemlich verängstigt gewirkt.

Aus einem Impuls heraus wählte sie Dylans Nummer. Er nahm beim zweiten Klingeln ab.

»Hey, geht's dir gut? Ich hab mir gestern echt Sorgen gemacht.«

»Kannst du vorbeikommen?« Ava kämpfte schon wieder mit den Tränen.

Er stockte kurz. »Was, jetzt?«

»Ja.« Sie schniefte.

»Weinst du etwa? Alles in Ordnung?«, fragte Dylan nun ernsthaft besorgt.

»Kannst du bitte einfach vorbeikommen? Ich schick dir die Adresse.«

»Okay, ich beeile mich.«

»Gut«, flüsterte sie erstickt und legte auf. Sie konnte die Tränen jetzt nicht mehr zurückhalten und sank schluchzend auf den Boden. Was passiert hier gerade? Was passiert mit mir? Sie griff sich an den Kopf, der durch das Weinen nun wieder pochte und dröhnte. Ihr Leben war in den letzten Tagen vollkommen aus den Fugen geraten. Diese Albträume, Halluzinationen, Begegnungen, die seltsame Art, wie sich ihre Tante verhielt.

Nach und nach gingen ihre Schluchzer in einen erschöpften Schluckauf über. Als es schließlich an der Tür klingelte, hatte sie sich wieder so weit beruhigt, dass sie sich nicht mehr sicher war, ob es eine gute Idee gewesen war, Dylan anzurufen. Sie kannte ihn kaum. Was sollte er hier? Aber momentan war er ihr einziger Freund und nun war er da. Sie öffnete ihm und rieb sich verlegen die Arme. Dylan kam die Treppen hoch, indem er mehrere Stufen auf einmal nahm. Vor der Wohnungstür blieb er unschlüssig stehen.

»Bin so schnell gekommen, wie ich konnte« Er musterte sie. »Mann, du siehst echt beschissen aus.«

Ava lächelte schwach. »Ich weiß, danke.« Sie trat zur Seite, um ihn hereinzulassen.

»Was ist denn passiert?«, fragte er und musterte ihr sicher komplett verquollenes Gesicht.

Ava schluckte krampfhaft und ging wortlos ins Wohnzimmer. Er folgte ihr. Dort ließ sie sich auf die Couch sinken und knetete ihre Hände.

Dylan setzte sich auf den Sessel daneben und musterte sie. »Also, was ist los?«

»Ich weiß gar nicht, wieso ich dich angerufen habe«, begann sie und zuckte entschuldigend mit den Schultern. »Es war eher eine Kurzschlussreaktion. Deine Nachricht ...«

»Na, jetzt bin ich hier. Also, wenn ich helfen kann ... Aber dafür musst du mir sagen, was los ist. Ist deine Tante immer noch verschwunden? Sollen wir zur Polizei gehen?«

Ava schüttelte den Kopf. »Nein, sie ist zwischendurch nach Hause gekommen. Aber ... sie verhält sich so merkwürdig. Ich erkenne sie nicht wieder.« Sie fasste Dylan ihren Streit kurz zusammen. Danach schwiegen sie einen Moment.

Dylan stieß schließlich die Luft aus und sagte: »Puh, das ist heftig. Wieso will sie nicht sagen, was damals passiert ist?«

Ava zuckte mit den Schultern. »Ich kriege ja nicht mal aus ihr raus, wo es passiert ist.«

Dylan lehnte sich im Sessel zurück und sah hinauf zur hohen Decke des Altbaus. Nach einem Moment sah er Ava wieder an. »Aber deine Tante hat mit deinen Eltern in dem Haus gelebt?«

Ava nickte.

»Hebt sie ihre Post auf?«, fragte er weiter.

Sie runzelte die Stirn. »Ja, denke schon. Warum?«

»Vielleicht hat sie ja noch Post, die an die alte Adresse geschickt wurde.«

Ava richtete sich auf. »Stimmt! Auf die Idee bin ich noch gar nicht gekommen!«

Aufgeregt sprang sie auf und eilte in das Zimmer ihrer Tante. Diana hatte es sich mit Regalen so eingeteilt, dass sich auf der einen Seite ihr Schlafbereich befand und auf der anderen ihre Arbeitsecke mit einem kleinen Sekretär. Ava zögerte. In den Sachen ihrer Tante herumzuwühlen, fühlte sich absolut falsch an. Aber sie brauchte Antworten. Also zog sie schließlich verschiedene Ordner aus den Regalen und durchforstete die Schubladen des Sekretärs.

Dylan war ihr gefolgt und stand in der Tür. »Und?«, fragte er nach einer Weile.

Ava hatte sich mit mehreren Ordnern auf den Boden gesetzt und blätterte sie durch. Sie schüttelte den Kopf. »Nichts. Alles hier drin geht an diese Adresse.« Enttäuscht schaute sie auf. »Als ob es die Zeit davor nicht gegeben hätte.«

Ihr Blick fiel auf den großen Kleiderschrank. Als Ava noch ein Kind gewesen war, hatte ihre Tante ihn als Versteck für Geschenke genutzt. Ava hatte das ziemlich schnell rausbekommen und immer heimlich nachgeschaut. Vielleicht ...?

Sie stand auf und öffnete eine der mittleren Türen des Schrankes. Kleider und Blusen hingen ordentlich auf Bügeln. Auf dem Regalboden darunter standen links mehrere Paare Pumps, auf der anderen Seite stapelten sich Decken und Bettwäsche. Ava hob die Decken hoch. Darunter hatten sich früher immer die Geschenke befunden. Aber natürlich kam nur das Brett zum Vorschein. Sie wusste nicht, was sie erwartet hatte. Enttäuscht legte sie die Decken wieder zurück und schloss die Tür.

»Was ist das da oben?«, fragte Dylan hinter ihr. Sie drehte sich um und sah, dass er auf Zehenspitzen stand und auf den Schrank zu spähen versuchte. Ava trat mehrere Schritte zurück und reckte sich ebenfalls. Aber sie konnte nichts erkennen. Dylan griff sich den Stuhl, den Diana als Ablage für kaum getragene Kleidung nutzte, kletterte darauf und begann blind auf dem Schrank herumzutasten. Er zauberte einen Schuhkarton hervor, der ganz hinten an der Wand gestanden haben musste. Gut versteckt.

Er gab ihn Ava und stieg vom Stuhl. Sie setzte sich aufs Bett und strich eine Staubschicht vom Deckel, bevor sie ihn vorsichtig öffnete. Ein ganz leichter Rauchgeruch ging von dem Wirrwarr aus Bildern, Zetteln und Briefen im Inneren aus. Ava nahm ein paar der Bilder heraus und betrachtete sie. Alle zeigten ihre Tante in jungen Jahren. Mal mit Freunden, mal alleine. Hier und da waren die Fotografien leicht angekokelt. Ein Bild fiel ihr ins Auge und als sie es in die Hand nahm, fuhr ihr ein Stich durchs Herz. Ihre Tante hatte die Arme um eine junge Frau geschlungen, die sich den deutlich vorgewölbten Bauch hielt. Beide strahlten sie in die Kamera. Sie sahen sich fast zum Verwechseln ähnlich. Nur war Dianas Haar eher rotblond, während das Haar der anderen Frau wie eine Feuermähne in der Sonne loderte. Meine Mutter. Auf der anderen Seite ihrer Mutter stand ein schlanker junger Mann mit Brille, dunklen Haaren und schrecklichem Schnauzer. Er hatte den Arm um ihre Taille gelegt und schaute verliebt auf sie hinunter. Mein Vater. Ava konnte sich dunkel an das Bild erinnern. Ihre Tante hatte es ihr als kleines Kind immer mal wieder gezeigt, aber irgendwann hatte Diana behauptet, es wäre verloren gegangen. Doch das war offensichtlich gelogen gewesen. Wieso tat sie so etwas? Weil Ava zu viele Fragen gestellt hatte?

Die drei standen in einem Hof vor einem alten Fachwerkhaus. Rechts von ihnen befand sich noch eine Scheune.

Das ist nicht Frankfurt, erkannte Ava jetzt. Aber wo ist es? Ava drehte das Foto um, aber natürlich stand dort keine Adresse.

»Ava?«, hörte sie Dylan fragen.

Sie sah auf. Er hielt einen Umschlag hoch.

»Ich denke, ich habe die Adresse gefunden. Allerdings adressiert an eine Diana Blum. War das ihr Mädchenname?« Er hielt ihr den Umschlag hin.

»Meine Tante hat nie geheiratet. Holler ist ihr Mädchenname«, antwortete Ava irritiert und nahm den Brief entgegen. Ihr Herzschlag beschleunigte sich. Mit etwas unsauberer Schrift stand dort eine Adresse geschrieben. »Jesberg?«, las Ava verwirrt vor. »Wo ist das?« Sie drehte den Umschlag hin und her, bevor sie den Brief herauszog. Er war von Hand geschrieben. Der Inhalt war unspektakulär, offenbar hatte ihre Tante früher eine Brieffreundschaft mit einer Sue aus Chicago geführt.

Dylan hatte schon sein Handy gezückt. »Das ist ein kleiner Ort im Kellerwald.«

»Ich muss da hin.« Sie stand auf und räumte den Inhalt der Kiste wieder zurück. Beim Foto ihrer Eltern zögerte sie kurz, dann schob sie es behutsam in ihre Hosentasche.

»Kannst du den bitte wieder hochstellen?« Sie übergab Dylan den Karton. Er stellte ihn zurück auf den Schrank und gemeinsam richteten sie das Schlafzimmer wieder so her, wie sie es vorgefunden hatten. Ava konnte spüren, wie neue Energie sie durchströmte. Wenn ihre Tante ihr nicht sagen wollte, was damals passiert war, musste sie es eben selbst herausfinden. Nur, wie kam sie nach Jesberg? Sie besaß keinen Führerschein und mit den Öffentlichen wäre sie wahrscheinlich Tage unterwegs.

»In etwas mehr als eineinhalb Stunden könnten wir da sein«, sagte Dylan, der wieder auf dem Handy herumtippte.

Ava sah ihn überrascht an. »Wir?«

»Klar. Meinst du, ich lasse dich alleine Detektiv spielen? Immerhin war die Sache mit der Adresse meine Idee.« Er lächelte.

Der Gedanke, sich nicht alleine ins Unbekannte stürzen zu müssen, war tröstlich.

»Also gut, dann machen wir wohl einen Ausflug nach Jesberg«, erwiderte Ava. Ihr Herz machte einen aufgeregten Hüpfer.

Nach einer anderthalbstündigen Autofahrt in Dylans altem Volvo, vorbei an Wiesen und Feldern, passierten sie das Ortsschild von Jesberg. Der Ort war nicht groß und so dauerte es nicht lange, bis sie vor der Adresse auf dem Briefumschlag standen. Allerdings erwartete sie dort kein Haus, sondern nur noch eine verkohlte Ruine. Ava stieg aus und betrachtete das schwarze Gerippe des Hauses stumm. Sie wartete darauf, dass Erinnerungen hochkamen. An diese Nacht, an ihre Kindheit. Aber nichts. Als wäre alles unter der Asche verschüttet worden. Außer meinem Albtraum. Während man bei dem Wohnhaus nur noch gerade so erkennen konnte, dass es sich um ein Fachwerkhaus gehandelt hatte, stand die Scheune am Ende des Hofes fast unberührt da. Es war dieselbe wie auf dem Foto. Dylan trat an ihre Seite und musterte die Ruine.

»Wow, da ist ja nicht viel von übrig geblieben.«

»Nein.« Ava betrat den Hof und ging auf die Scheune zu.

»Hey, meinst du, wir dürfen hier einfach so rumspazieren?«, rief ihr Dylan hinterher.

»Wieso nicht? Es scheint sich ja keiner um das Grundstück zu kümmern. Ich will mich ja nur umsehen«, antwortete sie ihm über die Schulter.

Die Scheunentür ließ sich mit einem lauten Quietschen öffnen. Der Geruch von altem Holz und Stroh schlug ihr entgegen. Staub tanzte in den Sonnenstrahlen, die durch die Tür und die kleinen Fenster fielen. Ein alter Traktor füllte einen Teil der Scheune aus. Auf der anderen Seite stapelte sich Brennholz, alte Gerätschaften hingen an den Wänden. Ava ging daran vorbei. Sie hatte am anderen Ende eine weitere Tür entdeckt und wollte gerade darauf zusteuern, als ihr Blick an etwas hängen blieb. Sie hielt inne.

Dylan, der zu ihr aufgeschlossen hatte, stieß gegen sie. »Was ist?«, fragte er in ihrem Rücken.

Ava antwortete nicht, sondern ging langsam auf den Gegenstand zu, der ihre Aufmerksamkeit auf sich gezogen hatte. Sie streckte die Hand aus und fuhr sanft darüber. Vor ihr stand eine alte Wiege. Sie war aus dunklem Holz gefertigt und von innen mit Stoff ausgekleidet. Der Himmel war völlig verstaubt. Sie sah aus, als wäre sie mindestens hundert Jahre alt. Ein Familienerbstück? Habe ich darin gelegen? Sie versuchte sich ihre Mutter vorzustellen, wie sie Ava hineinlegte, leise ein Lied sang und dabei sanft die Wiege hin und her schaukelte.

»Erkennst du sie wieder?«, fragte Dylan.

Ava schüttelte den Kopf. »Ich erkenne hier gar nichts wieder. Als wäre ich nie hier gewesen.«

»Wann bist du hier weg?«

Ava zuckte die Schultern. »Als Kleinkind, soweit ich weiß. Meine Tante hat es mir nie genau gesagt, wie so vieles nicht.« Gedankenversunken stieß Ava die Wiege leicht an. Sie schaukelte unter leisem Quietschen hin und her. Sie konnte hören, wie sich Dylan von ihr entfernte und die Tür am anderen Ende der Scheune öffnete.

»Ein verwilderter Garten«, ließ er sie wissen.

Ava nickte nur. Sie konnte sich nicht dagegen wehren, aber ihre Gedanken produzierten ein Wunschbild nach dem anderen. Ihre Eltern, die mit ihr sprachen. Beide so jung wie auf dem Foto aus Dianas Schlafzimmer. Ihr Vater, der sie hochwarf. Ihre Mutter, die für sie sang. Sie klammerte sich an diese Fantasien, bis sie von einem neuen Bild verdrängt wurden. Auflodernde Flammen, ihre Eltern tot auf dem Boden. Ihr immer wiederkehrender Albtraum. Ava kniff die Augen zusammen und schüttelte wütend den Kopf. Aber das Bild hatte alle anderen ausgelöscht. Wie das Feuer mein Leben hier.

»Alles in Ordnung?« Dylan war wieder zu ihr getreten.

»Nein, aber was soll's.«

Ava trat von der Wiege zurück, betrachtete sie noch einmal eingehend, um sie in ihrem Gedächtnis abzuspeichern. Sie sahen sich weiter um, doch ansonsten fanden sie nur verwitterte Gerätschaften für Garten und Hof.

»Was willst du jetzt machen?«, fragte Dylan, als sie die Scheune wieder verließen.

»Ich hatte gehofft, dass die neuen Bewohner mir etwas über damals verraten würden, aber ich glaube, daraus wird nichts«, antwortete Ava und warf erneut einen Blick auf die Überreste des Hauses.

»Stimmt, das wird eher schwierig«, gab Dylan zurück.

Ava überlegte kurz. »Wenn meine Eltern hier gestorben sind, müssen sie auch hier beerdigt sein. Ich würde sie gerne besuchen.«

KAPITEL 11

Schnell hatten sie den Friedhof gefunden. Auch der war mit einem Blick zu erfassen. Ganz anders als in Frankfurt. Sie gingen langsam und andächtig an den Steinen vorbei. Es standen nicht allzu viele auf dem kleinen Grundstück. Ava spürte, wie ihre Anspannung wuchs. Vielleicht gab es ja gar keinen Grabstein. Vielleicht hatte sie sich geirrt und ihre Eltern lagen doch nicht hier. Für einen kurzen Moment durchzuckte sie sogar die absurde Hoffnung, dass ihre Eltern gar nicht gestorben waren und sie deshalb kein Grab finden würde. Dieser Gedanke zerstob allerdings wieder, als sie neben einer hochgewachsenen Tanne stehen blieb. Ein verwitterter Stein hob sich von den sonst so sorgsam gepflegten Gräbern ab.

»Hier«, flüsterte sie.

»Kathleen Bischoff geb. Blum und Florian Bischoff – Für immer von uns gegangen, aber nie vergessen«, las Dylan die Inschrift vor. »Schon wieder Blum.« Er drehte sich zu ihr um. »Wenn deine Eltern Blum und Bischoff hießen, wieso heißt ihr dann Holler?«

»Ich weiß es nicht.« Ava schüttelte verwirrt den Kopf und starrte auf die Buchstaben herunter. Eben noch hatte sie ihre Wiege in der Scheune gesehen, jetzt stand sie vor den sterblichen Überresten ihrer Eltern. Als hätte sie eine makabere Zeitreise unternommen, in der Anfang und Ende einer Familie nur wenige Minuten auseinander lagen. Sie kniete sich neben den Grabstein und betrachtete die Namen. Kathleen und Florian. Moos hatte sich in den Vertiefungen der Buchstaben breit gemacht. Sanft entfernte Ava es. Wer auch immer diesen Spruch gewählt hat, hatte unrecht. Sie sind in Vergessenheit geraten, dachte sie. Ava konnte sich nicht erinnern, wann sie die Namen ihrer Eltern das letzte Mal gehört hatte. Sie legte die Hand auf den Stein und schloss die Augen. Versuchte sich das Bild der beiden jungen Menschen erneut vor Augen zu rufen, voller Vorfreude auf ihr gemeinsames Leben. Ihr Herz zog sich zusammen. Nur wenige Jahre nach der Aufnahme des Bildes sollten sie schon hier liegen. So vieles hatten ihre Eltern verpasst. Tränen brannten in ihren Augen. Als Kind hatte Ava oft über ihre Familie nachgedacht, sich ausgemalt, wie es wäre, wenn ihre Eltern noch leben würden. Was sie ihr zum Geburtstag schenken würden, was sie zu ihren Zeugnissen gesagt hätten oder auch, wie sie reagiert hätten, wenn Ava etwas angestellt hatte. Aber es hatte zu weh getan und irgendwann hatte sie es sich verboten, diesen Fantasien noch länger nachzuhängen.

Langsame Schritte, gemischt mit einem leisen *Klonk* kamen auf dem Weg knirschend näher und blieben schließlich neben ihnen stehen. Ava öffnete die Augen und sah sich um. Ein alter Mann mit Gehstock und Schiebermütze stand am Grab neben ihnen. In seiner knochigen Hand hielt er einen kleinen Blumenstrauß. Einen Moment betrachtete er das Grab stumm, dann legte er die Blumen darauf ab.

Ava erhob sich und trat einen Schritt vom Grabstein ihrer Eltern zurück. Es war ihr plötzlich unangenehm, dass noch jemand hier war. Sie signalisierte Dylan gerade, dass sie gehen konnten, als der Mann zu sprechen anfing.

»Schön, dass mal jemand vorbeikommt.« Seine Stimme war kratzig und leise, als würde er sie nicht oft gebrauchen. Doch die Augen, die Ava anblickten, waren wach und neugierig.

»Bitte?«, fragte sie, weil sie nicht wusste, was sie sonst sagen sollte.

»Na, das Grab. Ich komm schon so lang zu meiner Helga und nie seh ich jemanden bei ihnen stehen. Tat mir für die Armen leid. Hatten doch so ein schreckliches Ende.« Er musterte den Grabstein von Avas Eltern und schüttelte den Kopf. »Das wünscht man keinem.«

Avas Herzschlag beschleunigte sich. »Kannten Sie sie?«, fragte sie etwas atemlos.

»Nee, nicht persönlich.« Er schüttelte erneut den Kopf. »Aber ist ein kleiner Ort und so Familien-Tragödien sprechen sich schnell rum.«

»Sie meinen den Brand?«, hakte Ava nach.

»Ja, den Brand, aber vor allem, dass die Brandstifterin damit davongekommen ist.«

Ava hatte das Gefühl, als hätte sie jemand mit eiskaltem Wasser übergossen. »Die Brandstifterin?«

Der Mann sah sie überrascht an. »Na, ist doch ein offenes Geheimnis, dass die Schwester schuld am Brand war. Soll das Haus angesteckt haben, wegen irgendwelcher Streitigkeiten. Hat wohl nicht gewusst, dass die ganze Familie noch drin war. Tja, aber die Polizei hat wohl nicht genug Beweise finden können und musste sie wieder gehen lassen. Aber wer soll's sonst gewesen sein?«

Ava bemerkte aus dem Augenwinkel, dass Dylan sie überrascht ansah. Sie konnte nichts sagen, sich nicht bewegen. Was dieser Mann da andeutete ...

»Könnte es nicht ein Unfall gewesen sein? Ich meine, das war ein altes Haus, vielleicht gab's einen Kabelbrand oder etwas Ähnliches?«, hakte Dylan nach, als Ava den Mann nur sprachlos anstarrte.

»Nee, nee. Da waren sich die Polizei und Feuerwehr einig. Das war Brandstiftung. Sie wissen nur net, wie sie's gemacht hat. Deswegen mussten se se ja auch wieder laufen lassen. Ich hatte 'nen Neffen bei der Feuerwehr, wissen se. Der hat mir das damals erzählt.« Der Mann sah erneut zum Grabstein und seufzte. »Wenn se mich fragen, muss die ziemlich schief gewickelt gewesen sein. Wer wegen irgendwelcher Streitigkeiten in Kauf nimmt, dass net nur die Schwester stirbt, sondern auch 'n kleines Kind ...«

»Was für ein Kind?«, fragte Ava überrascht.

»Na die Klaa von denen.« Der Mann deutete mit der Spitze seines Gehstocks auf den Grabstein.

Ava und Dylan folgten der Bewegung mit den Augen. Erst jetzt fiel Ava auf, dass unterhalb der Namen ihrer Eltern das Moos offenbar über eine weitere Inschrift gewuchert war. Irgendwo im Ort schlug die Kirchenuhr zur vollen Stunde.

»Na ja, ich muss. War nett mit Ihnen zu plaudern. Schön, dass sich jetzt jemand um das Grab kümmert. War lange überfällig.« Der Mann fasste sich zum Gruß an die Mütze und ließ Ava und Dylan stehen.

Sie starrten ihm beide nach. Er hatte scheinbar nicht bemerkt, was er mit seinen Aussagen angerichtet hatte. Erst als er hinter einer Hecke verschwunden war, rührte sich Dylan. Er sah zu Ava, als ob er auf etwas warten würde. Aber Ava konnte sich immer noch nicht bewegen. Ihre Gedanken rasten. Wenn das stimmte, was dieser Mann sagte, dann hatte Diana das Feuer gelegt. Konnte das sein? Weigerte sie sich deshalb, Ava mehr über die Nacht zu erzählen? Aber wieso? Sie wollte es nicht glauben, immerhin war es nur Dorftratsch. Doch der Gedanke ließ sich nicht mehr wegschieben. Warum sonst sollte Diana so ein großes Geheimnis darum machen?

»Ava?« Dylan hatte sich vor den Grabstein gekniet und sah sie nun mit großen Augen an. Er hatte das Moos vom unteren Teil des Grabsteins entfernt. Ava kam auf zittrigen Beinen näher. Unterhalb, genau in der Mitte der beiden Namen ihrer Eltern, waren drei weitere Buchstaben eingraviert: Ava.

Ihre Knie gaben nach. Sie fiel ins Gras und starrte ihren Namen an.

»Das kann nicht sein«, flüsterte sie. Sie streckte ihre zitternde Hand aus und berührte den ersten Buchstaben, als müsste sie sich davon überzeugen, dass er dort wirklich stand.

»Wieso steht dein Name auf dem Grabstein?«, fragte Dylan verwirrt.

Ava schüttelte den Kopf. »Ich … ich weiß es nicht.«

Alles in ihrem Kopf drehte sich. Sie wusste nicht mehr, was sie denken sollte. Auch Dylan fehlten offenbar die Worte, er hockte schweigend neben ihr und starrte ebenso auf die Buchstaben. Das ergibt keinen Sinn. Ich bin hier, ich lebe. Wieso sollte mein Name auf diesem Grabstein stehen?

Erst mit einiger Verzögerung nahm Ava wahr, dass ihr Handy in ihrer Tasche klingelte. Wie in Trance nahm sie es heraus und den Anruf an, ohne auf das Display zu schauen.

Es dauerte einen Moment, bis sie verstand, was ihr Gesprächspartner ihr zu sagen versuchte. Als sie schließlich auflegte, hatte sie das Gefühl, jemand hätte ihr den Boden unter den Füßen weggezogen. Es war unmöglich, einen klaren Gedanken zu fassen. Sie fiel durch einen Strudel durcheinanderwirbelnder Worte und Bilder und konnte sich an keinem festhalten. Zu viel war in den letzten Stunden passiert, was ihr Kopf verzweifelt in eine logische Form zu pressen versuchte.

»Alles in Ordnung?«, hörte sie Dylans Stimme. Er sah sie besorgt an.

»Das war die Uni-Klinik«, brachte sie schließlich heraus. »Meine Tante wurde überfallen. Sie wollen mit mir sprechen.«

KAPITEL 12

Die Rückfahrt von Jesberg verlief schweigend. Ava versuchte noch immer, die Informationen zu verarbeiten und einen Sinn dahinter zu finden. Ihre Tante, die das Haus angezündet haben sollte. Ihr Name, der auf dem Grabstein stand. Der andere Nachname. Aber ihre Gedanken endeten jedes Mal in einer Sackgasse. Egal was für eine Erklärung ihr einfiel, am Ende kam immer wieder dieselbe Frage auf: Warum sollte Diana so etwas tun? Ava zog die Augenbrauen zusammen und rieb sich mit der Hand über das Gesicht. Was ist damals bloß passiert?

Dylan sah ein paarmal zu ihr herüber, sagte aber nichts.

Ava war dankbar dafür, sie hätte nicht gewusst, was sie ihm hätte antworten sollen.

Um kurz vor vier Uhr nachmittags hielt Dylan schließlich vor dem Parkhaus der Universitätsklinik am Theodor-Stern-Kai an. Ava starrte aus der Windschutzscheibe hinaus. Sie wollte das Innere des Autos nicht verlassen.

Er drehte sich auf seinem Sitz zu ihr um. »Soll ich mitkommen?«, fragte er.

Ava riss ihren Blick von dem einzelnen Baum vor ihnen los und wandte sich ihm zu. Sie wollte dort nicht alleine rein. Sie hatte keine Ahnung, was sie erwartete oder was man von ihr erwartete. Am liebsten wäre sie nach Hause gefahren und hätte sich unter ihrer Decke verkrochen. Die Welt ausgeschlossen. Die Vorstellung, jemanden an ihrer Seite zu haben, war verlockend. Aber sie hatte ihn schon genug mit ihren Problemen belastet. Also lächelte sie tapfer. »Nein, das schaffe ich schon. Danke.«

»Sicher? Ich kann wirklich mit«, bot er nochmals an.

»Alles gut. Ich hab dich heute schon viel zu lange in Anspruch genommen.«

Bevor sie sich umentscheiden konnte, schnallte sie sich ab und stieg aus dem Auto. »Danke. Für alles«, sagte sie, bevor sie die Tür schloss. Sie ging zügig davon. Erst als sie die Straße überquert hatte und auf den Haupteingang zusteuerte hörte sie, wie er das Auto startete.

In der Klinik selbst wurde sie von einem Mitarbeiter an der Information zur Zentralen Notaufnahme weitergeschickt. Eine Schwester führte sie in einen Raum im Bereich dahinter. Er war voller Gerätschaften und Monitore zur Überwachung des Patienten. Nur das Krankenbett fehlte.

»Ihre Tante ist gerade noch im CT, aber Sie können hier warten.«

Ava nickte nur und blieb unschlüssig mitten im Raum stehen, während die Schwester wieder davoneilte. Sie knetete ihre Hände und steuerte schließlich auf einen Stuhl zu, der an der Wand gegenüber der Tür stand. Sie ließ sich auf die Kante nieder und starrte auf den Ausschnitt des Gangs hinaus, den sie von ihrem Platz aus sehen konnte. Immer wieder eilten Pflegekräfte in leise quietschenden Schuhen an der Tür vorbei. Sie hörte leise Durchsagen und ein Telefon, dass scheinbar Sturm klingelte. Es roch nach Desinfektionsmittel. Ihre Augen sprangen zwischen der Tür und einer Uhr darüber hin und her. Die Minuten fühlten sich endlos an. Nervös zupfte sie an einem abstehenden Hautfetzen neben ihrem Daumennagel. Sie hörte, wie ein Bett näher rollte, richtete sich auf und wartete. Aber das Bett wurde an ihrem Raum vorbeigeschoben. Irgendwann hielt sie es nicht mehr aus und stand wieder auf. Sie begann Kreise im Raum zu drehen, die Geräte zu inspizieren, warf dabei immer wieder

Blicke aus der Tür. Das Nichtstun machte sie wahnsinnig. Über einen Stuhl war Dianas Mantel geworfen worden, darunter lugte ihre Handtasche hervor. Ava hob ihn hoch, klemmte ihn unter ihren Arm und kramte in der Handtasche nach Dianas Portemonnaie. Sollten sie noch ihre Krankenkassenkarte brauchen, hätte Ava sie schon mal griffbereit. Sie zog die Karte aus einem der Fächer. Dabei fiel Ava ein Zettel auf, der in dem Netzeinschub steckte: *Im Falle eines Notfalls kontaktieren.* Dahinter standen Avas Name und ihre Nummer. Ihr Herz zog sich zusammen. Wie viele Menschen schrieben einen solchen Zettel, ohne wirklich daran zu glauben, dass sie ihn jemals brauchen würden?

Diana hat das bestimmt ebenfalls nicht erwartet.

Sie klappte Dianas Geldbeutel wieder zu und verstaute ihn in der Tasche. Als sie den Mantel wieder auf den Stuhl legen wollte, hörte sie plötzlich ein helles Klimpern. Ein Gegenstand war aus der Manteltasche gefallen und drehte sich auf dem Boden ein paarmal um die eigene Achse, bevor er zum Liegen kam. Ava bückte sich und hob ihn auf. Es war ein Siegelring. Stirnrunzelnd betrachtete sie ihn. Sie konnte sich nicht daran erinnern, dass ihre Tante jemals einen solchen Ring getragen hatte. Überhaupt trug Diana nur selten Schmuck. Er war aus Gold gefertigt und das Emblem schon etwas verblasst. Sie strich mit dem Daumen darüber und für einen winzigen Augenblick sah es so aus, als ob die Linien sachte aufglimmen würden. Zu schnell, um zu erkennen, was es darstellen sollte. Als Ava den Ring mehr ins Licht der Leuchtstoffröhren an der Decke drehte, hätte sie ihn beinahe fallen gelassen. Die Linien auf der Siegelfläche ergaben ein Pentagramm. Mit einer Feder in der Mitte. Wie in dem Notizbuch über Cassandra. In ihren Ohren erklangen erneut das wahnsinnige Lachen der Hexe und das Knistern der Flammen. Sie starrte das Symbol an. Wie kam ihre Tante an solch einen Ring? Die Linien zogen ihren Blick förmlich an.

Erneut strich sie mit dem Daumen darüber, wieder glommen sie auf.

Ein Räuspern erklang hinter ihr. Sie drehte sich um. Ein Arzt war in den Raum getreten. Seine grauen Haare waren kurz geschnitten. Hinter einer Brille blitzten aufmerksame blaue Augen. Unter einen Arm hatte er eine Akte geklemmt, wahrscheinlich Dianas. Er trat einige Schritte auf Ava zu und strecke seine Hand aus. »Sie müssen der Notfallkontakt sein, Ava Holler, richtig?«

Ava schüttelte ihm die Hand. Sein Griff war fest und beruhigend. »Ich bin ihre Nichte.«

Der Arzt nickte. Bevor er mehr sagen konnte, wurde Diana auf dem Krankenbett hereingeschoben. Sie lag reglos unter der Decke, die Augen waren geschlossen. Ava schluckte. Ein langer Schnitt verlief quer über Dianas Wange. Sie verfolgte, wie die Schwester ihre Tante wieder an mehrere Monitore anschloss, bevor sie das Zimmer verließ.

»Was ist passiert?«, schaffte sie es endlich zu fragen.

»Wir wissen es nicht genau. Jemand hat Ihre Tante in einer kleinen Seitenstraße so vorgefunden. Allem Anschein nach wurde sie überfallen.« Sein Blick fiel auf den Ring, den Ava nervös in ihrer Hand drehte. »Den Ring, den Sie in der Hand halten, hat man bei ihr gefunden. Vielleicht wollte der Dieb ihn klauen und hat ihn bei der Flucht wieder verloren.«

Ava musterte den Ring einen Moment stumm. Dann steckte sie ihn in ihre Hosentasche. »Wie lange wird es dauern, bis sie wieder aufwacht?«, fragte sie schließlich und trat zu Diana ans Bett. Zaghaft ergriff sie ihre Hand. Sie fühlte sich kühl an.

»Auch das wissen wir nicht.«

»Was?« Ava sah den Arzt verdutzt an.

Der zuckte etwas hilflos mit den Schultern. »Wir nehmen gerade eine Reihe von Untersuchungen vor, aber können bis jetzt keine Ursache für ihre Bewusstlosigkeit finden.«

Ava spürte, wie sich ihre Kehle zuzog. Sie sah Diana wieder an. Wäre der Schnitt nicht gewesen, hätte man meinen können, sie würde friedlich schlafen. Die Erlebnisse der letzten Stunden ließen das ihr so vertraute Gesicht fremd erscheinen. Konnte Diana wirklich für den Tod ihrer Eltern verantwortlich sein? Was ist mit dir passiert? Und wieso ausrechnet jetzt, wo ich so dringend Antworten brauche?

»Wie … wie geht es jetzt weiter?«, wandte sich Ava schließlich wieder an den Arzt.

»Wir werden die Ergebnisse abwarten müssen. Sollten die auch alle unauffällig sein …« Er machte eine kurze Pause. »Ich muss gestehen, das scheint ein ungewöhnlicher Fall zu sein. Allem Anschein nach geht es Ihrer Tante physisch gut. Wir können dann nur warten, ob sie von selbst wieder wach wird.«

Er sah Ava entschuldigend an. »Ich weiß, dass muss alles ein Schock für Sie sein. Ich versichere Ihnen, wir tun alles in unserer Macht Stehende, um Ihrer Tante zu helfen. Das Gute ist, dass sie keine lebensbedrohlichen Verletzungen aufweist.« Der Arzt sah auf seine Armbanduhr. »Entschuldigen Sie bitte, ich muss weiter. Hier ist meine Karte, sollten Sie noch Fragen haben, rufen Sie an.«

Ava nahm das kleine Visitenkärtchen entgegen, welches er ihr hinhielt. *Dr. Friedrich Weiser, Chefarzt Unfallchirurgie*, las sie.

»Danke.«

Dr. Weiser nickte ihr zu und verließ den Raum.

Ava sah erneut auf ihre Tante hinab. Was für ein Mensch war Diana wirklich? Was verbarg sie womöglich? Wenn ihre Tante wirklich schuld am Tod ihrer Eltern war, wieso hätte sie Ava dann bei sich aufnehmen sollen? Aus Reue? Und überhaupt, wie hatte sie Ava aus den Flammen retten können?

»Was hast du bloß getan?«, flüsterte Ava und spürte, wie eine tiefe Erschöpfung von ihr Besitz ergriff. Ihr Kopf fühlte sich an, als würde er Tonnen wiegen. Sie ließ ihn hängen und schloss die Augen. Was sollte sie jetzt nur tun? Niemand außer Diana konnte Ava die Wahrheit über den Tod ihrer Eltern sagen. Und ausgerechnet jetzt wurde sie überfallen. Konnte das ein Zufall sein? Ein plötzliches Gefühl, beobachtet zu werden, ließ Ava die Augen wieder öffnen. Eine Krankenschwester stand mit einem Infusionsbeutel in der Hand im Türrahmen und musterte sie mitfühlend.

»Wir verlegen Ihre Tante bald auf ein anderes Zimmer. Der ganze Papierkram wird einen Moment dauern. Wenn Sie möchten, können Sie so lange in der Cafeteria warten. Oder Sie fahren erst einmal nach Hause und ruhen sich aus. Sie sehen müde aus.«

Ava lächelte schwach. »In Ordnung.«

Die Krankenschwester machte sich am Infusionsständer zu schaffen. Ava warf noch einen weiteren Blick auf Diana. Auf Antworten würde sie wohl oder übel warten müssen. Also verließ sie den Raum und überließ sie der Obhut der Schwester. Auf halber Strecke zur Cafeteria blieb sie allerdings stehen. Die Vorstellung, später alleine am Bett ihrer Tante zu sitzen, mit tausend Fragen im Kopf, die nach einer Antwort verlangten, erdrückte sie. Sie würde sich ständig fragen, ob es stimmen konnte, was der alte Mann erzählt hatte. Sie konnte gerade nicht hier sein. Wollte Diana nicht so sehen. Nicht in dieser sterilen Umgebung, in der alles von Krankheit sprach. Nicht bewusstlos. Nicht als Grund für den Tod ihrer Eltern. Sie hatte Angst, dass sich dieses Bild in ihrem Kopf zunehmend festsetzen würde, je länger sie Diana betrachtete und sie still mit Fragen und Vorwürfen überhäufte. Ava machte auf dem Absatz kehrt und verließ das Krankenhaus.

KAPITEL 13

Kurz darauf erreichte Ava das Geschäft von Mrs Meyers. Durch das Schaufenster sah sie, dass ihre Chefin gerade in ein Kundengespräch vertieft war. Eine Frau hatte mit dem Rücken zur Ladentür vor dem Schreibtisch Platz genommen. Ava trat durch die Tür und atmete den vertrauten Geruch tief ein. Durch das leise Klingeln unterbrochen, drehte sich die Kundin um und erst jetzt erkannte Ava sie. Es war Yana. Ava blieb wie angewurzelt stehen. Yana wollte etwas sagen, aber Mrs Meyers brachte sie mit einer Handbewegung zum Schweigen. Die Geste wirkte seltsam vertraut.

Mrs Meyers stand auf und kam auf Ava zu. »Ava, Darling. Mit dir hatte ich nicht gerechnet. Alles in Ordnung? Du bist ganz blass.«

»Was macht sie hier?« Ava musterte Yana argwöhnisch.

Mrs Meyers warf Yana einen tadelnden Blick zu. Die ließ den Kopf hängen. Dann verstellte Mrs Meyers Ava die Sicht auf sie. »Das erkläre ich dir später. Kann ich irgendetwas für dich tun?«

Ohne zu wissen, woher, entstand in Avas Kopf plötzlich ein Bild. Wie eine Erinnerung, die ungefragt an die Oberfläche drängte, sah sie Yana, wie sie sich einen Siegelring ansteckte und sie anlächelte. Er trug das Pentagramm mit der Feder. Ohne darüber nachzudenken, schob Ava Mrs Meyers zur Seite und stürmte auf Yana zu. Bevor die sich erheben konnte, hatte sich Ava schon über sie gebeugt und hielt ihr den Siegelring unter die Nase.

»Warst du das? Ist das deiner?«, rief sie aufgebracht.

»Was?«, fragte Yana irritiert. Sie legte den Kopf in den Nacken und versuchte offenbar zu erkennen, was Ava ihr da vors Gesicht hielt.

»Ava!«, rief Mrs Meyers erschrocken und eilte zu ihr.

»Ich schwöre dir, wenn du das meiner Tante angetan hast, dann bring ich dich um!« Die Hand, mit der Ava den Ring hielt, zitterte vor Wut. Sie spürte, wie Mrs Meyers sie an der Schulter fassen und wegziehen wollte, aber sie schüttelte ihren Griff ab.

»Sag schon!«

»Ich weiß nicht, was du meinst!«, gab Yana energisch zurück. War sie bis eben noch verwirrt gewesen, blitzte in ihren Augen jetzt Ärger auf. Mit einem Ruck stand Yana auf und zwang Ava damit, ein Stück zurückzuweichen. Ihr Gesicht war nur wenige Zentimeter von Avas entfernt.

Ava starrte ihr in die dunklen Augen und versuchte herauszufinden, was Yana wusste. Doch sie gaben nichts preis. Auch Yana taxierte sie. Ihre Augen sprangen über ihr Gesicht, blieben an ihren Lippen hängen, bevor sie wieder zurück zu ihren Augen wanderten. Ava konnte fühlen, wie die Luft zwischen ihnen prickelte.

»Was ist mit deiner Tante, Darling?«, meldete sich Mrs Meyers hinter ihr zu Wort.

Einen Moment lang fixierte Ava Yana noch, dann trat sie einen Schritt zurück und hielt Mrs Meyers den Ring hin. »Diana wurde überfallen und liegt jetzt bewusstlos im Krankenhaus. Der hier wurde neben ihr gefunden, als man sie entdeckt hat.«

Mrs Meyers nahm den Ring in die Hand und inspizierte ihn. Als sie das Symbol darauf sah, sog sie scharf die Luft ein und reichte Yana ohne ein Wort den Ring. Yanas wütende Miene änderte sich mit einem Schlag. Besorgt wechselte sie einen Blick mit Mrs Meyers, bevor sie Ava den Ring zurückgab. *Woher auch immer, aber die beiden kennen sich eindeutig. Und sie verschweigen mir etwas.*

»Was?«, fragte Ava, der die plötzliche Spannung im Raum nicht entgangen war.

»Der Ring gehört nicht Yana«, antwortete Mrs Meyers vorsichtig.

»Aha. Und wieso sieht sie dann plötzlich so besorgt aus?«

»Wieso glaubst du überhaupt, ich hätte etwas damit zu tun?«, gab Yana anstelle einer Antwort zurück.

»Weil ...«, Ava wusste nicht, wie sie dieses Bild in ihrem Kopf erklären sollte. Oder die Gewissheit, dass es eine Erinnerung an ein echtes Ereignis sein musste. Eine Erinnerung, die ich gar nicht haben kann. Überfordert warf sie die Hände in die Luft. »Keine Ahnung. Ein Gefühl? Das kannst du mir nach gestern Nacht nicht verübeln!«

»Ich habe dich gestern Nacht gerettet!«

»Ach ja? Und wovor bitte genau? Schattendämonen? Was ein Blödsinn!«

Yana schüttelte fassungslos den Kopf. »Du hast diese Wesen doch mit eigenen Augen gesehen. Sie waren nicht menschlich!«

»Yana«, schaltete sich Mrs Meyers sanft ein. »Du kannst es Ava nicht verübeln, dass sie nicht glauben will, was sie gesehen hat. Das braucht Zeit. Das solltest du wissen.«

Ava sah Mrs Meyers überrascht an. »Sie wissen, was passiert ist? Und glauben ihr?«

Mrs Meyers wandte sich nach einer kurzen Pause an sie. »Es gibt Dinge, die du nicht weißt, Ava. Aber ich denke, es wird Zeit, dass du sie erfährst. Egal was die Vorschriften sagen.« Der letzte Satz war an Yana gerichtet. Die sah Mrs Meyers einen Moment stumm an, bevor sie schließlich nickte.

»Was meinen Sie damit?«, fragte Ava.

»Ich mache uns einen Tee. Der beruhigt die Nerven.« Bevor eine von ihnen reagieren konnte, war Mrs Meyers aus dem Verkaufsraum gewuselt und in der kleinen Küche dahinter verschwunden. Yana und Ava sahen sich schweigend an. Erst jetzt bemerkte Ava die Augenringe unter Yanas Augen. Anscheinend hatte sie eine ebenso schlaflose Nacht hinter sich wie Ava.

»Was ist das für ein Ring?«, fragte Ava und hielt den Siegelring erneut hoch.

Yana seufzte und ließ sich wieder auf dem Stuhl hinter ihr nieder. »Er gehört dem Orden. Das Symbol darauf ist sein Erkennungszeichen.«

»Dem Orden? Du meinst diesen angeblichen Magier-Orden«, Ava malte Anführungszeichen in die Luft, »der mich verfolgt?«

Yana musterte sie stumm.

»Was, fällt dir jetzt nichts mehr ein?«, fragte Ava angriffslustig.

»Ava, du musst uns glauben.« Yanas Stimme klang fast flehend. Aller Ärger war daraus verschwunden. »Du bist in Gefahr und die Tatsache, dass sie deine Tante gefunden haben, zeigt einmal mehr, dass wir vollkommen unterschätzt haben, wie nah sie dir schon sind. Wenn du mir nicht glauben willst, dann wenigstens ihr.« Yana nickte in Richtung Küche. Genau in dem Moment begann der Wasserkessel zu pfeifen.

»Woher kennt ihr euch überhaupt?«, fragte Ava, statt eine Antwort zu geben.

Yana schnaubte. »Das soll sie dir besser sagen. Mir würdest du es sowieso nicht glauben.«

Mrs Meyers kam mit einem Tablett aus der Küche zurück. Darauf stand eine kitschige Teekanne zusammen mit drei Tassen und einem passenden Zuckerdöschen. Sie drapierte alles auf dem Schreibtisch, goss Ava eine Tasse ein und reichte sie ihr.

»Hier, Darling. Kamillentee, der beruhigt.«

Ava nahm die Tasse und hielt sie unschlüssig in einer Hand. »Woher kennt ihr euch?«, wiederholte sie ihre Frage, diesmal an Mrs Meyers gerichtet. Die wechselte einen kurzen Blick mit Yana, bevor sie Ava mit einer Geste dazu aufforderte, sich zu setzen. Ava zog den zweiten Stuhl, der vor Mrs Meyers Schreibtisch stand, etwas von Yana weg und setzte sich. Yana quittierte das mit einem seltsam verletzten Ausdruck im Gesicht.

Mrs Meyers holte kurz Luft und sah Ava in die Augen. »Yana und ich haben uns vor sehr langer Zeit kennengelernt. Es müssten jetzt knapp fünfzig Jahre sein, oder?« Sie wandte sich an Yana, die bestätigend nickte.

Ava zog ungläubig eine Augenbraue hoch. »Fünfzig Jahre?« Sie musterte Yana, die nicht viel älter als Mitte zwanzig sein konnte.

»Ja, auch wenn man es ihr nicht ansieht, aber Yana ist schon über hundert Jahre alt.«

»Aha«, machte Ava langsam.

Mrs Meyers nickte. »Als ich sie kennenlernte, war ich ungefähr so alt wie du jetzt.« Sie sah Ava eindringlich an. »Ava, ich weiß, es ist schwer zu glauben, aber alles, was du gehört hast und noch hören wirst, ist wahr. Du und Yana, ihr seid zwei ganz besondere Wesen ...«

»Sie meinen Phönixe?«, warf Ava sarkastisch ein.

»Ganz genau. Beziehungsweise nicht ganz. Yana ist eine Benu. Während dein Ursprung in Europa liegt, kommt sie aus Ägypten. Und ich ... nun ja, ich bin ein Medium.« Mrs Meyers machte eine Pause, als wolle sie Ava die Möglichkeit geben, das Gehörte zu verarbeiten.

Die blinzelte nur irritiert. Das wurde immer wilder.

Als Ava nicht antwortete, sprach Mrs Meyers weiter. »Wenn ich Objekte berühre, kann ich deren Geschichte sehen und mit den Geistern ihrer verstorbenen Besitzer kommunizieren.«

Mrs Meyers schien Ava nur häppchenweise diese ganzen Informationen geben zu wollen, denn wieder machte sie eine Pause. Ava saß wie erstarrt auf ihrem Stuhl. Sie hatte keine Ahnung, was Yana im Schilde führte, aber dass Mrs Meyers bei dieser Show mitmachen würde, erschien ihr mehr als unwahrscheinlich. Aber das würde bedeuten ... es stimmt, was Yana mir sagt? Sie warf einen Blick zu Yana hinüber. Die saß leicht vorgebeugt auf ihrem Stuhl und beobachtete Ava angespannt. Die Türglocke klingelte und alle drei fuhren zusammen. Ein Kunde war in den Laden getreten und sah sich interessiert um. Mrs Meyers stand auf und fing ihn auf halbem Weg durch den Laden ab.

»Entschuldigen Sie, aber wir haben schon geschlossen.«

Der Mann drehte sich zu dem deutlich sichtbaren »Geöffnet«-Schild um, dass jetzt sanft an der Scheibe der Tür hin und her schwang. »Aber«, setzte er an und deutete auf das Schild.

»Privater Notfall. Tut mir leid, kommen Sie gerne morgen wieder.« Mrs Meyers drängte den vollkommen überrumpelten Mann wieder aus dem Laden, schloss demonstrativ die Ladentür hinter ihm ab und winkte ihm noch mal zu. Ava sah, wie der Mann draußen ärgerlich den Kopf schüttelte und davonging.

»Ich denke, wir sollten das Gespräch in eine ruhigere Umgebung verlegen.« Mrs Meyers ruckte mit dem Kopf in Richtung Wendeltreppe und ging davon.

Yana stand auf und sah Ava etwas unsicher an. Auch wenn sie es nicht wollte, begann Ava langsam den beiden zu glauben. Also folgte sie Mrs Meyers die Wendeltreppe hinauf.

KAPITEL 14

Mrs Meyers war vor dem stets abgesperrten Abteil stehen geblieben. Sie lächelte Ava aufmunternd zu und machte sich am Schloss zu schaffen. Die Tür schwang mit einem leisen Quietschen auf und sie betraten den Gang dahinter. Nun erkannte Ava auch Gegenstände, die nicht von Tüchern verdeckt waren. Von Truhen über Bücher und Kleidung bis hin zu Uhren und Schmuck. Auf den ersten Blick sah alles ganz gewöhnlich aus. Das also hält sie hinter Schloss und Riegel? Warum? Beinahe enttäuscht ließ Ava den Blick über die Gegenstände schweifen. So oft hatte sie versucht, einen Blick hineinzuwerfen, hatte sich ausgemalt, welche Schätze hier lagerten. Dabei war es nichts, was sich von den sonstigen Sachen im Laden unterschied. Sie streckte die Hand aus und wollte eine Kette mit einem blumenförmigen Anhänger berühren, aber Mrs Meyers schlug ihr mit einem kleinen Klaps auf die Hand.

»Ah, hier würde ich nichts anfassen, Darling. Die Gegenstände gehören alle verwundeten Seelen, die Unheil über jeden bringen, der sie berührt.«

»Okay«, antwortete Ava überrascht.

»Mrs Meyers hilft auf der ganzen Welt als Medium aus. Wenn der Geist sich nicht beruhigen lässt, nimmt sie den Gegenstand mit, an den er gebunden ist, und versucht ihm zu helfen. Wenn er sich partout nicht lösen will, verwahrt sie ihn hier«, erklärte Yana.

»Du meinst, die sind jetzt hier?«, fragte Ava und sah sich unbehaglich um. »Wieso attackieren sie Sie nicht, wenn Sie die ganzen Gegenstände hier aufbewahren? Oder andere Menschen in der Nähe?«, fragte Ava an Mrs Meyers gewandt.

»Verwundete Seelen sind zutiefst missverstandene Existenzen. Sie sind nicht an sich *böse*. Wenn sie merken, dass man ihnen helfen will, sind die meisten sehr dankbar. Nur muss man sie vorher aus ihrem Teufelskreis des Zorns und der Frustration befreien. Das ist, was ich mache«, antwortete Mrs Meyers stolz.

»Das und ein Zauber hindert die widerspenstigen daran, sich neue Opfer zu suchen, die sie quälen können«, antwortete Yana und nickte zu den Wänden.

Erst jetzt fielen Ava die aufgemalten Muster dort und an den Regalen auf. Offenbar gelang es Mrs Meyers wirklich nicht immer, die Seelen aus ihrem Teufelskreis zu befreien.

»Gehen wir«, sagte Mrs Meyers nur und steuerte auf eine gut getarnte Tür am Ende des Abteils zu. Yanas Äußerung hatte wohl ihren Stolz angekratzt. Die beiden folgten der alten Dame. Als Ava durch die Tür trat, klappte ihr vor Überraschung der Mund auf.

Vor ihr erstreckte sich ein weitläufiger Raum. Die Decke war mehrere Meter über ihr und vollkommen mit Holz vertäfelt. An drei der Wände zogen sich Reihen von hohen Bücherregalen entlang, die vierte Wand war über und über mit Malereien verziert. Durch bodentiefe Fenster flutete Abendlicht herein. Eine Sitzgruppe mit einem gemütlich aussehenden Sofa und Sesseln dominierte die Mitte. Am anderen Ende führte eine hölzerne Treppe zu einer Flügeltür hinauf. Offenbar ging es dahinter noch weiter.

»Was zur Hölle ...«, Ava sah sich überwältigt um. Das konnte doch gar nicht sein. Ava war noch nie in dem Stockwerk über dem Geschäft gewesen, sie hatte einfach angenommen, dass es sich um ganz normale Wohnungen handelte. Maximum Altbau. Aber doch kein englischer Landsitz oder was das hier darstellen sollte. Sie drehte sich zu Mrs Meyers um. »Hier wohnen Sie?«

Als sie Mrs Meyers ansah, lächelte die verschmitzt über Avas Verblüffung.

»Schön, nicht wahr?« Mrs Meyers sah sich mit leuchtenden Augen um. In der Tat, es war schön.

»Komm«, sagte Yana und führte Ava zu der Sitzgruppe. Sie bedeutete ihr, Platz zu nehmen.

Ava ließ sich in das weiche Polster sinken und betrachtete das riesige Wandgemälde. Es zeigte vier verschiedene Vögel, die links von einer Gruppe Menschen verfolgt wurden, während sich rechts von ihnen vier Menschen in tiefer Verehrung auf den Boden warfen. »Was ist das?«, fragte sie.

»Unsere Geschichte«, erwiderte Yana. »Lass es mich dir erklären. Oder vielleicht besser noch: zeigen.« Sie stellte sich an das linke Ende der Wand.

Mrs Meyers nahm neben Ava Platz und klatschte leicht in die Hände. »Oh, das wird dir gefallen«, flüsterte sie begeistert.

Yana berührte sanft die Wand und plötzlich schienen die Figuren lebendig zu werden.

»Vor Tausenden von Jahren gab es vier mächtige Feuervögel«, begann Yana. »Den Phönix, den Benu, den Donnervogel und den Feng Huang.« Nacheinander leuchteten die einzelnen Vögel sanft auf.

»Sie wurden von den Menschen als weise und mächtige Wesen verehrt. Jedem von ihnen wurden magische Fähigkeiten nachgesagt. Doch neben den Bewunderern gab es auch jene, die sich die Macht und Magie der Vögel einverleiben wollten.«

Die linke Gruppe begann Netze zu schwingen und mit Säbeln nach den Vögeln zu stechen. Die Vögel flatterten mit den Flügeln und versuchten Abstand zu gewinnen.

»Von Natur aus nicht gewalttätig, flohen die Feuervögel und suchten nach einem Versteck. Auf ihrer Suche trafen sie auf eine kleine Gruppe Magier, die ihnen einen schicksalhaften Vorschlag machten. Sie waren große Verehrer der Feuervögel und anders als die Verfolger, wollten sie ihnen helfen. Sie boten sich als Hüllen an, in denen sich die Vögel verstecken konnten.«

Die vier Magier richteten sich auf und breiteten einladend die Arme aus.

»Die Feuervögel ergründeten die Absichten der Magier, denn sie fürchteten eine Falle. Doch ihre Herzen waren rein und voller Verehrung. Also nahmen die Feuervögel dieses selbstlose Angebot an. Denn keiner der Magier wusste, ob sie diese Verbindung überleben würden. Dankbar für ihre Unterstützung bereiteten die Feuervögel den Magiern ein Geschenk. Sie verdrängten sie nicht aus ihren Körpern, sondern gingen eine Verbindung mit ihren Seelen ein. So entstand der Feuerzirkel und seitdem leben wir im Einklang miteinander.«

Die vier Vögel verschwanden von der Wand, die Magier leuchteten auf und hinter jedem wurde die übergroße Aura eines der Vögel sichtbar.

Ava sah wie gebannt auf die Malerei. Dann fiel ihr etwas ein. »Aber heißt es nicht immer, ein Phönix wäre unsterblich? Wie soll das in einem menschlichen Körper gehen?«

Yana lächelte. »Es ist ein weitverbreiteter Irrglaube, dass die Feuervögel unsterblich sind. Auch sie können dem Tod nicht entkommen, aber sie haben die einzigartige Fähigkeit der Wiederauferstehung. Jeder Feuervogel kann bis zu fünfhundert Jahre alt werden, bevor er durch die reinigenden Flammen geht und wieder neu geboren wird.«

»Fünfhundert Jahre?«, fragte Ava verblüfft.

Yana nickte. »Vor der Verbindung starben die Vögel und wurden aus der Asche wiedergeboren. Um diese Prozedur nun durchlaufen zu können, müssen die Feuervögel ihre Seele vorher von ihrem Menschen lösen, um sich dann nach der Wiedergeburt und Reinigung eine neue Seele zu suchen, mit der sie sich verbinden können.«

»Und der Mensch?«, fragte Ava.

»Durch die Verbindung bekommt er ein langes Leben geschenkt. Auch er kann bis zu fünfhundert Jahre alt werden, solange er mit der Seele des Feuervogels verbunden ist. Sobald sich der Vogel allerdings löst, wartet auf den Menschen der Tod.«

In Avas Kopf drehte sich alles. Mrs Meyers hatte gesagt, dass Yana über hundert Jahre alt war. Sie sah an sich hinab. Fünfhundert Jahre? Wenn es stimmte, was Yana sagte, würde sie auch so lange leben? Was konnte alles in dieser Zeitspanne passieren? Vor fünfhundert Jahren hat es keine Elektrizität gegeben, überlegte Ava. Keine Autos, keine moderne Medizin. Dafür Ritter, Könige und Hexenverfolgung.

»Alles in Ordnung, Darling?«, holte sie die Stimme von Mrs Meyers in die Gegenwart zurück. Ava nickte schwach.

Yana kam zu ihr und setzte sich neben sie. Nur für einen winzigen Moment legte sie eine Hand auf Avas Schulter. Dennoch reichte diese kleine Berührung, damit Avas Herz seltsamerweise einen kleinen Hüpfer machte.

»Ich weiß, das kann viel auf einmal sein. Aber du musst verstehen, woher wir kommen und was das für eine Bedeutung für die Welt hat.«

»Also hat alles mit diesen vier Magiern angefangen?«, fragte Ava, um sicherzugehen, dass sie bis hierhin alles richtig verstanden hatte.

Yana nickte. »Einer dieser vier Menschen«, sie deutete auf die Wand, an der sich die Malerei wieder so unbewegt präsentierte wie zu Anfang, »ist dein Vorgänger. Die Feuervögel halten stetig Ausschau nach einem geeigneten Nachfolger. Er muss eine reine Seele haben. Wo und wann genau der nächste Nachfolger geboren wird, wissen wir bis heute nicht. Nur, dass es ungefähr alle fünfhundert Jahre passiert und er immer zur rechten Zeit erscheint. Wie du.«

»Wie ich?«, Ava konnte nicht verhindern, dass sie Yanas Worte wie ein Echo nachplapperte. Aber ihr Kopf schwirrte. Vor unglaublichen Informationen und einer unterschwelligen Aufregung. Als würde sich ihr Geist freuen, endlich ein Puzzle zusammensetzen zu können, von dem sie nicht mal gewusst hatte, dass es da war.

»Wie schon gesagt, sucht sich jeder Feuervogel nach der Reinigung eine neue Seele als Verbündeten. Manchmal kann es Monate dauern, manchmal Jahre. Keiner weiß, wo die Seele des Vogels in dieser Zeit ist. Was wir wissen, ist, dass er diesen Übergang nutzt, um die Erinnerungen und Erlebnisse der vergangenen Verbindung abzulegen. Gereinigt geht er dann direkt bei der Geburt des Menschen die Verbindung ein. Normalerweise ist das Lösen der Verbindung eine einvernehmliche Sache. Jeder Auserwählte weiß, dass ihm ein großes Geschenk gemacht wurde und ist dankbar dafür. Aber ...«

»Aber?«, hakte Ava nach, als Yana nicht weitersprach.

»Du musst wissen, dass Feuervögel die Verderbtheit der Menschen spüren können. Das ist hilfreich und wichtig, denn mit dieser Verbindung gewährt der Vogel dem Menschen auch Zugang zu seiner Magie. Und die sollte nicht in falsche Hände fallen.«

»Aha«, machte Ava langsam, obwohl sie immer noch nicht verstand, worauf Yana hinauswollte.

»Bei deiner Vorgängerin allerdings ... wir wissen nicht genau, wieso, aber der Phönix, dein Feuervogel, hat sich in ihr getäuscht. Sobald sie von ihren Kräften erfahren hatte, wurde sie machtgierig, egoistisch. Sie nutzte ihre Kräfte für ihren persönlichen Vorteil und zeigte sie entgegen der Bitte der anderen offen der Welt. Was schreckliche Konsequenzen nach sich zog.«

Yana verzog das Gesicht und Ava meinte eine gewisse Traurigkeit in ihrem Blick zu erkennen. Sie sah zu Mrs Meyers hinüber, die Yana liebevoll eine Hand auf den Arm legte. Yana atmete tief durch und richtete sich etwas auf.

»Jedenfalls war schnell klar, dass sie diese Verbindung aufrechterhalten wollte, koste es, was es wolle. Sie suchte nach einem Weg, den Phönix ewig an sich zu binden, und schloss sich bald mit der Societas Immortalis zusammen, einem Magier-Orden, der ebenfalls nach Unsterblichkeit strebte. Wir versuchten alles Mögliche. Erst um sie umzustimmen, später um die Verbindung zu lösen. Aber erst als du geboren wurdest, schafften wir es, dem Phönix die Flucht zu ermöglichen.«

Yana sah Ava fast flehend an. Als wollte sie sie um Entschuldigung bitten.

»Was?«, fragte Ava.

Yana knetete unsicher ihre Hände. »Deine Geburt war leicht außerhalb der normalen Zeitspanne. Als wäre sie extra für die Flucht in die Wege geleitet worden. Der Phönix konnte die Verbindung lösen und ist direkt eine neue mit dir eingegangen.«

Als Ava Yana weiterhin verständnislos ansah, fuhr sie fort. »Das bedeutet, er hatte kaum Zeit, sich zu reinigen. Seine Erlebnisse und Erinnerungen mit deiner Vorgängerin schlummern deswegen zu einem gewissen Teil noch in ihm und damit auch in dir.«

Es entstand eine kurze Stille, in der Yana Ava nervös beobachtete. Als wartete sie auf einen Ausbruch.

»Aha«, machte Ava verwirrt. Sie hatte keine Ahnung, was diese Information bedeuten sollte.

»Und ... das ist schlecht?«, fragte sie schließlich, als Yana keine Anstalten machte weiterzusprechen.

»Na ja, das wissen wir nicht genau«, gab diese zu. »Es hat noch nie so einen Fall gegeben. Aber der Feuerzirkel ist beunruhigt, was diese Erinnerungen bewirken könnten. Inwiefern sie dich eventuell beeinflussen. Sie sind alles andere als gut, Ava.«

Ava brauchte einen Moment, bis sie die Botschaft dahinter verstand. »Moment. Du meinst, sie haben Angst, ich könnte genauso böse werden wie meine Vorgängerin?«

Etwas zerknirscht zuckte Yana mit den Schultern. »Deine Seele ist noch jung. Es besteht durchaus die Möglichkeit, dass die Erinnerungen deine Persönlichkeit verändern könnten.«

Daraufhin herrschte eine angespannte Stille. Ava betrachtete nachdenklich das Wandgemälde, bevor sie sich mit der Hand über die Augen rieb. Ihr Kopf brummte von diesen ganzen neuen Erkenntnissen. Ein Phönix, der sich ihren Körper mit ihr teilte. Eine böse Vorgängerin, die nach Unsterblichkeit gestrebt hatte. Ein Zirkel, der Angst hatte, sie könnte der nächste Endgegner werden. »Das ist doch verrückt«, flüsterte sie leise.

Sie spürte Mrs Meyers Hand, die beruhigend über ihren Rücken strich.

»Ich weiß, es ist viel. Und eigentlich hättest du das alles noch gar nicht erfahren sollen. Aber die Zeit wird knapp. Der Orden ...«

»Was will der Orden denn überhaupt von mir?«, unterbrach Ava sie.

»Wahrscheinlich deine Kraft«, erklärte Yana. »Auch wenn jedes Mitglied über Magie verfügt, ist doch keiner so stark wie ein Feuervogel. Ohne deine Vorgängerin werden sie es nicht schaffen, ihr Ziel zu erreichen.«

»Können sie das denn? Unsterblichkeit erreichen?«

»Unwahrscheinlich, aber mit dunkler Magie nicht unmöglich«, gab Yana zu.

»Und wie soll ich ihnen da helfen? Ich wusste ja bis eben nicht mal, dass es Magie überhaupt gibt.«

Yana zuckte mit den Schultern. »Vielleicht wollen sie dich für sich gewinnen? Vielleicht wollen sie auch nur die Kraft, die in dir schlummert.«

Ava fiel der Moment auf der Brücke ein, als sie ihren Verfolger nur durch ihre Berührung versengt hatte. »Haben eigentlich auch wir magische Fähigkeiten oder ist das allein die Magie des Phönix?« Sie drehte ihre Hände hin und her und musterte sie.

»Auch jeder von uns besitzt magische Fähigkeiten, nicht so stark wie die des Phönix, aber dennoch nicht gerade wenig. Wir nehmen an, dass das eine Art weiteres Auswahlkriterium der Feuervögel ist. Sonst könnten unsere Körper ihrer Magie wahrscheinlich nicht standhalten«, ging Yana auf Avas Frage ein.

»Und wie kann der Orden nur meine Kraft haben wollen? Wie soll das gehen?«

Yana und Mrs Meyers tauschten einen Blick.

»Was sollte dieser Blick?«, fragte Ava alarmiert.

»Der Orden hat sich vor langer Zeit der dunklen Seite der Magie verschrieben. Es ist nicht auszuschließen, dass sie herausgefunden haben, wie sie dir deine Kraft nehmen können, wenn du nicht kooperieren solltest«, gestand Mrs Meyers schließlich.

»Wieso ich? Wieso nicht eine von euch?«, wollte Ava wissen.

»Wir sind schon zu erfahren. Ich nehme an, dass sie in dir ein leichtes Opfer sehen, das entweder noch formbar oder leichter zu besiegen ist«, erklärte Yana. »Vielleicht hoffen sie auch, dass du durch die Erinnerungen deiner Vorgängerin beeinflusst bist und dich ihnen freiwillig anschließt.«

Das war einfach alles zu viel. Die Anschuldigung gegen Diana, der Angriff auf sie und ihre Bewusstlosigkeit, darum sollte sie sich jetzt Sorgen machen und nicht über Magie und magische Vögel nachdenken. Sie ließ sich in die Polster sinken.

»Wieso sollte ich das alles noch nicht erfahren?«, fragte sie nach einem Moment.

»Der Zirkel glaubt, dass er deine Vorgängerin zu früh in ihre Fähigkeiten eingeweiht hat …«

»Hat sie auch einen Namen?«, unterbrach Ava Yana. »Du nennst sie immer nur *meine Vorgängerin.* Wenn sie der Grund ist, wieso dieser dämliche Orden mich verfolgt, wüsste ich gerne, wer sie ist.«

Yana blinzelte. »Ja«, kam schließlich nur heraus.

»Und der wäre?«, fragte Ava ungeduldig.

Yana schien sich förmlich zu winden. Sie öffnete mehrmals den Mund und schloss ihn wieder.

Ava wartete mit hochgezogenen Augenbrauen.

»Ihr Name war Cassandra«, kam Mrs Meyers Yana zu Hilfe.

Avas Kopf schnellte zu ihr herum. »Cassandra?«, fragte sie überrascht. »Sie meinen, wie in dem Notizbuch?«

Mrs Meyers nickte. »Das war sie.«

Ava sah zu Yana. Die saß zusammengesunken neben ihr. Ein kalter Schauer lief ihr über den Rücken. »Dann war es echt«, sagte sie mehr zu sich selbst.

»Was war echt, Darling?«

»Meine Halluzination. Oder zumindest dachte ich, es wäre eine. Dabei war es eine Erinnerung.«

»Eine Erinnerung?«, hakte Yana alarmiert nach.

Ava nickte benommen. »Ich habe mir die Seiten des Notizbuches noch mal angesehen, weil ich mehr darüber herausfinden wollte. Auf einer Seite war diese Abbildung von einem Scheiterhaufen mit ihr darauf. Und plötzlich wurde alles so … lebendig. Ich konnte das Feuer hören, ihr Lachen. Die Schreie der Leute. Ich roch den Rauch und ich fühlte mich … euphorisch.«

Bei dem Gedanken daran wurde ihr wieder schlecht. Sie sah Yana an. Deren Augen waren vor Schreck geweitet.

»Dann ist es also wahr«, seufzte Mrs Meyers. »Cassandras Erinnerungen sind noch immer da.«

Sie sahen sich ratlos an.

»Das heißt, wenn ich sie so deutlich spüren kann …«, begann Ava.

»Könnten sie dich tatsächlich in einem schwachen Moment beeinflussen«, beendete Yana den Satz.

»Wir müssen den Zirkel einberufen«, entschied Mrs Meyers.

KAPITEL 15

Mrs Meyers führte sie die Holztreppe hinauf und durch die Flügeltür. Dahinter erstreckte sich ein Gang, von dem mehrere Türen abgingen. In der Mitte öffnete er sich in zwei schmale Seitengänge. An den Wänden hingen in antiken Rahmen gemalte Porträts von Frauen und Männern unterschiedlichster Epochen. Ava betrachtete sie im Vorbeigehen. Ihr fiel auf, dass in jedem Bild ein Vogel vorkam. Sei es als Figur, als Tier auf der Schulter oder in einem Bild sogar als Silhouette in den Flammen des Kamins im Hintergrund.

»Frühere Feuervögel«, erklärte Mrs Meyers.

Sie betraten eine weitere Holztreppe am Ende des Ganges, die hinauf in einen kreisrunden Raum führte. Er war fast komplett mit bodentiefen Fenstern durchzogen und bot einen atemberaubenden Rundumblick auf die Frankfurter Skyline und den Main. Ava drehte sich mit offenem Mund einmal um sich selbst. Die Decke des Raumes wölbte sich in einer Kuppel nach oben und war mit einem indigoblauen Himmel bemalt, an dem goldene Sterne funkelten. »Wow.«

In der Mitte des Raumes standen fünf gepolsterte Stühle in einem Kreis zusammen. Bei vier der Stühle wuchs aus der hölzernen Lehne ein Vogel empor, der sich gerade in die Luft zu erheben schien. In den Holzfußboden war eine Feder eingraviert worden. Sie sah der Feder auf dem Siegelring ähnlich, nur das Pentagramm fehlte.

Mrs Meyers bedeutete Ava, auf einem der Stühle Platz zu nehmen. Sie selbst setzte sich auf den Stuhl ohne Vogel. Yana hockte sich in die Mitte des Kreises, legte eine Hand auf die Feder am Boden und umschloss mit der anderen ihre Kette, die sie unter ihrem Oberteil hervorgezogen hatte. Ava beobachtete sie gespannt. Yana schloss die Augen und senkte den Kopf. Kaum wahrnehmbar begann die Feder auf dem Boden zu leuchten. Ihr Braun wurde nach und nach zu einem pulsierenden Gold, bis der ganze Raum golden erstrahlte. Ava spürte, wie sich ihre Nackenhaare aufstellten. Doch nicht vor Angst, vielmehr schien eine spürbare Spannung in der Luft zu liegen. Ihre Hände kribbelten, sie öffnete und schloss sie mehrmals. Aus dem Licht, das den Raum flutete, schienen sich mit einem Mal Gestalten zu lösen. Erst waren sie nur goldene Umrisse, Auren, die in unterschiedlichen Nuancen pulsierten. Langsam verfestigten sich die Schemen und Ava glaubte für einen kurzen Moment sogar riesige Schwingen hinter ihnen zu sehen. Nacheinander traten schließlich eine Frau und ein Mann aus der Mitte der gravierten Feder und stellten sich vor jeweils einen der freien Stühle. Yana nahm die Hand von der Feder und stand auf. Der goldene Schein verblasste, bis nur noch das abendliche Sonnenlicht den Raum erhellte. Yana drehte sich zu der Frau um und legte ihre Hand auf ihr Herz, während sie den Kopf neigte. Ava betrachtete sie fasziniert. Ihr Alter war unmöglich zu schätzen. Sie war deutlich kleiner als Yana und ihre schwarzen Haare, die sie zu einem strengen Dutt gebunden trug, waren von Grau durchzogen. Ihr Gewand weckte in Ava die Erinnerung an Reportagen über das alte China, die sie mit ihrer Tante gesehen hatte. Es strahlte in einem kräftigen Rot und war mit goldenen Stickereien versehen. Eine Brosche in Form einer Feder funkelte an ihrem Gewand. Die Frau erwiderte Yanas Geste, bevor ihr Blick zu Ava wanderte. Ihre Augen wirkten trotz der vielen kleinen Falten klar und ihr Blick sprach von lebenslanger Erfahrung. Sie musterte Ava eingehend. Ein kaum merklicher Ausdruck der Überraschung zeichnete sich auf ihrem Gesicht ab. Yana wiederholte die Begrüßung dem Mann gegenüber. Auch er hatte glatte, schwarze Haare. Im Gegensatz zu der Frau waren sie nur mit einem Lederband unordentlich zusammengefasst, eine Strähne hatte sich gelöst und hing ihm ins Gesicht. Er trug ein Leinenhemd über einer Jeans und Boots. Um eines seiner Handgelenke schlang sich in mehreren Windungen ein schmales Lederarmband mit einer kleinen Feder als Anhänger. Auch seine dunklen Augen begutachteten Ava einen Moment, ehe er die Hand auf die Brust legte und seinen Kopf neigte. Als er Yana wieder ansah, hatte er eine Augenbraue fragend in die Höhe gezogen. Yana errötete leicht, ging aber ohne etwas zu sagen zu dem letzten freien Platz und wie auf ein geheimes Zeichen setzten sich die drei. Stille senkte sich über den Raum. Alle Blicke waren auf Ava gerichtet, die nun nervös auf ihrem Stuhl herumrutschte.

Schließlich ergriff die Frau das Wort. »Es ist schön, deine Bekanntschaft zu machen, Ava. Auch wenn ich damit nicht gerechnet hatte. Zumindest heute noch nicht.«

Ihre Stimme war sanft, aber Ava konnte eine gewisse Strenge heraushören. Woher kennt sie meinen Namen?

Bevor Ava etwas erwidern konnte, fuhr die Frau fort: »Ich bin Jinjin und das ist Tye.«

Sie deutete auf den Mann neben sich, der Ava weiterhin betrachtete. Ein leichtes Lächeln umspielte seine Lippen und er zwinkerte Ava kurz zu. Nervös versuchte sie das Lächeln zu erwidern. Von den beiden ging eine mächtige Aura aus, die Ava einschüchterte.

Jinjin wandte sich an Yana. »Ich bin sicher, du wirst es uns erklären. Auch, wieso du entgegen unserer Übereinkunft und ohne Absprache gehandelt hast.«

Ava sah, wie Yana tief durchatmete. Dann straffte sie die Schultern und erwiderte Jinjins Blick entschlossen. »Ich hatte keine andere Wahl. Der Orden war kurz davor, Ava in die Finger zu bekommen. Ich hatte keine Zeit, um Rücksprache zu halten. Ava musste verstehen, in was für einer Gefahr sie schwebt und wer sie verfolgt.«

»Und wie genau hast du von einem anderen Kontinent aus davon erfahren, dass der Orden Ava entdeckt hat?«, warf Tye mit tiefer Stimme ein. »Sam hier hat uns nichts dergleichen berichtet.« Er deutete mit dem Kopf auf Mrs Meyers.

Sam?

Yana presste ihre Lippen aufeinander.

Tye grinste wissend. »Ah, du hast nicht widerstehen können und bist hergekommen, um unseren Neuzugang ein wenig zu beschatten, nicht wahr?«

Ava warf einen Blick zu Yana hinüber.

Die war gerade dabei, bis unter die Haarspitzen zu erröten. »Ich ...«, stammelte sie nervös.

Die Verlegenheit steht ihr, schoss es Ava durch den Kopf und erneut spürte sie ein verwirrendes Kribbeln im Bauch.

»Yanara?«, fragte Jinjin auffordernd.

Yanara? Ist das ihr richtiger Name?

Yana seufzte. »Ich hatte so ein Gefühl. Es ließ mich nicht mehr los und ich wollte mich nur vergewissern, dass alles in Ordnung ist.« Ein flüchtiger Blick zu Ava, dann sah sie Jinjin wieder an. »Ich hatte nicht damit gerechnet, dass der Orden schon so nah sein würde.«

»Und wieso hat uns Samantha als Avas Hüterin nicht darauf aufmerksam gemacht?«, fragte Jinjin und sah Mrs Meyers erwartungsvoll an.

Die senkte verschämt den Kopf. »Ich fürchte, ich habe die Zeichen falsch gedeutet. Über die Jahre ist der Orden Ava immer mal wieder näher gekommen, ohne sie zu finden. Ich hatte angenommen, dass es dieses Mal wieder so sein würde.«

»Moment mal. Hüterin?«, unterbrach Ava sie. Alle Blicke richteten sich auf sie. »Und was meinen Sie mit ›über die

Jahre‹? Wir kennen uns doch gerade mal seit … ungefähr zwei Jahren?«

Mrs Meyers schwieg kurz betreten, bevor sie ihr antwortete. »Ich war schon länger in deinem Leben, als dir bewusst ist, Darling. Nur war ich vorher eher … verborgen.« Sie lächelte Ava entschuldigend an und bevor diese weitere Fragen stellen konnte, wandte sie sich wieder Jinjin und Tye zu. »Erst als Ava mit den Fotos des Notizbuchs zu mir kam, wurde mir klar, wie nahe sie schon sein mussten. Aber da tauchte Yana schon auf und … na ja … bat mich …«, Mrs Meyers brach ab und sah Yana hilflos an.

»Ich bat sie, es noch nicht zu melden. Ich wollte erst sehen, ob ihnen bewusst war, wen sie da gefunden hatten oder ob es ein unglücklicher Zufall war. Es hätte ja immerhin eine kleine Chance bestehen können, dass die alten Mitglieder des Ordens mittlerweile … ausgeschieden sind.«

Jinjin hatte das Gesicht missbilligend verzogen, während sie Yanas Ausführungen gelauscht hatte. »Das war unvernünftig und dumm, Yanara«, wies sie sie zurecht.

Yana senkte den Blick. »Ich weiß. Es tut mir leid. Als ich meinen Fehler erkannte, war es schon beinahe zu spät. Ich konnte Ava gerade so vor den Schattendämonen retten. Danach kam ich nicht mehr darum herum, ihr die Wahrheit zu sagen.«

Dann war die Begegnung im Club also tatsächlich kein Zufall gewesen, wurde Ava mit einem Mal klar. Und auch nicht meine Rettung auf der Brücke. Yana ist mir die ganze Zeit gefolgt.

»Wenn ich etwas hinzufügen darf«, meldete sich Mrs Meyers zu Wort. »Ich denke nicht, dass es noch lange gedauert hätte, bis sich ihre Kräfte voll entfaltet hätten.«

»Nun«, seufzte Jinjin, »das werden wir wohl nie erfahren. Ich hoffe, du hast mit deiner Entscheidung keinen Fehler gemacht, Yanara.« Sie betrachtete Ava erneut, ehe sie sagte: »Ava, ich bin sicher, du hast eine Menge Fragen. Aber die müssen warten. Nun ist es wichtiger, dass wir dich vorbereiten.«

»Vorbereiten? Worauf?«, fragte Ava unsicher.

»Yanara, da du dich schon vor Ort befindest, übernimmst du das«, wandte sich Jinjin an Yana, ohne auf Avas Frage einzugehen. »Sie sollte so bald wie möglich eine erste Verbindung zu dem Phönix aufbauen. Wir müssen sehen, ob sie wirklich bereit ist, ihre Kräfte anzunehmen. Vielleicht kannst du ihr auch schon die ein oder andere Methode zur Verteidigung beibringen. Durch deine Rettungsaktion wird der Orden nun unzweifelhaft wissen, dass sie gefunden haben, wonach sie gesucht haben.«

Yana nickte beschämt.

»Außerdem schlage ich vor, dass Ava bis auf Weiteres hier bleibt. Dank unserer Vorkehrungen kann der Orden hier nicht so leicht eindringen«, fuhr Jinjin fort.

»Ich kümmere mich darum«, erwiderte Mrs Meyers.

»Gut. Ich möchte regelmäßige Meldungen zu allem haben. Keine Alleingänge mehr«, sagte Jinjin mahnend an Yana gewandt.

»Keine Alleingänge mehr«, wiederholte Yana.

Jinjin nickte zufrieden und wollte sich gerade Ava zuwenden, als Yana sie unterbrach.

»Eine Sache wäre da noch. Ava erzählte uns von Erinnerungen, die eindeutig nicht ihr gehören können.« Sie hielt einen Moment inne, ehe sie fortfuhr: »Sie waren wohl so stark, dass sie die Realität überlagert haben.«

Erneut senkte sich Stille über den Raum. Tye, der bis eben lässig im Stuhl gesessen hatte, richtete sich auf. Alle Blicke waren auf Ava gerichtet. Die zog unsicher den Kopf ein.

»Wenn das stimmt, was Yanara sagt, wird auf dich viel Arbeit zukommen, Ava«, sagte Jinjin schließlich. »Cassandra war überaus mächtig und du wirst all deine Kraft brauchen, um dich gegen den Einfluss ihrer Erinnerungen zu wehren. Unterschätze sie nie. Wir können nicht wissen, wie viel ihrer Verdorbenheit noch in ihnen steckt.« Sie machte eine kurze Pause, ehe sie fortfuhr: »Ich kann dir nur raten, ihrem Ruf nicht zu folgen. Ihr Weg ist dunkel und endet unweigerlich im Tod. Ich möchte nicht erneut gegen einen der unseren kämpfen müssen. Aber ich werde es, wenn ich muss. Jeder von uns. Hast du mich verstanden?« Jinjin musterte sie eindringlich.

Ava schluckte schwer. Ihre Kehle hatte sich zusammengezogen. Nacheinander sah sie in die Gesichter ihrer Gegenüber. Aus allen sprach Entschlossenheit gemischt mit schmerzhaften Erinnerungen. Sie nickte.

»Gut«, sagte Jinjin nur. Dann erhoben sie und Tye sich. »Mögen eure Schwingen euch ins Licht tragen«, sagte sie und berührte ihre Brosche. Tye nickte Ava ernst zu und nahm den Anhänger an seinem Handgelenk zwischen Daumen und Zeigefinger. So wie sie erschienen waren, verschwanden sie auch wieder und Ava blieb zusammen mit Mrs Meyers, Yana und ihren tausend Fragen zurück. Sie fühlte sich, als wäre sie von einer riesigen Welle erfasst worden und würde nun ziel- und haltlos durch das Wasser geschleudert.

KAPITEL 16

Nach dem Treffen schlug Mrs Meyers vor, dass Ava schnell das Nötigste aus ihrer Wohnung holte und direkt wieder zurück zum Quartier kam. Yana bestand darauf, sie zu begleiten. Auch wenn Ava es nicht zugeben wollte, aber Yanas Anwesenheit beruhigte sie. Sie war nicht scharf darauf, dem Orden oder seinen Dämonen alleine in die Arme zu laufen.

Statt eines Schattendämonen stießen sie vor ihrer Wohnungstür auf Dylan. Er war gerade im Begriff zu gehen, als sie die Treppe hochkamen. »Ava, hey! Geht's dir gut? Was ist mit deiner Tante?«

»Dylan. Was machst du hier?«

»Na ja, du hast vorhin so traurig ausgesehen, da dachte ich, ich bringe dir was zur Aufmunterung vorbei.« Er reichte ihr einen Thermobecher. »Heiße Schokolade. Selbst gemacht. Die heitert mich zumindest immer auf«, erklärte er etwas verlegen und zuckte mit den Schultern. »Kommst du gerade erst aus dem Krankenhaus?« Sein Blick wanderte kurz zu Yana.

»Wie lieb von dir.« Ava nahm die Schokolade gerührt entgegen und warf Yana einen unsicheren Blick zu, doch die schüttelte kaum merklich den Kopf.

»Ja ... ja, doch. Ich komme aus dem Krankenhaus.« Sie fühlte sich schäbig, ihn anzulügen. Nach allem, was er an diesem Tag für sie getan hatte. Aber wie hätte sie ihm erklären können, was alles nach ihrer Fahrt passiert war? Er würde mich für verrückt halten.

»Und wie geht's ihr?«, fragte Dylan.

Ava wollte zu einer Antwort ansetzen, doch Yana räusperte sich ungeduldig.

»Ähm, es geht. Sie ist noch bewusstlos. Ich … ich soll schon mal ein paar Sachen für sie holen«, log sie eilig. Mit einer festen Umarmung, dem Versprechen, sich zu melden, sollte sie etwas brauchen und einem gehörig schlechten Gewissen konnte sie den etwas überrumpelten Dylan schließlich wegschicken. Danach stopfte sie schnell Klamotten in einen Rucksack und eilte zusammen mit Yana zurück zu Mrs Meyers. Den ganzen Rückweg über war Yana seltsam still. Ab und an warf sie dem Becher in Avas Hand säuerliche Blicke zu. Im Antiquitätengeschäft angekommen murmelte sie nur: »Morgen versuchen wir eine Verbindung herzustellen« und stieg eilig die Wendeltreppe hinauf.

Als Ava schließlich in einem von Mrs Meyers' Zimmern im Bett lag, versuchte sie diesen verrückten Tag Revue passieren zu lassen. Was konnte alles in vierundzwanzig Stunden passieren? Sie hatte den Ort gefunden, an dem sie mit ihren Eltern gelebt hatte. Hatte erfahren, dass ihre Tante schuld an deren Tod sein sollte. Dann der Anruf, dass Diana im Krankenhaus lag. Und nicht zuletzt die absolut absurde Enthüllung, dass sie einen Phönix in sich trug. Einen Feuervogel, der magische Kräfte hatte und von einem dunklen Magier-Orden verfolgt wurde, der sie beide entweder für sich gewinnen oder töten wollte. Und das alles nur wegen ihrer Vorgängerin. *Cassandra.*

Ava versuchte in sich hineinzuhorchen. Neben ihrem eigenen Ich sollte dort noch die Seele des Phönix samt Cassandras bösen Erinnerungen schlummern?

Hallo? Ist dort jemand?

Aber so sehr sie sich auch anstrengte, sie hörte nichts und niemanden, außer ihren eigenen, durcheinanderwirbelnden Gedanken. Erschöpft schloss sie die Augen, aber der Schlaf wollte nicht kommen. Sie drehte sich auf den Rücken, betrachtete die Decke. Mrs Meyers hatte ihr ein Zimmer im Flur der Feuervögel, wie Ava ihn insgeheim getauft hatte, hergerichtet. Es war nicht groß, aber gemütlich. Ein bequemes Bett, gefüllt mit Kissen aller Größen und Formen. Ava hatte vor dem Schlafengehen bestimmt fünf Minuten gebraucht, um sie vom Bett zu räumen. Außerdem gab es noch einen schmalen Schreibtisch, der direkt unter dem Fenster stand. In dem kleinen Eckschrank neben der Tür hatte sie die wenigen Sachen verstaut, die sie aus ihrer Wohnung geholt hatte.

Ava legte den Arm über ihre Augen in dem Versuch, alle äußeren Reize auszuschließen und sich so zum Einschlafen zu bringen. Keine drei Sekunden später wälzte sie sich aber schon wieder auf die Seite und schob ihre Hand unter das Kissen. Ihre Finger berührten etwas Kühles. Sie zog das Foto hervor, das sie vor gefühlten hundert Jahren im Schlafzimmer ihrer Tante gefunden und sich in die Hosentasche gesteckt hatte. Sie betrachtete die strahlenden Gesichter ihrer Eltern, den gewölbten Bauch ihrer Mutter und strich sanft mit den Fingern darüber. Dann kuschelte sie sich an die kühle Oberfläche, schloss erneut die Augen und träumte sich in eine Welt, in der ihre Eltern noch lebten und sie nur ein ganz normales Mädchen war. Und darüber schlief sie schließlich ein.

Am nächsten Morgen wurde Ava von einem Klopfen aus dem Schlaf gerissen. Ohne die Augen zu öffnen, drehte sie sich um und vergrub das Gesicht im Kissen. Ihr üblicher Albtraum hatte sie gefangen gehalten. Nur dass er zusätzlich auch noch mit Schattendämonen bevölkert gewesen war und ihre Tante mit einem einzigen Streichholz das Feuer gelegt hatte, welches Avas Eltern verschlungen hatte. Vielleicht wollte mir mein Verstand etwas sagen, was ich schon längst wusste und nur verdrängt habe. Der Gedanke ließ sie die Augen aufreißen. Konnte das sein? Hatte sie ihre Tante vielleicht gesehen, wie sie das Feuer gelegt hatte? Bevor Ava tiefer in sich hineinhorchen konnte, klopfte es erneut an der Tür.

Ava setzte sich auf. »Ja?«

Die Tür öffnete sich vorsichtig und Yana lugte herein. »Guten Morgen, bereit für den ersten Versuch?«

»Was, jetzt sofort?« Oh Gott.

Yana nickte.

»Was ist mit Frühstück?«, versuchte Ava das Unausweichliche hinauszuzögern. Sie konnte sich selbst nicht erklären, wieso sie sich so dagegen wehrte. Sowohl die Verbindung als auch die Verteidigungsübungen würden ihr helfen. Ja, um gegen Monster und Magier zu kämpfen. Große, böse Monster. Sie schluckte.

Yana schien Avas Sorge zu bemerken und lächelte aufmunternd. »Das gibt's zur Belohnung. Mrs Meyers steht schon in der Küche und zaubert uns etwas. Na auf.«

Sie ruckte mit dem Kopf in Richtung Flur. Ava seufzte und stand auf. »Okay, gib mir ein paar Minuten zum Anziehen.«

»Zieh am besten direkt deine Trainingssachen an, die sind bequemer und absorbieren Magie. Dann verletzt du dich nicht aus Versehen.«

»Ich hab keine Train…«, setzte Ava an, unterbrach sich aber, als ihr Blick auf den Stuhl vor dem Schreibtisch fiel. Irgendwann in der Nacht musste jemand einen ordentlich gefalteten Stapel Kleidung dort abgelegt haben.

»Oh. Okay.«

Fünf Minuten später trat sie auf den Flur. Die bordeauxroten Trainingsklamotten waren mit leicht dunkleren Zeichen und Symbolen übersät, die Ava nicht deuten konnte und lagen an wie eine zweite Haut. Das Material war leicht, wirkte gleichzeitig aber sehr stabil. Ebenso die Schuhe. Sie sahen aus wie Boots und doch fühlte es sich an, als würde sie barfuß laufen. Irgendeine Art von Leder? Hallo, Lara Croft. Ihre rote Mähne hatte sie zu einem Zopf zusammengefasst.

»Also gut, ich bin fert…«

Yana hatte sich auf dem Flur gegen die Wand gelehnt. Auch sie trug Trainingskleidung. Sie betonten ihre schlanke Figur. Ihre kurzen Haare hatte sie so gut es ging zu einem kleinen, unordentlichen Pferdeschwanz zusammengenommen, aber einzelne Strähnen hatten sich schon wieder befreit. Wow.

Ava starrte Yana einen Moment an, bis diese fragend eine Augenbraue hochzog. Eine sanfte Röte kroch langsam über Yanas Wangen. Erst da bemerkte Ava, dass ihr Mund leicht offen stand. Hastig klappte sie ihn zu. »…tig. Ich bin fertig.« Ava räusperte sich.

»Na dann komm.« Yana lächelte unsicher und steuerte auf die Treppe am Ende des Ganges zu.

Erneut betraten sie den Kuppelraum. Die Stühle waren verschwunden, stattdessen lag genau auf der Feder eine weiche Sportmatte. Durch die Fenster rundum fiel sanftes Morgenlicht. Ava konnte die Autos sehen, die sich im Berufsverkehr über die Straßen schoben. Keiner von denen hat eine Ahnung, was nur wenige Häuser entfernt abläuft.

Gemeinsam mit Yana betrat sie die Matte.

Sie erwartete irgendwelche Anweisungen, umso verwirrter war sie, als Yana sich auf die Knie niederließ und ihr bedeutete, sich ihr gegenüber zu setzen.

»Ich dachte, wir kämpfen oder so«, sagte Ava.

Yana lächelte. »Wir kämpfen nicht. Wir verteidigen. Es ist wichtig, dass du diesen Unterschied verstehst. Feuervögel sind keine gewalttätigen Wesen. Du darfst deinen Phönix nie dazu zwingen, seine Kräfte einzusetzen, um anzugreifen. Es sei denn, du willst damit dich oder jemand anderen schützen.« Sie sah Ava eindringlich an. »Das ist unser oberstes Gebot, Ava.«

Ava nickte. Auch wenn sie keine Ahnung hatte, wie sie *ihren Phönix* überhaupt zu etwas bewegen sollte, wenn sie ihn noch nicht mal spüren konnte.

»Mit der Verteidigung fangen wir aber nicht an. Als Erstes solltest du eine Verbindung zu deinem Phönix aufbauen. Ihn kennenlernen. Nur so könnt ihr irgendwann als Einheit funktionieren. Wenn du das geschafft hast, können wir mit einfachen Übungen beginnen.«

»Okay«, sagte Ava skeptisch.

»Alles klar«, Yana rückte in die richtige Position. »Leg deine Hände locker auf deine Oberschenkel, Handflächen nach oben. So.«

Ava machte es ihr nach.

»Und jetzt schließ deine Augen. Atme tief ein und aus. Fokussiere dich auf deinen Atem. Ein. Und aus.«

Ava schloss die Augen, atmete langsam ein und aus und lauschte auf Yanas sanfte Stimme. Nach ein paar Atemzügen spürte sie, wie sie sich tatsächlich ein wenig entspannte. Es fühlte sich an, als würde die Anspannung der vergangenen Tage mit jedem Ausatmen etwas mehr im Boden versickern. Erst jetzt realisierte sie, wie verkrampft ihr ganzer Körper gewesen war. Ihre Schultern sackten langsam herunter. Ihr Kiefer lockerte sich etwas, die Stirn wurde glatt.

»Entspann dich, so gut es geht. Wenn du so weit bist, versuche in dich zu fühlen. Die Seele des Phönix zu finden und ein erstes Band zu knüpfen«, sagte Yana.

Eine Weile saßen sie nur so da. Ava bemühte sich so ruhig wie möglich zu werden, doch die Anspannung blieb ein ungebetener Gast. Als sie das Gefühl hatte, für den Moment nicht mehr herausholen zu können, richtete sie ihre Aufmerksamkeit schließlich nach innen. Sie lauschte in sich hinein, versuchte irgendetwas anderes zu hören als ihren eigenen Atem. Irgendetwas zu sehen.

Doch es blieb schwarz. Sie kniff die Augen zusammen, versuchte ihre Gedanken zum Schweigen zu bringen.

Hallo?, dachte sie. Gefolgt von: Keine Antwort. Mist! Jetzt hast du gedacht! Und jetzt schon wieder! Hör auf! Verdammt, so schwer kann das doch nicht sein. Halt die Klappe ... So. Nein!

Frustriert öffnete sie wieder die Augen. »Es klappt nicht! Ich kann einfach nicht nicht denken.«

Yana lachte. Es klang hell und herzlich. Es klang schön.

»Du musst doch auch nicht *nicht denken*«, sagte Yana und sah sie amüsiert an.

»Aber wie soll ich dann den Phönix hören?«, erwiderte Ava.

»Ich bezweifle, dass du ihn hören wirst, auch wenn du nicht denkst. Der Phönix kommuniziert nicht mit Worten.«

»Hä?«

»Na ja, es sind eher Gefühle. Empfindungen, die er dir zeigt.«

»Wie soll ich denn dann verstehen, was er mir sagt?«

Yana zuckte belustigt mit den Schultern. »Keine Ahnung, wie es funktioniert, aber du wirst es verstehen. Manchmal sendet er auch Bilder. Aber meistens funktioniert die Verbindung auf einer eher unterbewussten Ebene.«

Ava zog verwirrt die Stirn kraus. Wie soll das denn bitte gehen?

»Na komm. Versuch es noch mal. Es hätte mich gewundert, wenn du es direkt beim ersten Versuch geschafft hättest.«

»Gibt es irgendetwas, auf das ich achten kann? Damit ich weiß, dass es funktioniert?«

Yana schüttelte bedauernd den Kopf. »Es ist bei jedem anders.«

Ohne wirklich schlauer zu sein, nickte Ava und schloss erneut die Augen. Sie atmete tief ein und aus, versuchte wieder ruhig zu werden.

»Versuch deine Aufmerksamkeit auf dein Herz zu lenken. Das hat mir geholfen. Wenn du etwas spüren solltest, dann kommt es vermutlich direkt von dort.«

Eine sanfte Berührung über ihrer Brust ließ Ava überrascht einatmen.

»Entschuldige«, hörte sie Yanas Stimme und der leichte Druck verschwand. Ava öffnete ein Auge, Yana musterte ihre Hand, die kurz vor Avas Brustkorb schwebte, als hätte diese ein Eigenleben entwickelt. »Zumindest spüre ich dort die Verbindung immer am deutlichsten«, murmelte sie noch und ließ die Hand in ihren Schoß sinken. Bevor Ava das Auge wieder schloss, sah sie noch, wie Yana die Hände verschränkte, als wollte sie sie davon abhalten, sich wieder selbstständig zu machen.

»Okay, das Herz«, erwiderte Ava und ließ ihren Atem dorthin fließen. Fast erwartete sie, erneut Yanas sanfte Berührung zu spüren. Als diese nicht kam, flackerte leichte Enttäuschung auf. Sie zog die Augenbrauen zusammen und schüttelte ärgerlich den Kopf. Konzentrier dich.

Zuerst blieb alles wie vorher. Doch plötzlich, ganz leicht, bemerkte Ava eine Regung in ihrer Brust. Ein Gefühl der ... Wärme? Als hätte jemand einen kleinen Funken in ihr entfacht. Aufgeregt konzentrierte sie sich darauf und tatsächlich bildete sie sich ein, das Schwarz hinter ihren Augenlidern würde heller werden. Ein kleiner, leuchtender Punkt, der immer wieder aufflackerte und die Dunkelheit für einen kurzen Moment durchbrach.

»Spürst du etwas?«, fragte Yana aufgeregt. Ihr war offenbar nicht entgangen, dass Avas Atem sich beschleunigt hatte.

Ava wagte kaum zu sprechen, aus Angst, sie würde die Verbindung wieder verlieren. »Ich glaube, da ist ein Funke«, murmelte sie.

Sie hörte ein gespanntes Einatmen von Yana. »Das ist gut! Folge ihm«, sagte sie.

Ava stellte sich vor, wie sie ihm durch die Dunkelheit hinterherging. Doch er verschwand immer wieder, sodass sie schließlich stehen bleiben und sich suchend umsehen musste.

»Er ist weg«, flüsterte sie enttäuscht.

Einen Moment lang kam keine Reaktion, dann sagte Yana zögerlich: »Vielleicht kann ich dir helfen, den Phönix zu dir zu rufen. Streck deine Hände vor dir aus. Die Handflächen nach unten.«

Ava tat wie geheißen. Ein leichtes Kribbeln erfüllte plötzlich ihre Handflächen. Sie sog verwundert die Luft durch die Nase ein, zog ihre Hände aber nicht weg. Es war ein angenehmes Gefühl. Es fühlte sich … vertraut an. »Was ist das?«, fragte sie leise.

»Das bin ich«, erwiderte Yana. In ihrer Stimme schwang plötzlich Verletzlichkeit mit. »Meine Magie. Ich gebe dir einen Fokuspunkt, mit dem du ihn vielleicht anlocken kannst. Er … kennt mich.«

Ava nickte und konzentrierte sich wieder. Tatsächlich tauchte der Lichtpunkt wieder auf, näher diesmal.

Als würde er herausfinden wollen, ob es wirklich Yanas Magie ist, die er spürt, dachte Ava.

Sie stellte sich vor, wie sie ihre Hand langsam und bedächtig nach ihm ausstreckte. Der Funke zitterte noch einmal, dann verschwand er wieder. Ava wartete einen Moment, zwei. Enttäuschung machte sich in ihr breit. Gerade als sie die Augen öffnen wollte, schwappte eine Woge der Wärme über sie und das kleine Licht tauchte wieder vor ihr auf. Hinter ihm erschien in der Schwärze ein zweites pulsierendes Licht, das langsam größer wurde. Goldene Partikel stoben in alle Richtungen davon weg und erhellten leicht die Dunkelheit. Ava glaubte eine Gestalt in der Mitte zu erkennen, von der das Flackern ausging. Eine leuchtende Gestalt mit riesigen Schwingen. Je näher sie kam, umso deutlicher wurden die Umrisse. Aufregung stieg in ihr hoch. Bis eben hatte sie es nicht wirklich glauben wollen. Doch da war er und umkreiste sie nun in sicherem Abstand.

Ich tue dir nichts, dachte sie, ohne zu wissen, ob er sie überhaupt hörte. Sie streckte ihre geistige Hand weiter aus. Der Phönix sank ein Stückchen tiefer. Doch plötzlich zuckte er zurück. Sie konnte sehen, wie er mit seinen Schwingen schlug und sich von ihr entfernte. Zuerst verstand Ava nicht, was sie falsch gemacht hatte, doch dann spürte sie es. Dort aus der Dunkelheit näherte sich noch etwas anderes. Eine zweite Woge erfasste sie, doch war es keine wohlige Wärme wie die des Phönix, sondern eher eine brennende Hitze, die auf sie zu raste. Das Gefühl der Verbundenheit verschwand, stattdessen trat ein anderes in den Vordergrund. Wut. Rasende, unkontrollierte Wut. Ava wollte zurückweichen, aber das war nicht möglich. Das alles fand in ihrem Kopf statt. Sie konnte davor nicht fliehen. Hilfe suchend sah sie sich nach dem Phönix um, doch er war verschwunden.

Was ist das?, dachte Ava ängstlich und als hätte sie dem herannahenden Schatten mit ihrer Aufmerksamkeit mehr Macht verliehen, spürte sie, wie sich etwas irgendwo in ihr zu formen begann. Ein Bewusstsein. Wie ein kleiner heißer Punkt brannte es sich in ihren Hinterkopf. Es tat weh. Ava biss die Zähne aufeinander. Plötzlich flackerten Bilder in der Dunkelheit auf. Sie sah erneut den Scheiterhaufen, den brennenden Priester. Die schreienden Kinder und Cassandra, die die Arme ausbreitete und lachte. Doch jetzt stieg das Lachen aus ihrem Inneren zu ihr herauf. Es hallte von überall durch die Dunkelheit und umhüllte sie. Was auch immer da auf sie zukam, war fast bei ihr.

»Nein!« Ava schlug sich die Hände auf die Ohren und riss die Augen auf.

Sie musste sich nach hinten geworfen haben, denn sie lag auf dem Boden des Trainingsraums, Yanas Gesicht nur wenige Zentimeter von ihr entfernt. Ihre Augen voller Sorge.

»Ava! Was ist passiert?«, fragte Yana und half ihr, sich aufzurichten.

Ava zitterte am ganzen Körper. Nur am Rande nahm sie wahr, dass die Symbole auf ihrer Kleidung sacht glühten.

»Was ist passiert?«, wiederholte Yana eindringlich.

Ava schüttelte stumm den Kopf. Das fremde Lachen verklang nur langsam in ihren Ohren.

»Das war nicht nur eine Erinnerung«, flüsterte sie schließlich, als sie glaubte, ihre Stimme würde ihr wieder gehorchen.

»Was?«

»Da war ... so viel Wut. Und Hass. Es war ... real. Ich konnte es fühlen. Als wäre da noch jemand. Außer mir«, sagte sie leise.

Yana erstarrte. Ava wartete darauf, dass sie ihr sagte, dass das ganz normal sei, dass es nichts zu bedeuten hätte. Doch die Worte kamen nicht.

»Cassandra«, sagte Yana schließlich tonlos. »Dann hat sie es also geschafft.«

»Was geschafft?«, fragte Ava. Das Zittern wollte einfach nicht nachlassen.

Yana schwieg noch einen Moment schockiert, ehe sie antwortete. »Ich habe dir doch erzählt, dass Cassandra versucht hat, ihre Seele dauerhaft mit der des Phönix zu verbinden. Durch deine Geburt und ihren Tod dachten wir, dass wir es verhindert hätten.«

Nein. Ihr wurde schlecht. »In dem Moment, als ich den Phönix gesehen habe, war sie da. Als hätte sie eine Chance gewittert, sich zu zeigen oder ... zu entkommen.«

Yana sackte zurück auf ihre Knie. »Ich hatte so sehr gehofft, dass sie es nicht geschafft hat.« Sie sah auf ihre Hände hinab und ballte sie langsam zu Fäusten.

»Was bedeutet das?«, fragte Ava nach einem Moment.

Yana reagierte nicht.

»Yana? Was bedeutet das? Was wird mit mir passieren?«, fragte Ava noch einmal.

Yana hob schließlich den Blick. In ihm lag so viel Schmerz. Und Angst. »Ich weiß es nicht«, flüstere sie hilflos.

Ihre Reaktion ließ Ava erneut zittern. Sie versuchte zu schlucken, aber ihre Kehle war komplett verkrampft.

»Ich will das nicht«, presste sie schließlich hervor. »Bitte, mach es rückgängig. Ich will wieder ich sein. Normal und ohne ...« Sie sah Yana flehend an und spürte, wie Tränen gegen ihre Augen drückten.

Yanas Gesicht verzog sich mitfühlend. Ohne ein Wort zu sagen, streckte sie ihre Arme aus und zog Ava an sich. Im ersten Moment versteifte Ava sich, doch dann ließ sie die Umarmung zu. Es fühlte sich gut an. Sicher.

Wo war Cassandra jetzt? Sie hatte Angst, in sich hineinzuhorchen. Sie hatte Angst vor dem, was in ihr war.

»Wir kriegen das hin«, murmelte Yana über Avas Kopf.

Es klang für Ava eher so, als wollte sie sich selbst gut zureden.

»Wir kriegen das hin«, wiederholte Yana.

Ava neigte den Kopf leicht nach hinten und sah zu Yana hoch. Deren Blick war starr geradeaus gerichtet. Als würde sie auf etwas schauen, was sich vor ihrem geistigen Auge abspielte. Ava war ihr so nahe, dass sie einen gelben Fleck in ihrer dunkelbraunen Iris sehen konnte und einen ganz leichten, angenehmen Geruch wahrnahm, der von Yana ausging. Er beruhigte sie etwas.

Nach einem Moment blinzelte Yana, als würde sie aus einer Erinnerung wieder auftauchen. Sie sahen sich an. Ihr Blick sprang zu Avas Lippen und ihre Pupillen weiteten sich.

Mit einem Rums wurde die Tür in Avas Rücken aufgestoßen und Mrs Meyers fröhliche Stimme ertönte: »Frühstück ist fertig für meine fleißigen ... Oh.«

Yana schob Ava von sich.

Ava blinzelte, als würde sie aus einer Trance erwachen, dann sah sie zu Mrs Meyers hinüber. Die stand verdattert in der Tür und auf ihren Wangen waren hektische rote Flecke erschienen.

»Das … also, das tut mir leid. Ich … ach herrje. Wie unangenehm. Ich …« Sie deutete mit ihren Armen in alle Richtungen, bevor sie sagte: »Ich warte dann unten. Mit dem … ja, ähm. Mit dem Frühstück.« Damit drehte sie sich auf dem Absatz um und verschwand schnell aus dem Raum.

Yana sah Ava nicht an, als sie aufstand. »Wir sollten gehen«, sagte sie nur und folgte Mrs Meyers.

Ava blieb vollkommen verwirrt sitzen. Nur langsam kam sie wieder zurück in die Wirklichkeit. Auch wenn sie es nicht genau benennen konnte, aber irgendetwas verband sie mit Yana. Ich kenne sie doch gar nicht. Ich weiß gar nichts über sie. Verwirrt versuchte sie, die Gefühle von sich zu schieben, die in ihr tobten. Aber sie konnte es nicht leugnen. Yana übte eine Anziehung auf sie aus, die sie vorher noch nie gespürt hatte. Es fühlt sich … vertraut an, dachte sie und sah verwundert auf die leichte Vertiefung, die Yana in der Matte hinterlassen hatte. Dann hob sie den Blick und sah zum leeren Türbogen. Wer bist du?

KAPITEL 17

Als Ava die Küche betrat, saß Yana schon am Tisch und schaufelte ohne aufzublicken ihr Essen in sich hinein. Mrs Meyers saß ihr mit einer dampfenden Tasse Kaffee gegenüber und betrachtete sie nachdenklich. Der Raum war zwar geräumig und gemütlich, aber die Atmosphäre war angespannt. Eine weiße Landhausküche dominierte eine Wand, von der Arbeitsfläche aus konnte man in Richtung Main schauen. In der Mitte des Raumes stand ein langer Tisch. Mindestens acht Personen fanden daran Platz. Ava stellte sich Mrs Meyers vor, wie sie ganz alleine an diesem Tisch saß. Oder hat sie regelmäßig Übernachtungsgäste hier? Ihr fiel auf, dass sie so gut wie nichts über Mrs Meyers Privatleben wusste. Die hob jetzt den Blick und lächelte Ava an, wobei wieder leichte rote Flecken auf ihren Wangen erschienen. Bevor Ava etwas sagen konnte, sprang Mrs Meyers auf und häufte ihr Rührei und Toast auf einen Teller.

»Hier, Darling, iss! Training macht hungrig.« Sie streckte Ava den Teller entgegen.

Na ja, Training?

»Danke«, murmelte Ava und wählte einen Stuhl, der etwas Platz zwischen ihr und Yana ließ. Unsicher warf sie ihr einen Blick zu, aber Yana sah nicht auf. Lustlos stocherte Ava in ihrem Rührei herum.

Mrs Meyers setzte sich wieder und betrachtete Ava und Yana schweigend. Ihre Finger strichen nervös über eine Wölbung an der Tasse. Schließlich schien sie die Stille nicht mehr auszuhalten und räusperte sich. »Und, wie war das Training?«, fragte sie betont beiläufig.

Ava schoss Hitze in die Wangen. »Äh, ich ... es war ...«, stammelte sie.

»Wir haben versucht, eine Verbindung zu ihrem Phönix aufzubauen«, ergriff Yana das Wort.

»Oh, wie schön!«, rief Mrs Meyers aus.

Yana sah auf und musterte sie einen Moment schweigend. »Aber dann ist Cassandra aufgetaucht.«

Das Lächeln auf Mrs Meyers Gesicht gefror. »Was?« Ihr Blick huschte zu Ava hinüber.

Die nickte und spürte, wie sich erneut ein Kloß in ihrem Hals bildete.

»Aber ... wie?«, fragte Mrs Meyers entsetzt.

Ava zuckte überfordert die Schultern. »Sie war mit einem Mal da. Es fühlte sich an, als wollte sie versuchen, mich zu ... überrennen. Ich weiß nicht, ich kann es nicht beschreiben.«

»Offenbar hat sie es doch geschafft, ihre Seele irgendwie mit dem Phönix zu verbinden«, erklärte Yana. »Vielleicht komplett, vielleicht auch nur ein Fragment. So oder so, Ava scheint sie mit ihrem Versuch der Kontaktaufnahme *geweckt* zu haben?« Yana warf Ava einen kurzen Blick zu.

»Kann sein. Da war plötzlich eine Präsenz, die ich vorher so bewusst nicht wahrgenommen habe. Andererseits ... spüre ich sie jetzt auch nicht.« Verwirrt fuhr sich Ava mit der Hand über das kleine Mal direkt über ihrem Herzen.

»Wir haben es also nicht mehr nur mit Erinnerungen zu tun«, stellte Mrs Meyers erschüttert fest. »Und der Phönix?«, fragte sie nach einer kurzen Pause.

»Ist verschwunden. Sobald sie auftauchte, hat er sich zurückgezogen«, sagte Ava.

»Er hat nicht eingegriffen?« Mrs Meyers klang überrascht.

»Nein, sollte er?«, fragte Ava.

»Nun ... ich weiß es nicht. Ich hätte es erwartet.« Mrs Meyers sah zu Yana hinüber.

»Ja, normalerweise hätte er eingreifen sollen. Immerhin bist du seine engste Verbündete und eure Verbindung ist ein Versprechen aneinander, euch gegenseitig zu schützen. Andererseits gab es noch nie den Fall, dass ein Feuervogel seine Verbündete gegen eine frühere schützen musste. Und dann auch noch von innen.«

Wieder verfielen sie in Schweigen. Yana schob mit einem Mal ihren Stuhl nach hinten und stand auf. Das Geräusch hallte laut in der Küche wider. Ava zuckte zusammen. Yana stellte den Teller in die Spüle und wollte gerade den Raum verlassen, als Mrs Meyers sie zurückhielt.

»Wir sollten das dem Zirkel melden.«

Yana blieb im Türrahmen stehen und musterte Mrs Meyers, dann nickte sie langsam. »Werden wir.«

»Wann?«

»Bald«, kam die knappe Antwort.

Mrs Meyers seufzte.

Yana drehte sich um und verschwand.

Ava sah Mrs Meyers fragend an, aber die lächelte sie nur wie ein Kind an, das nichts von der Unterhaltung der Erwachsenen mitbekommen sollte. »Iss, Liebes. Ich werde gleich mal ins Krankenhaus fahren und nach deiner Tante sehen.«

»Ich komme mit!«, sagte Ava, aber Mrs Meyers schüttelte den Kopf.

»Es ist besser, wenn du diesen Ort erst mal nicht verlässt. Bis wir wissen, was der Orden vorhat und was es mit deinem ... Erlebnis auf sich hat.«

Bevor Ava protestieren konnte, verließ auch Mrs Meyers die Küche und Ava war allein. Sie aß ein paar Bissen, aber ihr Magen machte komplett dicht. An Diana hatte sie den ganzen Morgen nicht gedacht. Oder daran, was sie in Jesberg erfahren hatte. Ihr schlechtes Gewissen und die Ungewissheit, was nun passieren würde, verdarben ihr endgültig den Appetit. Ava schob den Teller von sich.

Nachdem sie eine Weile regungslos in der Küche gesessen und darüber nachgedacht hatte, was gerade alles schieflief in ihrem Leben und wieso es ausgerechnet ihr passieren musste, wies sie sich selbst zurecht. Es half nichts, sich zu bemitleiden und zu jammern. Was sie jetzt brauchte, waren Antworten. Sie stand auf und suchte nach Yanas Zimmer.

Ava klopfte vorsichtig an jede Tür, bevor sie versuchte, die Klinke herunterzudrücken. Einige der Türen waren abgeschlossen, hinter den anderen verbargen sich ein Bad mit moosgrünen Fliesen und hellblauen Wänden, eine Vorratskammer, das sehr chaotische, mit Gegenständen vollgestopfte und von einem riesigen Himmelbett dominierte Schlafzimmer von Mrs Meyers und ein fensterloser Raum, der im Zwielicht blieb, obwohl sie das Licht einschaltete. An der vorletzten Tür im Seitengang wurde sie schließlich fündig. Die Tür war nur angelehnt und als Ava leicht dagegen klopfte, schwang sie ein wenig auf.

Yana saß auf ihrem Bett und starrte aus dem Fenster daneben. Das Zimmer war ähnlich eingerichtet wie Avas. Nur etwas unordentlicher. Auf dem Schreibtisch lagen lose Papiere übereinander, auf dem Stuhl davor wuchs ein kleiner Klamottenhaufen. Offenbar war Yana schon etwas länger hier. Sie zeigte keine Reaktion, als Ava etwas unbeholfen in der Tür stehen blieb.

»Alles in Ordnung?«, fragte Ava vorsichtig.

Yana antwortete nicht, aber Ava konnte sehen, wie sie ihre Lippen aufeinanderpresste.

Zögernd kam Ava etwas näher und rang ihre Hände. »Wegen dem, was beim Training passiert ist …« Sie brach ab, weil sie keine Ahnung hatte, wie sie den Satz beenden sollte. Eigentlich war es doch Yana gewesen, die sie umarmt hatte. Sie verstand nicht, wieso sie deswegen jetzt scheinbar so wütend war. Es war ja schließlich nichts passiert. Oder hatte es damit gar nichts zu tun? Vielleicht zog sie auch voreilige Schlüsse. Nur weil es etwas in ihr ausgelöst hatte, musste das ja nicht bei Yana auch der Fall sein. Die Verlegenheit stieg wieder in Ava hoch. Plötzlich wollte sie nur noch raus aus der Situation. »Ich geh besser wieder«, sagte sie und trat den Rückzug an.

»Warte«, Yana drehte sich zu ihr um. Sie sah traurig aus und das gefiel Ava gar nicht. Sie schien einen Moment lang einen inneren Kampf auszufechten. Schließlich trat ein trotziger Ausdruck auf ihr Gesicht und sie sagte: »Bleib.«

Etwas unsicher sah sich Ava um und ließ sich schließlich auf dem Rand des Wäschestuhls nieder. Sie wartete, aber Yana musterte Ava nur.

»Ich ...«, setzte Ava im selben Moment an, in dem Yana sagte: »Ich muss mich entschuldigen. Das war ein Fehler. Wir kennen uns kaum und ich habe eine Grenze überschritten.«

»Oh«, machte Ava nur und spürte einen heftigen Stich in ihrem Herzen.

Yana nickte, als müsse sie sich selbst bestätigen, dass sie das Richtige gesagt hatte. »Du warst verwirrt und unter Schock. Ich bin dafür da, dass du dich in so einer Situation sicher fühlst. Nicht ...«, sie presste die Lippen kurz zusammen, »nicht ausgenutzt.«

Ava zog die Augenbrauen zusammen. »Ich hab mich nicht *ausgenutzt* gefühlt.«

Falls das möglich war, presste Yana ihre Lippen noch fester aufeinander. »Für heute machen wir besser Schluss. Ich würde sagen, du ruhst dich etwas aus und wir schauen morgen, wie wir ... an dieses Problem herangehen«, sprach sie weiter und deutete auf Avas Herz, als hätte Ava nichts gesagt.

»Mit Problem meinst du meine böse Vorgängerin, die offenbar in mir weiterlebt und jetzt aufgewacht ist?«, versuchte Ava die angespannte Stimmung aufzulockern, aber das brachte ihr nur einen bösen Blick von Yana ein.

»Denkst du, das ist ein Scherz?«

»Nein, ich wollte nur ... natürlich nicht.« Unwillkürlich legte sie die Hand auf die Stelle mit dem Mal. Irgendwo in mir drin lauert sie. Hört sie meine Gedanken? Sieht sie, was ich sehe? Ein kurzer Schauer lief über Avas Rücken.

»Gut, ist es nämlich nicht«, antwortete Yana knapp und Ava registrierte erneut den Schmerz in ihrem Blick. Ihr kam ein Gedanke. »Du bist ... schon einen Moment auf dieser Welt, richtig?«, fragte sie zaghaft.

»Ja«, entgegnete Yana nur.

»Dann ... kanntest du Cassandra? Hast du sie mal getroffen?«

Yana starrte Ava an. Die rutschte unbehaglich auf ihrem Stuhl hin und her. »Ich dachte nur ... Na ja, du wirkst so, als hättest du sie gekannt.«

Zuerst reagierte Yana nicht, doch dann seufzte sie.

»Was soll's«, murmelte sie, mehr zu sich selbst. »Ja, ich kannte Cassandra«, wandte sie sich wieder an Ava. »Im Gegensatz zu Jinjin und Tye allerdings nur von ihrer schlechtesten Seite.«

»Du meinst, sie war nicht immer so?«, fragte Ava.

»Nein, sonst hätte der Phönix sie nicht ausgewählt. Als der Zirkel sie fand, war sie noch ein junges Mädchen. Wenn man es genau betrachtet, gab es Warnsignale, aber weder Jinjin noch Tye oder mein Vorgänger nahmen sie wahr. Wieso auch? Der Phönix hatte sich noch nie geirrt.«

»Was für Warnsignale?«, fragte Ava.

Yana zuckte mit den Schultern »Als Jinjin sie einweihte, war sie nur ein unbedeutendes Bauernmädchen. Sie litt darunter, so machtlos zu sein. Als sie von ihren Kräften erfuhr, hegte sie Rachegedanken gegenüber denen, die sie und ihre Mutter ihr Leben lang drangsaliert hatten. Jinjin konnte sie davon überzeugen, dass die Verbindung so nicht funktionierte und sie mitkommen sollte, damit sie alles über sich und den Phönix lernen konnte. Das tat sie auch. Aber schnell stellte sich heraus, dass sie große Probleme damit hatte, weiter im Verborgenen zu leben. Als ihre Mutter dann eines Tages getötet wurde, machte sie sich auf die Suche nach den Mördern. Jinjin und Tye versuchten, es ihr auszureden, aber das Resultat war nur, dass Cassandra sich vom Zirkel lossagte.«

»Das heißt, sie wurde böse, weil jemand ihre Mutter getötet hatte?«, fragte Ava. Sie musste an ihre Eltern denken. Eine Gemeinsamkeit. Der Gedanke bohrte sich in ihren Kopf.

»Ich denke nicht, dass es so einfach war. Es spielten viele Gründe mit hinein. Ihre vorherige Machtlosigkeit, ihr Wunsch, gesehen zu werden und natürlich der Tod ihrer Mutter. Es war eine ungesunde Mischung.«

»Wenn sie so eine Persönlichkeit hatte, wieso hat der Phönix sie dann überhaupt ausgewählt?«, fragte Ava. »Ich dachte, die Feuervögel können spüren, wenn jemand verdorben ist.«

Erneut kam ein Schulterzucken von Yana. »Sagen wir eher, sie haben die Fähigkeit, die Veranlagung zum Bösen im Menschen zu spüren. Wir wissen nicht, wie es bei Cassandra dazu kommen konnte. Vielleicht war ihre Seele am Anfang rein und wurde erst von der dunklen Magie zerfressen, mit der sie sich eingelassen hat, um ihre Rachepläne umzusetzen. Jinjin vermutet außerdem, dass sie Cassandra ihre Kräfte zu früh offenbart haben. Deshalb gibt es seitdem auch die strikte Auflage, dass wir einen neuen Feuervogel erst einweihen, wenn er sich seiner Kräfte bewusst wird.«

»Worauf du bei mir nicht gewartet hast.« Ava kamen Jinjins tadelnde Worte an Yana in den Sinn.

Yana schüttelte den Kopf. »Worauf ich bei dir nicht gewartet habe. Nur hatte ich keine Wahl. Deine Situation ist anders. Früher wusste so gut wie niemand von uns. Wir konnten uns in Ruhe selbst entdecken. Aber der Orden sucht dich seit deiner Geburt. Ich musste eingreifen, damit sie dich nicht erwischen.«

Ava nickte langsam. Die Erwähnung des Ordens brachte sie auf einen neuen Gedanken. »Und wie hast du Cassandra dann kennengelernt? Wenn du sie nur von ihrer schlechtesten Seite kanntest?«

Yana fuhr mit ihren feingliedrigen Fingern über ihr Kinn und dachte einen Moment nach.

»Bevor der Zirkel mich einweihen konnte, hat Cassandra mich ... gefunden. Sie überzeugte mich davon, mit ihr zu kommen, und ich blieb eine ganze Weile bei ihr.«

»Aber hast du nicht gemerkt, dass sie böse war?«, fragte Ava verdutzt.

»Sie war nicht durch und durch böse, Ava. Sie war charmant, liebenswürdig, wenn sie wollte. Sie zeigte mir die neue Welt, die sich mir eröffnete, und ich war ihr sehr dankbar dafür. Sie stellte ihre Bestrebungen als etwas Sinnvolles, Gutes dar. Und den Zirkel als die Bösen. Ich glaubte ihr und erkannte lange Zeit nicht, was ihr eigentlicher Antrieb war.«

»Du meinst, die Seele des Phönix auf ewig an sich zu binden und unsterblich zu werden?«

Yana nickte. »Unter anderem.«

»Unter anderem?«

»Cassandra ging es immer um Macht. Die Unsterblichkeit ist das erklärte Ziel des Ordens. Aber Cassandra wollte mehr. Sie wollte das mächtigste Wesen sein. Und dabei standen ihr die anderen Feuervögel im Weg.«

»Du meinst, sie wollte sie töten?«, fragte Ava überrascht.

»Ja, das war wohl ihr Ziel. Hätte ich gewusst ... Sie schirmte mich lange Zeit von ihren Machenschaften ab. Sie nahm mich zwar in den Orden auf, doch ich war naiv genug, ihr zu glauben, dass sie nur höhere, gute Ziele im Sinn hatte. Von diesem Plan jedenfalls wusste ich nichts. Ich sah nur, was sie mich sehen ließ.« Yana holte tief Luft. »Wenn ich ehrlich bin, vielleicht auch nur, was ich sehen wollte«, fügte sie leise hinzu.

»Du standest ihr nahe«, bemerkte Ava.

Yana lächelte traurig. »Zu nahe. Doch das lag nicht nur an mir selbst.«

»Wie meinst du das?«

Yana hielt einen Moment inne, bevor sie weitersprach. »Uns verband etwas, das älter war als wir beide.«

Bevor Ava fragen konnte, was genau sie damit meinte, erschien Mrs Meyers in der Tür. Sie sah abgehetzt und besorgt aus.

»Ava, da bist du! Ich habe dich schon überall gesucht!«

Alarmiert stand Ava auf. »Wieso? Ist was passiert?«

»Diana ist verschwunden.«

KAPITEL 18

»Was meinen Sie mit ›verschwunden‹?«, fragte Ava, während sie versuchte, mit Mrs Meyers Schritt zu halten, die im Eiltempo die Treppe zum Antiquitätengeschäft ansteuerte.

»Sie ist weg. Keiner im Krankenhaus weiß, wo sie ist.«

»Was? Wie soll das gehen? Hat sie sich selbst entlassen?«

Ava und Yana folgten Mrs Meyers durch die Tür, die in die Abteilung mit den Gegenständen verstorbener Leute führte. Irritiert registrierte Ava, dass sie plötzlich Schwingungen in dem Lager wahrnahm, die vorher nicht da gewesen waren. Oder die ich vorher nicht spüren konnte? Es war wie ein leises Summen, das von den Gegenständen ausging und sie umhüllte. Kein angenehmes Gefühl. Eine Gänsehaut kroch Avas Arme hinauf.

Mrs Meyers schritt die Reihen ab, fuhr mit den Fingern über die Regale und Gegenstände. »Das weiß ich nicht. Sie ist einfach verschwunden«, gab sie abwesend zurück.

»Was machen Sie da?«, fragte Ava. Was konnte jetzt wichtiger sein als Diana?

»Ich suche etwas«, kam die wenig hilfreiche Antwort.

Jetzt? »Ich muss ins Krankenhaus«, sagte Ava und wandte sich zu Yana um.

Die nickte. »Ich komme mit.«

Ava war schon die Wendeltreppe hinunter, als sie hinter sich Mrs Meyers hörte, die triumphierend ausrief: »Ha, da bist du!«

Im Krankenhaus angekommen wollte sich Ava am Empfang zu Dianas Station durchfragen.

»Wie sagten Sie, war der Name?«, fragte die Schwester.

»Diana Holler«, erwiderte Ava ungeduldig.

Die Schwester tippte auf der Tastatur herum, runzelte die Stirn. Tippte erneut. Dann sah sie auf. »Es tut mir leid, aber ich habe keine Diana Holler hier als Patientin aufgeführt.«

»Ja, es kann sein, dass sie sich selbst entlassen hat. Deswegen bin ich ja hier.«

»Nein, Sie verstehen nicht. Ich finde keine Patientin in unserem System mit diesem Namen.«

Als Ava sie weiterhin nur verständnislos ansah, sagte die Schwester: »Es gab nie eine Diana Holler bei uns.«

»Aber ... das kann nicht sein. Ich war erst gestern bei ihr. Sie war bewusstlos.«

Die Schwester zuckte ratlos mit den Schultern. »Mehr kann ich Ihnen nicht sagen. Wenn sie hier gewesen wäre, müsste sie im System aufgeführt sein.«

»Aber sie war hier!«, beharrte Ava. »Ich habe doch sogar mit ihrem Arzt ...« Der Arzt. Verdammt, wie hieß der noch mal?!

»Moment!«, Ava kramte in ihrer Tasche nach ihrem Portemonnaie. Hektisch durchsuchte sie die Fächer, bis sie endlich die Visitenkarte fand.

»Hier. Doktor Weiser hat sie behandelt. Friedrich Weiser?« Ava hielt der Krankenschwester die Visitenkarte unter die Nase. »Ist es möglich, mit ihm zu sprechen?«

Die Schwester musterte die Karte skeptisch, dann nickte sie schließlich. »Wenn er nicht gerade im OP steht, müssten Sie ihn in seinem Büro finden.«

Trotz Wegbeschreibung verliefen sich Ava und Yana mehrmals in dem riesigen Komplex. Als die Sekretärin des Arztes sie endlich zur richtigen Tür gebracht hatte, schlug Avas Herz bis zum Hals. Wie hätte Diana sich selbst entlassen können, wenn sie vorher noch nicht mal ansprechbar gewesen war?

Die Sekretärin klopfte zaghaft an, huschte in den Raum und lehnte die Tür hinter sich an. Ein paar gemurmelte Worte wurden gewechselt, dann erschien sie wieder im Flur. »Er hat ein paar Minuten Zeit für Sie, aber machen Sie schnell«, sagte sie und warf Ava und Yana einen unfreundlichen Blick zu, ehe sie davon stöckelte.

Ava nickte nur und trat ein. Das Büro wurde von Regalreihen an den Wänden links und rechts dominiert. Direkt rechts neben dem Eingang stand außerdem ein Ledersofa. Doktor Weiser saß an einem Schreibtisch, hinter sich eine Glaswand, die auf das Krankenhausgelände hinausging. Der Chefarzt stand auf und kam auf Ava zu. Er musterte sie ohne ein Zeichen des Wiedererkennens. »Frau Müller meinte, sie bestünden darauf, mit mir zu sprechen? Also, was ist so wichtig?«

»Entschuldigen Sie, dass wir so hier reinplatzen«, begann Ava. »Aber es geht um meine Tante, Diana Holler.«

Der Arzt sah sie weiterhin aufmerksam an.

»Die Frau, die überfallen wurde und ohne erkennbaren Grund bewusstlos war?«, versuchte es Ava weiter.

Immer noch keine Regung.

»Ich bin ihre Nichte, wir haben gestern miteinander gesprochen. Sie meinten, Sie wüssten nicht, wieso sie nicht aufwacht. Physisch wäre alles in Ordnung.« Verzweiflung machte sich in Ava breit.

Der Arzt hatte jetzt die Augenbrauen zusammengezogen und schien angestrengt nachzudenken. Dann hob er entschuldigend die Hände. »Es tut mir wirklich leid, ich kann mich an diesen Fall nicht erinnern. Sind Sie sicher, dass wir miteinander gesprochen haben?«

»Ja!«, entgegnete Ava entgeistert. »Sie haben mir noch ihre Visitenkarte gegeben!« Sie wedelte mit der Karte in der Luft herum.

»Hm«, machte der Arzt und kratzte sich am Kinn. Seine Augen sprangen hin und her, er dachte offenbar angestrengt nach. Dann schüttelte er den Kopf. »Ich weiß wirklich nicht, von wem Sie sprechen. Das passiert mir nie. Ich kenne meine Patienten.« Ihm kam ein Gedanke und er begann auf seinem Schreibtisch Akten durchzusehen.

Ava sah Yana hilflos an, die stumm daneben stand. Die zuckte nur mit den Schultern. Keine Ahnung, was hier läuft, sollte das wohl heißen.

Doktor Weiser ließ von den Akten ab, setzte sich an seinen Schreibtisch und begann auf seiner Tastatur zu tippen. Auch dort schien er zu keinem zufriedenstellenden Ergebnis zu kommen, denn er lehnte sich mit gerunzelter Stirn zurück und sah Ava an. »Es gibt keine Diana Holler in unserem System.«

Ava warf verzweifelt die Hände in die Luft. »Ich weiß, das hat mir die Schwester am Empfang auch schon gesagt. Aber das kann unmöglich sein. Sie war hier. Und jetzt ist sie weg. Wie kann das sein?«

Erneut fuhr sich der Arzt mit der Hand über das Kinn. Dann zuckte er mit den Schultern. »Ich kann es Ihnen nicht sagen. Wenn sie hier gewesen wäre, wäre sie im System. Und wenn ich sie wirklich behandelt haben sollte, dann müsste sie hier drin sein.« Er klopfte auf den Stapel von Akten neben sich. »Und eine Patientin, die ohne erkennbaren Grund im Koma liegt, die hätte ich nicht vergessen.«

»Aber ...«, wollte Ava aufbegehren, doch Yana legte ihre eine Hand auf die Schulter. »Komm, lass uns gehen.«

Verwirrt und ärgerlich warf Ava ihr einen Blick zu. Ich kann jetzt nicht gehen!

Yana sah sie eindringlich an. »Wir kommen hier nicht weiter.«

Ava musterte sie kurz, mit einem Blick auf den verwirrten Arzt gab sie schließlich nach. »Na gut. Danke trotzdem für

Ihre Zeit«, wandte sich Ava an den Chefarzt. Der nickte, die Stirn immer noch gerunzelt.

Yana nahm Ava am Arm und führte sie aus dem Büro.

Als sie vor dem Fahrstuhl und außer Hörweite waren, befreite sich Ava aus ihrem Griff und sah Yana wütend an. »Was sollte das? Diana war hier, ich bin doch nicht blöd. Vielleicht gab es einen Systemfehler und er hätte sie in seinen Akten noch gefunden.«

Yana drückte den Knopf des Fahrstuhls. »Nein, hätte er nicht«, sagte sie und beobachtete die Stockwerknummer über ihr, die langsam nach oben zählte.

»Wieso nicht?«, fragte Ava.

»Weil es die Akte nicht mehr gibt, Ava. Diana hat sich nicht selbst entlassen.«

»Woher willst du das wissen? Sie hat sich ja wohl kaum in Luft aufgelöst.« Ava musste ihre Wut mühsam unterdrücken. Yanas knappe Antworten machten sie wahnsinnig.

»Wenn ein ganzes Krankenhaus nichts mehr von einer Patientin weiß, dann stimmt etwas nicht. Da steckt mehr dahinter. Sie ist nicht im System, es gibt keine Akte und selbst der behandelnde Arzt erinnert sich nicht mehr an sie oder das Gespräch mit dir.« Yana sah Ava an, als wollte sie, dass Ava selbst auf die Lösung kam.

Aber die zuckte nur gereizt mit den Schultern. »Ja, und? Was soll mir das sagen?«

»Dass hier etwas nicht mit rechten Dingen zugeht. Ich glaube, Diana wurde entführt.«

»Entführt? Von wem? Wer sollte so etwas tun?«, fragte Ava entgeistert. Noch während sie diese Fragen stellte, kam ihr ein schrecklicher Verdacht. »Du meinst … der Orden?«

Yana nickte. »Nur Magier haben die Macht, Gedächtnisse zu manipulieren.«

Ava wurde schlecht. »Aber … was wollen sie mit Diana?«

Yana zuckte mit den Schultern. »Ich weiß es nicht.«

»Dann müssen wir sie zurückholen! Bevor ihr noch mehr passiert!«

Yana nickte. »Ich spreche mit Jinjin und Tye.«

KAPITEL 19

Zurück im Antiquitätengeschäft fanden sie Mrs Meyers im Verkaufsraum vor. Sie saß an ihrem Schreibtisch und betrachtete missmutig ein silbernes Armband mit dem Symbol des Ordens.

Yanas Augen wurden groß und sie trat neben den Schreibtisch. »Woher hast du das?«, fragte sie überrascht, während sie das Schmuckstück eingehend begutachtete.

»Was ist das?«, fragte Ava.

»Es ist eher zufällig in meinen Besitz geraten. Ein Käufer hat es gegen eine Antiquität eingetauscht. Er muss gespürt haben, dass eine Präsenz an diesem Gegenstand hängt, er war sehr froh, es loszuwerden.«

»Und was ist das?«, fragte Ava erneut.

»Aber wieso hast du das nicht erwähnt? Vielleicht könnte es uns helfen!«, erwiderte Yana aufgeregt.

»Hallo?«, fragte Ava.

»Das hatte ich auch gehofft, aber die Seele, die an dem Gegenstand hängt, ist schon zu lange tot und ziemlich ängstlich. Er schlägt meistens unkontrolliert um sich und weigert sich konsequent, sich helfen zu lassen. Wenn ich es richtig verstanden habe, ist er in der Nacht gestorben, als auch Cassandra starb.«

»Durch sie?«, fragte Yana und beugte sich noch näher über das Armband, ohne es jedoch zu berühren.

»Möglich. Seine Kommunikation ist etwas unklar. Jedes Mal, wenn ich versuche, mit ihm zu sprechen, sehe ich immer nur Angst und Feuer.«

»Du bist also auch schon zu dem Schluss gekommen, dass der Orden hinter dem Verschwinden von Diana stecken muss?«, fragte Yana.

Mrs Meyers zuckte etwas unzufrieden die Schultern. »Er kann mir dazu natürlich nichts sagen, aber ich hatte die Hoffnung, er würde mir diesmal verraten, wie der Orden seine Rückzugsorte verbirgt. Welche Zauber vielleicht auf ihnen liegen.«

»Aber er konnte es nicht?«

»Oder wollte nicht. Ist eine sehr unzugängliche Seele.«

»Hm.«

Missmutig starrten die beiden auf das Armband hinab.

»Kann mir endlich mal jemand erklären, was das ist?«, rief Ava und fuchtelte mit ihren Händen vor Yanas und Mrs Meyers' Gesichtern herum. Die beiden sahen sie an, als hätten sie sich jetzt erst daran erinnert, dass es Ava gab.

»Entschuldige, Darling. Natürlich. Das ist ein sogenanntes Magie-Armband. Manche Magier des Ordens haben es getragen, um ihre Fähigkeiten zu verstärken und zu bündeln.«

»Und Sie haben was genau damit versucht?«, fragte Ava.

»Der Träger des Armbands muss einen schrecklichen Tod gestorben sein. Seine Seele hat sich daran festgeklammert und will nicht loslassen. Ich hatte die Hoffnung, ihn davon überzeugen zu können, dass er uns hilft. Aber er weigert sich.« Sie warf einen enttäuschten Blick auf das Armband. »Seine Loyalität scheint über den Tod hinauszugehen«, fügte sie hinzu.

»Oder seine Angst. Ich bin mir nicht sicher, ob er versteht, was mit ihm passiert ist. Er scheint immer noch zu glauben, Cassandra könnte ihm etwas anhaben«, erwiderte Yana.

»Also haben Sie nichts herausgefunden?«, fragte Ava, die für den toten Magier gerade kein Mitleid aufbringen konnte.

»Leider nicht.«

»Und jetzt?« Ava sah Yana an.

»Ich werde den Zirkel einberufen. Wir müssen besprechen, wie wir weiter vorgehen.«

Im Kuppelraum setzte sich Ava auf den ihr zugewiesenen Platz und wartete nervös. Yana wiederholte die Prozedur vom vergangenen Tag, fasste an die Kette, legte eine Hand auf die Feder in der Mitte des Bodens und schloss kurz die Augen. Die Feder begann sich wieder mit Gold auszufüllen und erneut traten Jinjin und Tye aus dem strahlenden Licht hervor. Als es erloschen war, wandte sich Jinjin an Yana. Die beiden legten ihre Hand aufs Herz und neigten den Kopf.

»Ein erneutes Treffen nach so kurzer Zeit? Was hat es damit auf sich, Yanara?«, fragte Jinjin.

»Es hat einen Vorfall gegeben«, erwiderte diese.

»So? Was für einen Vorfall?« Jinjins Blick huschte kurz zu Ava.

Yana entging das nicht. Sie schüttelte den Kopf. »Nicht wegen Ava. Also, zumindest nicht direkt. Es geht um Avas Tante, Diana. Sie ist verschwunden.«

»Was meinst du damit?«, warf Tye ein, der sich entspannt auf seinen Stuhl gesetzt hatte.

»Nun, wir sind uns nicht sicher, aber …«, Yana druckste etwas herum.

»Der Orden hat meine Tante entführt«, platzte es aus Ava heraus, während sie sich erhob. Sie konnte nicht still daneben sitzen und warten, bis Yana die richtigen Formulierungen gefunden hatte.

Yana warf Ava einen warnenden Blick zu, aber die ignorierte sie. Sie sah Jinjin und Tye an.

»Ich brauche eure Hilfe, um sie zu finden und wieder nach Hause zu bringen.«

Tye richtete sich in seinem Stuhl auf. Er und Jinjin tauschten einen Blick.

»Wie kommt ihr darauf, dass es der Orden war?«, fragte Jinjin schließlich.

»Meine Tante lag nach einem Angriff im Krankenhaus. Bei ihr wurde ein Siegelring des Ordens gefunden. Also, zumindest haben Yana und Mrs Meyers gesagt, dass er dem Orden gehört.« Jinjins volle Aufmerksamkeit schüchterte Ava plötzlich ein. Sie verfügte über so eine gewaltige Präsenz, dass es fast unangenehm war, wenn ihr Blick länger auf Ava ruhte. Aber sie kann mir helfen. »Mrs Meyers wollte sie heute besuchen, aber sie ist verschwunden und keiner im Krankenhaus kann sich daran erinnern, dass sie jemals dort gewesen ist.«

Nachdem Ava geendet hatte, senkte sich Stille über den Raum. Jinjins Blick ruhte weiter auf ihr. Ava konnte beim besten Willen nicht sagen, was sie dachte. Tye hatte sich vorgebeugt und die Arme auf seinen Beinen abgestützt, während er zugehört hatte. Nachdenklich spielte er an seinem Armband. Ava sah die beiden abwechselnd an.

Schließlich unterbrach Tye die Stille. »Eine Falle«, sagte er nur und sah zu Jinjin und Yana.

Jinjin nickte. »Das denke ich auch.«

Yana verzog das Gesicht, als hätte sie gefürchtet, dass er zu diesem Schluss kommen würde.

»Eine Falle?«, wiederholte Ava überrascht.

»Ja, sie nutzen deine Tante als Köder«, wandte sich Tye an Ava. Sein Blick war einfühlsam. Das gefiel Ava überhaupt nicht.

»Und das heißt? Was tun wir, um sie da rauszuholen?«, fragte sie ungeduldig. Sie sah Yana an, aber die senkte den Kopf.

»Wir machen nichts, Ava«, wandte sich Jinjin an sie.

Ava blinzelte verdutzt. »Was … was meinst du mit ›nichts‹?«, fragte sie.

»Der Orden nutzt deine Tante, um uns hervorzulocken. Sie wissen nun offenbar, wer du bist und wollen, dass du unvorsichtig wirst. Das können wir nicht zulassen.«

»Ja, aber ... was ist mit Diana?«, erwiderte Ava fassungslos.

Jinjin machte eine bedauernde Geste. »Es tut mir leid, aber wir können nichts für sie tun. Wenn wir Glück haben, erkennt der Orden, dass sie dich damit nicht kriegen, und lässt sie wieder gehen.«

»Wenn wir Glück ...« Ava starrte Jinjin an. »Ich kann doch nicht darauf hoffen, dass wir *Glück* haben!«, rief sie wütend.

Jinjin zog eine Augenbraue hoch, blieb aber stumm.

»Das ist nicht euer Ernst?!« Hilfe suchend sah Ava zu Yana und Mrs Meyers. Beide schwiegen betroffen.

»Was, wenn sie sie nicht gehen lassen?! Was dann?«

»Ava, du bist ein Feuervogel. Du wirst früher oder später mit dem Verlust deiner Liebsten zurechtkommen müssen.« Jinjins Stimme war einfühlsam, dennoch konnte Ava einen leisen Tadel wegen ihres Ausbruchs darin hören.

Ihr entfuhr ein ungläubiges Lachen. »Das ist ... nein!«, rief sie aus. »Ich werde Diana doch nicht einfach so aufgeben!«

Tye schaltete sich ein. »Der Orden versucht seit Jahrhunderten uns zu vernichten und sich unsere Kräfte einzuverleiben. Nun sind wir wieder vollzählig. Wenn es ihm jetzt gelingen würde, würde seine Macht unvorstellbar groß werden. Wir können nicht riskieren, dass das passiert. Nur wegen eines Menschen.«

»Wenn ihr so mächtig seid, wie kann es sein, dass ihr dann so eine Angst vor ein paar Magiern habt?«, fragte Ava wütend. Sie konnte die Hitze fühlen, die in ihr aufkam und wehrte sich nicht dagegen. »Was soll dieser Zirkel hier überhaupt, wenn ihr euch nur versteckt und nicht kämpft?«

Die Atmosphäre im Raum änderte sich schlagartig. Jinjins bedauernder Gesichtsausdruck wurde hart, Tye richtete sich wieder auf und warf Yana einen kalten Blick zu.

»Sie meint es nicht so!«, versuchte Yana schnell zu beschwichtigen. »Ava weiß, dass wir nicht kämpfen, sondern nur verteidigen.« Yana sah Ava warnend an, aber es war ihr egal. Die Hitze und die Wut hatten jetzt vollkommen die Kontrolle übernommen und es fühlte sich gut an. Die ganzen angestauten Emotionen, die schon seit Längerem herauswollten, rissen die Mauern ein und bahnten sich nun einen Weg nach draußen. Ava ließ es zu.

»Doch, ich meine es so! Wofür ist dieser Zirkel gut, wenn er nicht mal die Leute beschützen kann, die ihm nahestehen?«

Jinjins Lippen waren eine schmale Linie. »Ava, bedenke deine nächsten Worte. Du schlägst einen Weg ein, der kein gutes Ende nehmen kann.«

»Wenn ich nichts unternehme, wird es nicht gut enden. Ich werde meine Tante retten, mit oder ohne eure Hilfe.« Mit diesen Worten drehte sie sich auf dem Absatz um und verließ den Kreis. Die Wut in ihr tobte und jubilierte, als würde sie es feiern, endlich freigelassen worden zu sein.

»Ava, bitte!«, rief ihr Yana hinterher, aber Ava reagierte nicht. Wie fremdgesteuert verließ sie den Raum. Das Gespräch wurde leiser, je mehr Stufen sie zwischen sich und die anderen Vögel brachte.

»Jinjin. Sie meint es nicht so.«

»Wir haben diese Worte schon einmal gehört, Yanara.«

»Bitte. Sie ist nicht Cassandra.«

Nicht Cassandra. Ein leiser Zweifel an ihrem Verhalten wollte sich durch die tobende Feuersbrunst in ihrem Inneren drängen, aber er wurde augenblicklich von der Hitze verschlungen.

Am Fuß der Treppe blieb Ava einen Moment unschlüssig stehen. Was sollte sie jetzt tun? Wie sollte sie Diana finden und alleine gegen den Orden ankommen?

Du schaffst das. Du bist immerhin ein Phönix. Der Gedanke umgarnte sie und hüllte sie ein. Ihre Finger kribbelten, wie in dem Moment, in dem Yana Ava mit ihrer Magie berührt hatte. Ja, verdammt noch mal. Ich bin ein Phönix. Ich kriege das irgendwie hin.

Ein weiterer Gedanke nahm Gestalt an. Und wenn ich den Orden nicht finde, muss er eben mich finden.

Sie eilte zu ihrem Zimmer. Dort zog sie ihre Trainingsausrüstung an. Sie war gerade mit ihrem zweiten Schuh beschäftigt, als ihre Tür aufgestoßen wurde.

Yana kam herein und blieb abrupt stehen, als sie Ava in ihren Trainingssachen sah. »Was hast du vor?«

»Ich rette meine Tante«, gab Ava kalt zurück. Sie richtete sich wieder auf und wollte sich an Yana vorbeidrängen, aber die stellte sich ihr in den Weg.

»Ava, tu das nicht. Wenn der Orden dich in die Finger bekommt …«

»Was dann? Ich werde nicht rumsitzen und Diana ihrem Schicksal überlassen! Sie ist doch überhaupt nur wegen mir in dieser Situation! Und jetzt lass mich vorbei.« Ava stieß Yana unsanft zur Seite, aber ehe sie wusste, wie ihr geschah, hatte Yana ihre Arme gepackt und sie gegen die Wand gedrückt.

»Lass mich los!« Ava versuchte sich aus dem Schraubstockgriff zu winden, mit dem Yana ihre Arme an der Wand fixierte. Aber Yanas Griff wurde nur fester.

»Du darfst das nicht tun!« In Yanas Blick lag ebenso viel Wut wie Angst. »Bitte, Ava. Du darfst das nicht tun. Gib dem Zirkel keinen Grund, dich als Bedrohung zu sehen.«

»Wenn ich also nicht tue, was man von mir verlangt, bin ich direkt eine Feindin?«, fragte sie sarkastisch. »Das ist ziemlich diktatorisch, findest du nicht?«

Yanas Gesicht war nur wenige Zentimeter von ihrem entfernt und Ava musste an den Moment im Trainingsraum denken. Obwohl sie es nicht wollte, huschte ihr Blick kurz zu Yanas Lippen.

»Es hat seine Gründe. Bitte, fordere es nicht heraus.« Es war die Verzweiflung in Yanas Stimme, die es schaffte, durch die Feuersbrunst zu kommen, die in Ava tobte. Ihre Gegenwehr wurde schwächer. Der Druck auf Avas Arme ließ etwas nach, aber immer noch war sie zwischen der Wand und Yana eingeklemmt.

»Ich muss es wenigstens versuchen. Sie ist die Einzige, die ich noch habe.« Noch während sie das sagte, vergrub eine Welle der Traurigkeit die Wut und die Hitze endgültig unter sich. Ava sackte leicht zusammen. Mit Diana war nicht nur der eine Mensch auf der Welt verschwunden, der Ava wirklich kannte, sondern auch ihre einzige Chance, die Wahrheit über den Tod ihrer Eltern zu erfahren. Aber die schwere Anschuldigung, die damit einherging, brachte sie nicht über die Lippen. Yana sah sie nachdenklich an, dann schloss sie kurz die Augen und ließ Avas Arme los. »Also gut, komm.« Sie streckte Ava die Hand entgegen.

»Was hast du vor?«, fragte sie skeptisch. Zögernd ergriff sie Yanas Hand und ließ sich ein paar Schritte mitziehen.

»Ich helfe dir, Diana zu retten.«

»Wirklich?«, fragte Ava überrascht.

Der Händedruck verstärkte sich, Yana zog sie ein Stück näher an sich heran. »Ja. Wenn du mir versprichst, dass du keine Dummheiten anstellst. Du bleibst immer bei mir, du hörst auf das, was ich sage. Und du versuchst einen klaren Kopf zu behalten.«

Ava nickte. »Ich verspreche es.«

Yana musterte sie noch einen Moment, ehe sie ihre Hand losließ.

»Wie hättest du deine Tante überhaupt finden wollen?«, fragte Yana, als sie sich zur Tür wandte.

Ava zuckte mit den Schultern. »Ich dachte, ich brauche mich ja nur vom Orden finden zu lassen.«

Yana sah sie ungläubig an. »Das war dein Plan?«

Ava nickte beschämt.

»Großer Gott«, stieß Yana hervor. »Hast du etwas, das deiner Tante gehört?«

Ava überlegte einen Moment, dann fiel ihr das Foto ein. Sie holte es unter ihrem Kopfkissen hervor und reichte es Yana.

Die betrachtete es einen Moment. »Gut, das sollte gehen.« Mit diesen Worten verließ sie das Zimmer.

Ava eilte ihr nach. »Was hast du vor?«

»Mich vierteilen lassen«, kam die trockene Antwort zurück.

KAPITEL 20

»Auf keinen Fall! Das ist viel zu gefährlich! Ihr habt Jinjin doch gehört!« Mrs Meyers stapfte aufgebracht im Geschäft herum und ordnete wahllos kleinere Gegenstände auf den Regalen neu. Ava und Yana warfen sich einen Blick zu.

»Sam ...«, setzte Yana an, aber Mrs Meyers fuhr ihr dazwischen.

»Nein! Nichts ›Sam‹! Ich schicke euch doch nicht in den sicheren Tod!«

»Aber Diana schon?«, warf Ava ein. Es war ein mieser Schachzug, aber sie brauchten ihre Unterstützung.

Mrs Meyers fror in ihrer Bewegung ein. Ihre Hand umklammerte ein kleines goldenes Ei mit buntem Muster darauf. Ava konnte sehen, wie es in ihr arbeitete. Als sie ihr schließlich einen bösen Blick zuwarf und »Na schön« murrte, konnte Ava nicht anders als zu lächeln.

Mrs Meyers stellte das Ei wieder an seinen Platz zurück. »Aber wehe, ihr passt nicht auf euch auf! Dann bringe ich euch eigenhändig um!« Drohend gestikulierte sie mit ausgestrecktem Zeigefinger in Avas und Yanas Richtung, ehe sie sich umdrehte und immer noch vor sich hinschimpfend hinter ihrem Schreibtisch Platz nahm. Die beiden lächelten sich an und folgten ihr.

»Damit ich eine Verbindung herstellen kann, brauchst du etwas von deiner Tante. Wenn du nichts hast, kann ich dir nicht helfen«, versuchte Mrs Meyers ein letztes Mal aus der Sache herauszukommen.

Ava zog das Foto aus ihrer Hosentasche und legte es vor ihr auf den Tisch. »Ich hab was.«

»Hm«, murrte die nur. Sie betrachtete das Foto. »Sind das …?«, fragte sie und deutete auf Avas Eltern.

Ava nickte. »Meine Eltern. Mit mir, wenn man so will.«

Mrs Meyers strich leicht mit dem Finger um den deutlich gewölbten Bauch von Avas Mutter. »Ach herrje. Sie sehen so glücklich aus.«

Das Mitleid in Mrs Meyers Stimme rief einen Kloß in Avas Hals hervor. Sie räusperte sich. »Reicht das als Verbindung?«

»Vielleicht. Ich habe noch nicht oft versucht, eine lebende Seele zu orten. Es ist komplizierter.«

»Warum?«, fragte Ava.

»Weil sie nicht mit einem speziellen Gegenstand verknüpft ist. Die Toten, mit denen ich kommuniziere, haben sich an einen Gegenstand geheftet, weil sie nicht loslassen konnten oder wollten. Sie sind immer mit ihm verbunden. Da geht es nur darum, sie dazu zu kriegen, sich mir zu zeigen und mit mir zu sprechen. Aber die Seele deiner Tante haftet natürlich nicht an diesem Foto. Sie hat höchstens, sagen wir, einen Abdruck hinterlassen, über den ich sie dann auf der Welt wiedererkennen und orten kann.«

»Einen Abdruck?«, fragte Ava verwirrt.

»Wie ein Fingerabdruck. Nur eben auf der transzendentalen Ebene.«

»Verstehe.« Glaube ich zumindest. Dann kam ihr ein Gedanke.

»Wenn ich einen Gegenstand hätte, der meinen Eltern gehört hat …« fragte sie vorsichtig, verstummte aber, als Mrs Meyers traurig den Kopf schüttelte.

»Tut mir leid, Darling. Wenn die Seelen deiner Eltern sich nicht daran geheftet haben, werde ich nicht mit ihnen sprechen können. Die meisten ziehen nach ihrem Tod weiter. Und so sollte es ja auch eigentlich sein.«

»Ah«, machte Ava nur und versuchte ihre Enttäuschung zurückzudrängen.

Mrs Meyers tätschelte ihre Hand. Dann wandte sie sich erneut dem Foto zu. »Dann wollen wir mal«, sagte sie.

Yana, die sich während des Gesprächs im Hintergrund gehalten hatte, trat jetzt neben Ava. Gespannt beobachteten sie Mrs Meyers. Die griff nach dem Foto, schloss die Augen und begann es abzutasten. Ihre Finger fuhren über die Kanten und strichen sanft über die lachenden Gesichter. Ava betrachtete sie aufmerksam. Die Augenbrauen zogen sich kaum merklich zusammen, die Augen bewegten sich schnell unter den Lidern. Wieder spürte Ava die Schwingungen, die sie auch in der verschlossenen Abteilung gespürt hatte. Es fröstelte sie.

»Sie betritt die Zwischenebene«, flüsterte Yana ihr zu und machte eine unauffällige Geste zum Kopf von Mrs Meyers.

Ava beobachtete staunend, wie die wenigen Haare, die sich aus dem Dutt von Mrs Meyers gelöst hatten, plötzlich zu schweben begannen. Als würden sie von einem unsichtbaren Wind erfasst. Oder elektrisch geladen werden.

Unentwegt fuhren die Finger über das Foto, Mrs Meyers murmelte leise. Dann hielt sie plötzlich inne. Ava warf einen Blick auf das Bild und sah, dass sie genau über dem Gesicht von Diana stehen geblieben waren.

»Ein Geruch nach Desinfektionsmittel. Krankenhaus. Rote Augen.« Ihre Stimme klang träge, als müsste sie bei jedem Wort darum kämpfen, es über ihre Lippen zu bekommen.

»Das müssen diese Viecher gewesen sein! Sie haben Diana entführt! Wie sind die ins Krankenhaus gekommen?«, fragte Ava.

»Pst«, machte Yana. »Lass sie in ihrem Tempo sprechen, sonst reißt die Verbindung ab.«

»Ein Türklopfer«, sagte Mrs Meyers plötzlich. Sie öffnete die Augen und Ava trat erschrocken einen Schritt zurück.

Über dem sonst so strahlenden Blau lag ein milchiger Schleier. Blind starrte sie an Ava vorbei.

»Ich sehe einen Türklopfer. Mit herausgestreckter Zunge.« Jedes Wort schien weiterhin ein Kraftaufwand zu sein. Sie verzog das Gesicht. »Eine abscheuliche Fratze. Dann ... wieder die roten Augen der Schattendämonen. Steinwände.«

Einen Moment blieb es still, dann blinzelte Mrs Meyers mehrmals. Sie atmete schwer. Als sie Ava ansah, war der Schleier vor ihren Augen verschwunden. »Es tut mir leid, mehr konnte ich nicht sehen. Es ist mir entglitten.«

»Immerhin etwas«, sagte Yana. »Danke.« Dann wandte sie sich an Ava, die stumm neben ihr stand und das Foto anstarrte. »Wir finden einen anderen Weg. Ava?«

Besorgt berührte Yana Ava am Arm.

Die sah zu ihr auf. »Ich weiß, wo das ist.«

»Was?«, fragte Yana überrascht.

»Ich weiß, wo das ist«, wiederholte Ava.

»Wo?«, fragten Yana und Mrs Meyers gleichzeitig.

Ava sah Mrs Meyers fassungslos an. »So ein Türklopfer hängt an der Haustür des Kunstsammlers.«

KAPITEL 21

Ava und Yana standen schweigend vor dem großen Tor, das Besucher davon abhielt, das Grundstück zu betreten. Mittlerweile war es dunkel geworden, nichts regte sich auf dem Grundstück. Nervös zupfte Ava an ihrem Anzug. Auch Yana hatte ihren übergezogen und trommelte nachdenklich mit den Fingern auf ihre in Leder gehüllten Oberschenkel.

»Wie kommen wir da rein?«, flüsterte Ava.

Yana trat einen Schritt vor und wollte die Hand auf das Schloss legen, hielt dann aber inne.

»Was ist?«, fragte Ava. Ihr Herz klopfte ihr bis zum Hals.

Zaghaft stupste Yana das Tor an, es schwang geräuschlos ein Stück auf. Sie runzelte die Stirn. »Das gefällt mir nicht.«

»Aber dann kommen wir ohne Krach zu machen bis zum Haus!« Ava drängte sich an Yana vorbei und schlüpfte durch das Tor.

»Ava!«, zischte Yana, folgte ihr aber. »Jinjin und Tye hatten recht. Das schreit förmlich nach einer Falle.«

»Selbst wenn, ich habe keine Wahl. Diana ist da drin!« Das klang mutiger, als Ava sich fühlte. Ein nicht unwesentlicher Teil ihres Geistes wünschte sich gerade weit weg unter ihre Bettdecke. Trotzdem schritt sie voran, der Kies knirschte für ihren Geschmack viel zu laut unter ihren Schuhen.

Yana folgte ihr und scannte dabei ununterbrochen die Umgebung.

Auf dem Papier klang ihr Plan simpel. Auf das Grundstück kommen – erledigt –, Diana im Haus finden – gab ja bestimmt nur hundert Zimmer –, rausholen und verschwinden. Total easy. Ava versuchte, ihr Herz zu beruhigen, das mit jedem Schritt mehr raste, aber es dachte gar nicht daran. Es fühlte sich außerdem an, als würde diese fremde Hitze in ihr mit jedem Meter, den sie zurücklegten, stärker werden. Fast wie ... Vorfreude? Das machte ihr Sorgen, aber sie sagte nichts.

Das Haus lag zum Großteil im Dunkeln, nur hier und da flackerte Kerzenschein hinter einem Fenster.

»Vielleicht ist niemand zu Hause«, versuchte Ava sich selbst Mut zuzusprechen.

»Hm, hm«, machte Yana nur. Sie war so angespannt, dass Ava es förmlich spüren konnte. Ihre Finger zuckten nervös. Sie näherten sich der Haustür. Zwei große Kerzenständer standen links und rechts daneben und warfen einen zitternden Lichtschein auf den Fratzentürklopfer. Es sah aus, als würde sich seine Zunge bewegen. Eklig. Ava wollte schon nach links abbiegen, um zwischen Haus und Gebüsch abzutauchen und einen Weg nach drinnen zu suchen, als sie stehen blieb. Ihr Blick wurde von dem Türklopfer angezogen. Besser gesagt, von seiner sich windenden Zunge. Ohne bewusst darüber nachzudenken, huschte sie zur Tür.

»Ava!«, zischte Yana leise. »Was tust du denn da?«

Aber Ava reagierte nicht. Sie fixierte die Zunge des Klopfers, auf der sich, trotz flackerndem Kerzenlicht, nun eindeutig ein Symbol abhob. Ein Pentagramm mit einer Feder darin. »Das gibt's doch nicht.« Vorsichtig streckte Ava die Hand aus und strich mit dem Finger über die Vertiefung.

»Los, weg von der Tür.« Yana umfasste Avas Arm und wollte sie wegziehen. Genau in dem Moment begann das Pentagramm zu glühen und die Tür öffnete sich mit einem leisen Knarren. Starr vor Schreck sahen Ava und Yana ins schummerige Innere des Hauses.

»Nein, das ist nicht gut. Lass uns abhauen«, flüsterte Yana.

Doch als sie sich umdrehten, entdeckten sie zwei Schatten, die gemächlich auf sie zukamen. Rote Augen glühten auf.

»Scheiße«, flüsterte Yana und schob Ava ein Stück hinter sich.

»Na, na. Welche feine Dame verwendet denn solche Kraftausdrücke.« Die Stimme erklang in ihrem Rücken.

Ava und Yana wirbelten wieder zur Tür herum.

Herr McLean war im Türrahmen erschienen. Er lächelte sie strahlend an und vollführte eine einladende Geste ins Hausinnere. »Aber bitte, tretet ein.«

Sein Blick lag auf Ava. Seine weißen Zähne blitzten, aber von dem aristokratischen Charme war nichts mehr zu sehen. Jetzt wirkte er wie ein Raubtier, das auf seine Beute lauerte. Ava machte einen Schritt zurück und stieß gegen Yana. Als sie einen Blick über die Schulter warf, sah sie, dass die Schattendämonen Verstärkung bekommen hatten und sie einkesselten. Hinter den Wesen tauchten mehrere Gestalten in dunklen Roben auf. Ein unheimliches Gemurmel begleitete sie.

Yana hob die Hände, als wollte sie sich auf einen Kampf gefasst machen, aber Herr McLean räusperte sich missbilligend.

»Das würde ich an deiner Stelle nicht tun. Wir wollen doch nicht, dass Avas Tante etwas zustößt, wenn du hier draußen deine Magie durch die Gegend wirfst.« Er lächelte wieder.

Yana fixierte die Schattendämonen und die Gestalten noch einen Moment, die nun wie auf ein unsichtbares Zeichen im Halbkreis um sie herum stehen geblieben waren. Die Klauen der Dämonen funkelten im Kerzenschein. Dann ließ sie ihre Hände sinken. Ava überlief ein Schauer.

»Also bitte, du bist vernünftig. Das freut mich. Dann können wir jetzt ja zum erfreulichen Teil des Abends übergehen. Kommt.«

Er trat beiseite und wies erneut ins Innere des Hauses.

Das ist eine Scheißidee. Sie rührten sich nicht.

McLean machte ein trauriges Gesicht. »Willst du wirklich deine Tante dafür leiden lassen, dass du meine Einladung ausgeschlagen hast?«

Ava schluckte.

»Falle«, wisperte Yana.

Aber Ava hatte keine Wahl. Sie konnte Diana doch nicht hier zurücklassen. Widerwillig setzte sie sich in Bewegung.

»Ava!«, hörte sie Yana flüstern, als sie über die Türschwelle trat.

»Siehst du. Ist doch alles halb so schlimm. Schau mal, deine nette Begleitung darf uns sogar sehr gerne Gesellschaft leisten.« McLean warf Yana einen neckischen Blick zu.

Die sah sich zu den Schattendämonen um.

»Oh, keine Sorge. Die bleiben draußen. Sie dürfen das Haus nicht betreten. Ihnen ist nicht zu trauen, weißt du. Am Ende wacht man noch mit ihren Klauen in der Brust auf. Das wäre unschön.« Er lachte, als hätte er einen Witz gemacht.

Ava drehte sich zu Yana um. Die war offensichtlich hin und her gerissen. Schließlich gab sie sich einen Ruck und trat ebenfalls durch die Tür.

»Sehr schön«, kommentierte McLean. Er schien sich etwas zu sehr darüber zu freuen und klatschte sogar in die Hände. Das Geräusch hallte in dem großen Eingangsbereich gespenstisch wider.

»Also gut, dann wollen wir mal. Hier entlang bitte.« Ohne sich umzudrehen, ging er voraus.

Ava warf Yana einen Blick zu. Die sah sich in der Halle um und zuckte dann hilflos mit den Schultern. Sie folgten ihm. Die Hitze in Avas Brust wurde stärker. Es fühlte sich fast so an, als würde sie die Nähe des Magiers suchen. Ava legte eine Hand auf ihre Brust in der Erwartung, sie glühend heiß vorzufinden, aber ihre Haut war kühl.

Diesmal führte McLean sie durch die Halle und rechts an der großen Treppe vorbei. Er stieß die Tür auf, die sich dort befand und offenbarte Steinstufen, die in den Keller zu führen schienen.

»Das ist nicht gut«, wisperte Yana in Avas Rücken.

McLean blieb wieder neben der Tür stehen und wies hinunter. »Nach euch, die Damen.«

Als Ava auf die erste Stufe trat, hatte sie das Gefühl, als würde sie durch einen unsichtbaren Widerstand schreiten. Sie drehte sich zu Yana um. Auch die hatte den Widerstand gespürt.

»Ein Bannzauber.«

»Ganz recht«, erwiderte McLean fröhlich. »Ihr kommt rein, aber nicht mehr raus. Magie ist doch was Feines, findet ihr nicht?«

Ava konnte Yana das »Ich hab's doch gesagt« förmlich vom Gesicht ablesen. Die Angst breitete sich weiter aus.

»Auf, auf«, trieb McLean sie an.

Auf der Treppe wehte Ava kühle Luft entgegen. Es roch nach feuchtem Stein und Mörtel. Die Hitze drückte unangenehm gegen ihre Brust und drängte sie in die Tiefe. Langsam stieg sie die schmale Treppe hinab. Sie hörte Yanas Schritte dicht hinter sich. An den Wänden hingen Fackeln in ihren Halterungen. Kurz fragte sie sich, ob das der Dramatik geschuldet war oder einfach, weil es in diesem Teil des Hauses wirklich keinen Strom gab. Aber der Gedanke löste sich in Luft auf, als sie das Ende der Treppe erreichte. Vor ihr erstreckte sich ein riesiges Kellergewölbe. Außer einigen wenigen Fackeln an den Wänden war es leer.

»Immer schön geradeaus«, ertönte die Anweisung von hinten.

Wie sollen wir hier wieder rauskommen? Ava sah sich um und ihr Herz sank.

Mehrere Kammern an den Seiten tauchten aus der Dunkelheit auf, aber es war unmöglich zu sagen, was sich in ihnen verbarg. Irgendwo tropfte Wasser. Am Ende des Ganges flackerte Licht hinter einem Torbogen.

»Dort hinein.«

Ava dreht sich zu dem Magier um. Er deutete in Richtung des Lichts. Yana hatte mit einer Hand ihre Kette umklammert. Sie bemerkte Avas Blick und schüttelte fast unmerklich den Kopf. Es funktioniert nicht. Also wird uns niemand zu Hilfe kommen. Die Erkenntnis sickerte langsam in Avas Geist. Was habe ich getan?

»Auf jetzt, wir wollen deine Tante doch nicht warten lassen«, drängte sie der Magier ungeduldig.

Ava tauschte noch einen Blick mit Yana. Es tut mir leid. Dann drehte sie sich wieder um und trat durch den Bogen.

Erneut spürte sie einen Widerstand. Ein zweiter Bannzauber? Hinter dem Eingang erstreckte sich eine große Kammer. Die Decke wölbte sich mehrere Meter über ihr. Die ein oder andere Wurzel war durch den Putz gebrochen und hing in der Luft. Auch hier waren Fackeln an den Wänden angebracht. Der Boden war übersät mit seltsamen Zeichen. Ihr Blick fiel auf eine Gestalt am Ende der Kammer.

»Diana!«, rief Ava. Ihre Tante saß auf einem Stuhl. Ava wollte auf sie zueilen, doch mitten im Raum prallte sie schmerzhaft zurück. Perplex hob sie die Hände und ertastete eine unsichtbare Barriere.

»Ah, ah, ah. Du hast doch nicht ernsthaft gedacht, ich würde es dir so leicht machen? Ohne Verhandlung? Ohne Sicherheitsmaßnahme?« McLean schritt an Ava vorbei und ohne Mühe durch die Barriere hindurch. Er stellte sich neben ihre Tante. »Was für ein Geschäftsmann wäre ich denn dann?«, fragte er und lachte. Dabei legte er eine Hand auf Dianas Schulter. Die saß starr neben ihm und rührte sich nicht. Ihre Augen waren weit aufgerissen und auf Ava gerichtet.

»Was haben Sie mit ihr gemacht?«, fragte Ava und musterte Diana. Der Schnitt im Gesicht war verkrustet, sonst schien sie keine weiteren Verletzungen zu haben. Bis auf den Umstand, dass sie sich nicht bewegt. Ava sah auf ihren Brustkorb. Er hob und senkte sich. Sie lebt. Aber wieso …? »Wieso bewegt sie sich nicht?«

»Oh, eine kleine Absicherung meinerseits. Ich will doch nicht, dass sie mir während unserer Verhandlung in die Parade fährt. Aber keine Sorge. Sie ist unversehrt. Noch«, fügte er mit einem kleinen Lächeln hinzu.

Ava lief es kalt den Rücken runter. »Was wollen Sie?«, fragte sie.

Doch bevor er antworten konnte, schaltete sich Yana ein. »Egal was es ist, du wirst es nicht bekommen.« Sie trat neben Ava. Ihre Hände waren zu Fäusten geballt. Wut sprach aus ihrem Gesicht.

McLean hob skeptisch eine Augenbraue. »Ach ja? Und was macht dich da so sicher? Ich habe immerhin ein unschlagbares Argument.« Er tätschelte Diana die Schulter.

Ava glaubte zu sehen, dass sich ihre Augen eine Winzigkeit verengten. Aber vielleicht war es auch nur Einbildung.

»Wenn du Ava willst, musst du erst an mir vorbei. Und glaub mir, das willst du nicht«, drohte Yana und schob sich vor Ava.

McLean lachte amüsiert. »Will ich nicht? Du meinst, weil du dich so gut gegen die paar Dämonen und Magier oben behaupten konntest?« Spöttisch sah er sie an. Dann wurde er ernst und sein Blick richtete sich auf Ava. »Die viel interessantere Frage ist doch eher: Was willst du?«

»Ich?« fragte Ava.

»Wir können dir einiges bieten, weißt du? Mehr als deine gefiederten Freunde.« Er nickte abfällig in Yanas Richtung. »Wenn du dich traust, warten so viele unvorstellbare Möglichkeiten auf dich. Ich kann dir zeigen, wie du dein Potenzial voll ausschöpfst. Wie du zu der Größe findest, die dir zusteht.«

»Möglichkeiten?«, wiederholte Ava.

»Er spricht von dunkler Magie. Nichts, was jemand mit Verstand ernsthaft in Erwägung ziehen würde«, entgegnete Yana angewidert.

»Die Art von Magie, mit der man anderen die Kräfte stehlen kann und die Cassandras Seele zerfressen hat?«, fragte Ava.

»Die Seele zerfressen? Also bitte, das ist etwas dramatisch, meint ihr nicht?«, missbilligend schüttelte McLean den Kopf.

»Genau. Sie bedient sich Blutopfern und Ritualen, die die Naturgesetze verbiegen oder ganz missachten. Ganz zu schweigen von der fehlenden Moral«, erwiderte Yana, ohne auf ihn einzugehen.

»Blutopfer?«, stieß McLean schockiert aus. »Junges Fräulein, wir sind im 21. Jahrhundert angekommen. Blutopfer gibt es schon seit den 1920ern nicht mehr.«

Yana schnaubte nur.

Der Magier schüttelte enttäuscht den Kopf. »Das, was deine Freundin sagt, meine Liebe, entspricht kaum mehr der Wahrheit. Außerdem, wieso sollte uns die Natur die Möglichkeit der dunklen Magie geben, wenn wir sie nicht nutzen sollen?« Er breitete unschuldig lächelnd die Arme aus. »Nun, Ava. Was meinst du? Möchtest du nicht wissen, was mit unserer Hilfe aus dir werden könnte?«

»Das möchte sie nicht«, antwortete Yana, ehe Ava reagieren konnte.

»Ist das so?« Er sah sie lauernd an, aber Ava blieb stumm. »Wie schade. Was hättet ihr alles gemeinsam erreichen können.«

Für einen kurzen Moment huschte ein gieriger Ausdruck über sein Gesicht. So schnell, dass Ava sich nicht sicher war, ob sie ihn wirklich gesehen hatte. Ehe sie seine Worte verstehen konnte, zog Yana neben ihr scharf die Luft ein.

»Nein!« Um ihre Hände erschienen plötzlich kleine Funken. »Das ist nicht möglich!«

»Was ist los?«, fragte Ava verwirrt.

»Sie wissen von Cassandra« erwiderte Yana.

»Was? Wie?«, fragte Ava und sah McLean überrascht an. »Ich wusste es ja nicht mal selbst.«

»Nun, das ist wohl der Moment, in dem ich euch eröffnen sollte, wer ich bin, oder nicht?«, erwiderte er. Er machte eine übertriebene Verbeugung und sah zu ihnen auf. »Henry McLean. Oberster Magier der Societas Immortalis. Und Cassandras Sohn.«

Ohne Vorankündigung verwandelte sich die Hitze in Avas Brust in ein Inferno. Stolz, der nicht ihrer war, flutete ihren Körper. Es prickelte unangenehmen auf ihrer Haut, als würde ihr Körper sich gegen die fremden Empfindungen wehren.

Yana machte einen Schritt zurück. »Das ist nicht möglich«.

Henry richtete sich auf und sah Yana mit einem hässlichen Lächeln an. »Oh je, zerreißt dir das etwa das Herz? Dachtest du wirklich, Cassandra würde dir hinterhertrauern? Einer Verräterin?«

Yana zuckte zusammen.

Und plötzlich fügten sich die Puzzleteile zusammen. Yana, die Cassandras Namen kaum aussprechen konnte. Ihre kryptischen Andeutungen zu ihrer Beziehung. Ihr Wunsch, nur das in Cassandra zu sehen, was sie wollte.

»Du warst in sie verliebt«, sprach Ava ihre Erkenntnis aus.

»Nicht nur das. Yana war Cassandra treu ergeben. Hätte Cassandra gesagt, sie solle springen, hätte Yana es getan. Egal wie viele Menschen sie dabei mit in den Tod gerissen hätte, nicht wahr?« Henrys Ton triefte vor Verachtung.

Yana antwortete nicht. Sie starrte Henry an, als wäre er ihr wahr gewordener Albtraum.

Ein Gedanke beschlich Ava. So schmerzhaft, dass sie ihn nicht zurückhalten konnte. »Warst du auch deshalb immer in meiner Nähe ...?«

»Nein!« Yana wirbelte zu ihr herum. »Nein, das hatte nichts damit zu tun.«

Aber der Gedanke ätzte sich wie Gift in Avas Seele. Sie wollte vielleicht nicht nur mich beschützen. Sie wollte durch mich den Überresten von Cassandras Erinnerungen nahe sein. Die Eifersucht traf Ava hart und unvorbereitet. Bis eben hatte sie sich nicht mal eingestehen wollen, dass sie etwas für Yana empfand. Doch jetzt fühlte sich ihr Herz an, als wollte es in tausend Teile zerspringen.

»Glaubst du ihr das, Ava? Es scheint nicht das erste Mal zu sein, dass Yana nicht ganz ehrlich zu dir war. Ihre Absichten sind wohl doch nicht so ganz in deinem Sinne. Vielleicht denkst du jetzt anders über mein Angebot?«

Ava riss ihren Blick von Yana los. »Das erklärt aber immer noch nicht, woher du wusstest, dass Cassandra noch existiert.«

Ärgerlich zog Henry die Augenbrauen zusammen. »Immer diese unwichtigen Details.« Er seufzte. »Ich kann den Teil ihrer Seele spüren, der in dir überlebt hat.«

»Du kannst ... was?«, fragte Ava überrascht.

»Nun, leider nicht so präzise, dass ich gewusst hätte, wo oder besser *in wem* sie steckt. Aber in dem Moment, als sie wieder zu sich kam, habe ich ihre Präsenz gespürt und mit der Suche nach ihr begonnen. Nenn es familiäre Verbundenheit, wenn du willst.« Er schmunzelte. »Es hat lange genug gedauert, aber nun ist es endlich so weit. Apropos, ich danke dir für deine unfreiwillige Spende.« Er zog das Taschentuch hervor, mit dem sich Ava vor einer gefühlten Ewigkeit den Blutstropfen abgewischt hatte. »Zuerst wollte ich nicht glauben, wer da vor mir stand, aber dein Blut hat es bestätigt.« Scheinbar entspannt verlagerte er sein Gewicht auf ein Bein, doch sein Blick fixierte sie unentwegt.

»Was …?«, setzte Ava an, doch Henrys Gesprächigkeit war anscheinend erschöpft.

»An deiner Stelle würde ich mich allerdings nicht mit weiteren Fragen aufhalten.« Er zupfte der immer noch gelähmten Diana einen nicht sichtbaren Fusel von der Schulter. »Wenn der Zauber lange genug anhält, befällt er irgendwann auch die Lunge. Das Atmen könnte dann etwas … schwierig werden. Also, wirst du dich uns anschließen?«

»Das wird sie ganz sicher nicht«, warf Yana ein.

»Halt dich raus, Bonnie!« Für einen Moment fragte sich Ava, wer die Worte gesagt hatte. Erst als sie Yanas erschrockenen Gesichtsausdruck sah, wurde ihr klar, dass sie aus ihrem Mund gekommen sein mussten. Sie hingen schwer in der Luft, hässlich und abschätzig. Erschrocken führte sie ihre Finger an den Mund.

»Wie hast du mich gerade genannt?«, fragte Yana. Sie war bleich geworden.

»Das wollte ich nicht sagen«, flüsterte Ava.

»Oh, wundervoll!« Henry klatschte in die Hände und trat näher an die Barriere heran. Aufgeregt musterte er Ava. »Komm schon, Ava. Komm auf meine Seite. Ein Teil von dir ist ja scheinbar schon einverstanden.« Er gluckste über seinen eigenen Scherz.

Ava sah zu Diana. Sie saß immer noch starr wie eine Statue auf ihrem Platz und erwiderte Avas Blick. Wurden ihre Atemzüge schwerfälliger?

»Wenn ich einwilligen würde, lässt du meine Tante gehen?«, fragte sie schließlich.

»Ava, nein!«, rief Yana erschrocken.

»Natürlich. Großes Magier-Ehrenwort.« Henry hob feierlich zwei Finger und legte sie auf sein Herz.

»Und wenn ich nicht einwillige …«

»Oh«, Henry machte eine betrübte Miene. »Dann werden wir deiner Tante wohl dabei zusehen müssen, wie ihr langsam die Luft ausgeht.« Seine Finger wanderten von seinem

Herz zu seiner Kehle und umfassten sie theatralisch. Entschuldigend zuckte er mit den Schultern, als ob diese Entscheidung nicht in seiner Hand läge.

Ava schluckte. »Aber ich bin nicht Cassandra.«

»Nein, das bist du nicht.« Wieder lächelte Henry sein Raubtierlächeln.

»Wie soll es euch dann helfen, wenn ich mich euch anschließe?«

»Herzchen, nimm es mir nicht übel, aber wir wollen nicht wirklich *dich*. Wir wollen *sie*.« Er deutete auf Avas Brust.

»Cassandra? Wie soll das gehen?«

»Überlass ihr einfach die Kontrolle. Du spürst doch schon, wie sie stärker wird. Lass einfach los. Mehr musst du nicht tun. Und deine Tante ist frei.«

Das Inferno in Ava brüllte auf und peitschte um sich. Sie keuchte und fiel auf die Knie. Cassandra Hitze dränge mit aller Macht in jeden Winkel ihres Körpers.

»Ava!«, rief Yana aus und kam auf sie zu. Doch Henry vollführte eine Handbewegung, Yanas Anzug glomm auf, als seine Magie sie traf, und im nächsten Moment wurde sie in eine Ecke geschleudert. Dort knallte sie mit dem Hinterkopf gegen die Wand und blieb einen Moment benommen liegen. Allem Anschein nach konnte nicht nur Henry die Barriere passieren, sondern auch seine Zauber.

Henry ging auf der anderen Seite der Barriere in die Hocke. Er musterte Ava fast mitfühlend. »Wehr dich nicht dagegen. Es wird auch nicht wehtun, versprochen.«

Ava biss die Zähne zusammen und richtete sich etwas auf. »Nein, das kann ich nicht tun.« In ihrem Kopf hörte sie das weit entfernte Echo eines Wutschreis. Ihre Haut fühlte sich an, als würde sie in Flammen stehen.

Henry neigte ungerührt den Kopf zur Seite. Er dachte nach. Dann: »Willst du etwa, dass mit deiner Tante das Gleiche passiert wie mit deinen Eltern?«

Ava sah ihn keuchend an. Schweiß trat ihr auf die Stirn. »Was?«

»Je stärker du dich dagegen wehrst, umso schlimmer wird der Ausbruch sein, der bevorsteht. Übergib Cassandra die Kontrolle. Sie kann mit der Macht besser umgehen.«

Ava schüttelte den Kopf.

Henry seufzte und stand wieder auf.

»Hast du dich nie gefragt, wie deine Eltern umgekommen sind? Woher das Feuer kam?«

Sie sah zu Diana, die nichts weiter tun konnte, als zurückzustarren.

Henry folgte ihrem Blick. »Oh, du glaubst, sie war es?« Er lachte. »Natürlich verdächtigte die Polizei sie. Es war die naheliegendste Erklärung für nicht magische Personen. Aber nein, Herzchen. Es war nicht Diana.«

Henry musterte sie abwartend. In ihr tobte eine Feuersbrunst und ihr Sichtfeld trübte sich zunehmend ein. Trotzdem verstand sie, worauf er hinauswollte. »Ich war damals noch ein kleines Kind«, brachte sie mühsam hervor.

Henry nickte. »Ja, ein Kind, das seine magischen Fähigkeiten nicht unter Kontrolle hatte.«

Ava schüttelte den Kopf.

»Du glaubst mir nicht? Dann lass es uns anschauen.«

Henry ging zu Diana hinüber. Ihre Augen waren weit aufgerissen, ihr Kopf zuckte minimal, als würde sie versuchen, sich aus der Starre zu lösen. Henry legte seine Finger an ihre Schläfe. Er murmelte leise und vollführte eine kleine Geste, als würde er etwas aus ihrem Kopf ziehen. Seiner Hand folgte eine kleine schimmernde Perle. Sie schwebte einen Moment in der Luft, ehe er sie hochwarf. Die Perle dehnte sich auf die zehnfache Größe aus. Sie zitterte und schillerte wie eine Seifenblase. In ihr konnte Ava Bilder sehen, die sich bewegten. Sie sah das Wohnzimmer, das sie so oft in ihren Träumen besuchte. Doch anders als in ihrem Traum sah Ava auch sich selbst. Sie schwebte in der Mitte des Raumes, ihre

Arme waren zu beiden Seiten ausgebreitet, ihre roten Haare tanzten wie Flammen in der Luft. Ihr kleiner Kopf war zurückgelegt und sie schrie aus Leibeskräften. Ein Ring aus Feuer breitete sich unter ihr aus und verschlang alles, was sich ihm in den Weg stellte. Ava sah zwei Gestalten, die ebenfalls vom Feuer verschlungen wurden, während sie zu Boden fielen. Ihre Eltern.

»Nein«, keuchte Ava. »Nein!« Sie starrte wie hypnotisiert die Erinnerung an. Das Feuer, das jetzt alles verschlang, außer dem kleinen Mädchen, das in der Mitte schwebte.

»Oh doch, Ava. Deine Eltern sind gestorben, weil du dich nicht unter Kontrolle hattest.«

»Ich …« Die Stimme versagte ihr.

»Es wird wieder passieren. Und dann wirst du auch deine Tante verlieren.« Henrys Stimme war sanft. »Du musst doch spüren, wie es dir entgleitet, oder?«

Sie spürte es. Es fühlte sich an, als würde sie bei lebendigem Leib verbrannt werden.

»Gib. Einfach. Nach. Dir wird es besser gehen, versprochen.«

Ava sah Henry an. Er nickte ihr aufmunternd zu. Über seine Schulter hinweg fiel ihr Blick auf Diana. Eine Träne rann ihr über die Wange. Ihr Blick war auf Ava gerichtet. Ava schloss die Augen. Sie hatte ihre Tante verdächtigt. Sie hatte geglaubt, was über sie gesagt wurde. Dabei war ich es. Ich habe sie umgebracht. Sie sind nur meinetwegen gestorben.

Der Schmerz wurde übermächtig. Er stach in ihre Eingeweide, in ihr Herz. In ihren Kopf. Ava krümmte sich zusammen. Etwas bahnte sich seinen Weg, sie konnte es spüren. Sie riss die Augen wieder auf. Ein animalischer Laut kam von irgendwoher. Nein, von ihr. Henrys zuvor siegessicherer Gesichtsausdruck fiel in sich zusammen. Er stand auf und wich einige Schritte zurück. Er sagte etwas, aber es drang nicht mehr zu Ava durch. Ihr ganzer Körper bebte. Eine Bewegung am Rande ihres Gesichtsfeldes. Yana rappelte sich auf, auch sie sagte etwas. Schrie. Aber die Worte kamen einfach nicht bei ihr an. Es rauschte und fauchte in ihrem Kopf. Sie sah noch, wie Henry zu Diana stürzte. Sah Dianas Blick. Es tut mir leid. Dann konnte sie den Schrei nicht länger zurückhalten. Er war dunkel und glockenhell zugleich. Er kam aus ihrer Kehle und gleichzeitig doch nicht. Die Decke bekam Risse, der Boden brach auf und dann entfesselte sich ein Feuer aus ihrem Körper, das explosionsartig den gesamten Raum flutete. Das Letzte, was Ava sah, war Diana, die hinter den Flammen verschwand. Dann wurde es schwarz.

KAPITEL 22

Lichter tanzten hinter Avas Augenlidern. Sie sprangen auf und ab, kamen näher und verblassten ins Schwarz. Ihr Kopf pochte. Ein stechender, pulsierender Schmerz direkt hinter der Schläfe. Ava stöhnte. Sie wollte sich bewegen, aber ihr ganzer Körper war ein einziger Muskelkater. Warum? Was ist passiert? Sie konnte sich nicht erinnern. Sie drehte den Kopf und das Schwarz hinter ihren Lidern wurde etwas heller. Licht. Von irgendwo fiel Licht auf sie. Ein Geräusch neben ihr ließ sie aufhorchen. Sie lauschte. Jemand war mit ihr hier, wo auch immer das war. Sie hörte Kleidung, die raschelte. Langsam öffnete Ava ein Auge. Es fühlte sich an, als hätte sie einen ganzen Sandstrand darin.

»Au«, nuschelte sie. Träge und nur mit viel Überzeugungskraft klappte das Lid hoch und ließ Ava ihre Umgebung in Augenschein nehmen. Ein Schrank, ein Schreibtisch, ein Fenster, durch das das sanfte Licht der Morgendämmerung drang. Sie war in ihrem Zimmer bei Mrs Meyers.

»Was …« Ihre Stimme war kratzig und ihr Hals schmerzte.

Das zweite Auge ging auf, sie drehte vorsichtig den Kopf. Da kam der Stuhl ins Blickfeld und auf ihm die zweite Person im Raum. Yana. Sie saß vornübergebeugt, hatte die Arme auf den Knien abgestützt und den Kopf in die Hände gelegt. Und mit ihrem Anblick fiel Ava alles wieder ein. Der Versuch, Diana zu befreien. Die Falle. Die Offenbarung, dass nicht Diana schuld am Tod ihrer Eltern war. Cassandras Präsenz, die immer stärker geworden war. Ihr Ausbruch.

Der Schmerz traf Ava unvorbereitet. Er stach ihr ins Herz und sie zog scharf die Luft ein. Sie wollte sich wegdrehen, zusammenrollen und bemerkte erst jetzt, dass sie das nicht konnte. Denn ihre Hände waren mit Seilen am Bett fixiert. Irritiert rüttelte Ava daran. Sie sah zu Yana und stellte fest, dass die den Kopf gehoben hatte und sie nun beobachtete.

»Du bist wach«, sagte sie nur. Ihre Stimme klang erschöpft. Sie hatte eine hässliche Schramme im Gesicht und auch ihre Hände waren zerkratzt. In ihrem schwarzen Haar glitzerten Staubpartikel.

»Was soll das?«, fragte Ava mit brüchiger Stimme. Sprechen tat weh. Sie räusperte sich.

»Eine Vorsichtsmaßnahme«, antwortete Yana. Sie griff nach einem Glas Wasser auf dem Nachttisch und führte es Ava behutsam an die Lippen.

Ava trank gierig ein paar Schlucke. Dabei versuchte sie Yanas Blick einzufangen, doch die sah weg.

Ava leckte sich über die Lippen und lehnte sich wieder zurück. »Vorsichtsmaßnahme? Wofür? Etwa damit ich nicht wieder auf eigene Faust losziehe?«

Leicht übertrieben, mich gleich zu fesseln.

Yana stellte das Glas behutsam wieder auf dem Nachttisch ab. Statt einer Antwort drehte sie es vorsichtig hin und her, als müsste es in perfekter Position stehen.

»Yana?«, fragte Ava.

Yana weigerte sich noch immer, Ava anzuschauen, und ihr kam plötzlich ein Gedanke. Oh Gott, ich hab doch nicht …?! »Was ist mit Diana?«, fragte sie. Panik machte sich in ihr breit. Natürlich habe ich! Wie hätte Diana das überleben sollen? »Oh Gott«, flüsterte Ava. »Ich habe sie getötet.« Ihre Kehle schnürte sich zu.

»Nein«, sagte Yana schließlich nach einer gefühlten Ewigkeit und nun sah sie Ava an. »Du hast sie nicht getötet.«

»Aber wie …? Ich habe gesehen, wie die Flammen sie erwischt haben.«

Yana schüttelte den Kopf. »Henry hat es geschafft, mit ihr zu verschwinden. Ich weiß nicht wohin, aber offenbar war er noch nicht bereit, sein Druckmittel zu verlieren.«

Ava ließ den Kopf aufs Kissen fallen. Gott sei Dank. Sie lächelte erleichtert, aber Yana erwiderte ihr Lächeln nicht. Sie betrachtete Ava ernst.

»Was?«, fragte Ava unsicher. »Wie schlimm ist der Schaden, den ich angerichtet habe?«

Yana seufzte. »Du warst gründlich. Das Haus ist nur noch Schutt und Asche. Ich konnte uns gerade noch von dort wegbringen, bevor die Polizei eintraf.«

Ava blieb der Mund offen stehen. »Aber ich ... ich wollte nicht ...«

»Ich weiß.« Yana knetete ihre Hände.

»Bin ich deswegen gefesselt? Ich verspreche euch, das wird nicht noch mal passieren.«

Yana entfuhr ein trauriges Lachen. Verwirrt sah Ava sie an.

Yana schüttelte den Kopf. »Das ist es nicht, wovor wir Angst haben, Ava.« Ihre dunklen Augen musterten ihr Gesicht, schienen etwas darin zu suchen. Schließlich seufzte sie wieder, lehnte sich zurück und fuhr sich mit der Hand übers Gesicht.

»Was dann?«

Yana betrachtete einen Moment die Decke, bevor sie sich wieder vorbeugte. »Erinnerst du dich daran, was du in dem Keller zu mir gesagt hast?«

Ava zog die Augenbrauen zusammen.

»Du hast mich ›Bonnie‹ genannt.«

»Ich ... ich weiß nicht, wieso«, gestand Ava und runzelte ärgerlich die Stirn.

»Ich aber. So hat mich Cassandra früher immer genannt.«

Ava verstand noch immer nicht. »Vielleicht eine Erinnerung?«, fragte sie zaghaft, aber Yana schüttelte den Kopf.

»Das warst nicht du, die da mit mir gesprochen hat, Ava. Es war *sie.*«

»Nein«, wehrte Ava ab, aber es klang wenig überzeugend. Ihr fiel das Gefühl wieder ein, das sie in dem Moment überkommen hatte. Als hätte jemand sie ferngesteuert.

Yana nickte. »Doch. Sie hat es geschafft, kurzzeitig die Kontrolle zu übernehmen. Zumindest teilweise. Hätte Henry es nicht zu weit getrieben, wer weiß, was dann passiert wäre.«

Zu weit getrieben. Indem er mir gesagt hat, dass ich meine Eltern getötet habe. Die Verzweiflung sprang Ava ohne Vorwarnung an. Sie konnte nicht mehr richtig atmen, ihre Augen füllten sich mit Tränen. Sie riss an ihren Fesseln. »Mach mich los, bitte«, bat sie.

Doch Yana schüttelte traurig den Kopf. »Das kann ich nicht.«

»Bitte«, flehte Ava sie an. Vergeblich zerrte sie an den Seilen.

Yana stand auf und ging zur Tür.

»Yana!«

»Ich kann nicht. Tut mir leid.« Damit wandte sie sich ab und schlüpfte aus der Tür. Ava blieb alleine zurück, nur in Gesellschaft ihrer Trauer und Angst.

Ava lag noch lange danach wach, lauschte auf Geräusche von draußen. Jedes Mal, wenn sich Schritte näherten, hoffte sie, dass jemand die Tür öffnen und sie von den Fesseln erlösen würde. Aber niemand kam. Ihre Handgelenke waren mittlerweile wund gescheuert. Schließlich driftete sie in einen Dämmerzustand ab. Sie träumte von Cassandra. Sie sah den Scheiterhaufen vor sich, hörte ihr wildes Lachen, die Schreie der Menge und roch den Rauch. Sie sah, wie Cassandra die Mörder ihrer Mutter zur Strecke brachte, und hörte ihre Streitgespräche mit dem Phönix, der versuchte, sich ihr zu widersetzen. Erfolglos. Es war, als würde Ava wahllos durch Cassandras Leben springen. Schließlich landete sie in einem hohen, kreisrunden Raum. Die Wände waren aus schwarzem Stein, Fackeln flackerten in regelmäßigen Abständen. In der Mitte des Bodens war das Pentagramm mit der Feder darin gezogen. Wie eine dunkle Version des Kuppelraums. Vermummte Gestalten bildeten einen Kreis um das Pentagramm herum und in der Mitte kniete Cassandra am Boden. Sie keuchte schwer. Eine der Gestalten strich die Kapuze zurück, eilte auf sie zu und fiel vor ihr auf die Knie. Es war der junge Henry.

»Herrin! Was ist mit Euch?«

»Das kann nicht sein. Das darf nicht sein! Nicht so kurz vor dem Ziel!«

»Cassandra, bitte! Was habt Ihr?«

Die Frau sah auf. Ihre Augen waren blutrot. Der Mann zuckte zurück.

Plötzlich fing das Bild an zu flackern, als wäre der Empfang gestört. Ein Teil des Gespräches wurde von Rauschen überdeckt. Als Ava sie wieder klar sehen und hören konnte, sagte Cassandra gerade: »Es muss einen neuen geben.«

»Einen neuen? Was meint Ihr?«

»Einen neuen Verbündeten, du Dummkopf! Das war eine Falle! Sie wussten es und haben ihre Chance genutzt.« Zischend zog sie die Luft ein.

»Aber ... aber was bedeutet das?«

Cassandra stützte sich mit beiden Händen am Boden ab, versuchte sich hochzustemmen, schaffte es aber nicht. »Nur wenn ein neuer Verbündeter geboren wird, kann der alte getötet werden. Irgendwo muss er in diesen Minuten zur Welt kommen. Deshalb sind sie uns nicht gefolgt. Sie wussten es. Sie wussten, dass meine Verwundung dieses Mal ausreichen würde.«

Erneut flackerte das Bild. Sie sah zu dem jungen Mann auf. Doch sie sah nicht ihn an, sondern an ihm vorbei. Ihr Blick traf Avas. In ihren Augen tobte Feuer. »Findet ihn,

Henry. Bevor sie es tun! Ihr müsst diesen Verbündeten für den Orden finden. Sonst sind all unsere Pläne zunichte.«

»Aber Herrin …«

»Findet ihn!« Sie deutete auf Ava. Dann ging sie in einem lang gezogenen Schrei in Flammen auf.

Die Flammen verschlangen die Szenerie, bis nur noch Ava und die Dunkelheit übrig waren. Die Hitze der Feuersbrunst traf sie mit voller Wucht und das Feuer umschloss sie. Es tobte um sie herum und stieß immer wieder mit Stichflammen nach ihr, als wollte es sie fangen. Ava versuchte auszuweichen, doch eine Flamme erwischte sie und sie schrie erschrocken auf. Als sie auf ihren Arm sah, war dort ein roter Handabdruck.

»Verschwinde!«, rief Ava gegen das Tosen der Flammen an. Doch sie fauchten nur und stießen erneut nach vorne. Ava hielt sich schützend die Arme vors Gesicht, ihre Handflächen kamen dem Feuer gefährlich nahe.

»Hau ab! Lass mich in Ruhe!« Ava drehte sich im Kreis, versuchte einen Ausweg zu finden, doch es gab keinen. Ich muss aufwachen!

Ein goldenes Glitzern außerhalb des Kreises erregte ihre Aufmerksamkeit. Der Phönix schien sich unsicher im Hintergrund zu halten und zog über ihr seine Kreise. Hilf mir! Ava fixierte den Phönix, versuchte ihn mit purer Willenskraft zu sich zu rufen. Tatsächlich sank er etwas, jetzt konnte Ava seine Schwingen erkennen. Bei jedem Flügelschlag stoben kleine goldene Funken von seinen Federn davon. Bitte. Der Phönix sank erneut tiefer, doch die Flammen schossen plötzlich nach oben und mit einem klagenden Schrei wich er ihnen aus und verschwand.

»Nein!«

Ihr Ruf hallte in der Dunkelheit wider. Wütend richtete Ava ihre Aufmerksamkeit wieder auf die Flammen, die nun an ihrer Kleidung zu lecken begannen.

»Ich sagte: Hau ab!« Um ihren Worten Nachdruck zu verleihen, stieß Ava ihre Arme vor. Zu ihrer Überraschung wurden die Flammen tatsächlich wie von einem Windstoß weggedrückt und teilten sich kurz. Das Feuer zischte wütend. Überrascht sah Ava auf ihre Hände. Dann versuchte sie es erneut. »Hau. Ab!« Sie legte all ihre Gefühle der letzten Tage hinein. Ihr Streit mit Diana, die Trauer um ihre Eltern, ihre Wut auf sich selbst und die Welt. Und erneut schaffte sie es. Bevor sich die Flammen wieder schließen konnten, sprang Ava durch die Lücke auf die andere Seite. Sie wirbelte herum, bereit, sich erneut zu verteidigen. Aber das Feuer folgte ihr nicht. Lauernd zitterte es auf der Stelle. Durch das Prasseln und Fauchen drangen mit einem Mal Stimmen. Sie kamen von überall und nirgendwo. Zuerst leise, aber sie wurden stetig lauter.

»Ava? Darling, wach auf!«

»Mrs Meyers?«, rief Ava.

Der Raum vibrierte plötzlich und sie musste sich anstrengen, um das Gleichgewicht zu halten.

»Sie glüht ja!«

Das Vibrieren hörte auf.

»Lass mich mal.«

Yana.

»Ava, hörst du mich? Du musst aufwachen.«

Ava sah sich um. Wo sind sie?

Ein Kribbeln ließ sie überrascht auf ihre Hand schauen.

»Ava, wenn du mich hörst: Folge der Magie.«

Ava hob ihre Handfläche. Sie funkelte, als wäre sie mit tausend Diamanten besetzt. Ein ruckartiger Zug an der Hand ließ sie nach vorne stolpern. Was …?

Erneut ein Zug, diesmal noch kräftiger. Ava stemmte sich dagegen. Die Flammen zischten wütend und schoben sich ihr in den Weg.

»Sie wehrt sich«, hörte Ava Yana sagen. Ihre Stimme klang angestrengt.

»Ava, Darling. Du musst jetzt wirklich aufwachen!« Mrs Meyers Stimme dröhnte mit einem Mal durch den leeren Raum, als hätte sie ihr direkt ins Ohr geschrien. Im selben Moment verspürte Ava erneut einen Zug. Er war deutlich stärker und riss Ava in dem Moment in die Luft, als das Feuer auf sie zusprang. Eine Flamme schlug genau dort auf, wo sie gerade noch gestanden hatte.

Das Schwarz wurde zu diffusem Grau. Ein Kopfkissen knisterte unter ihrem Gewicht. Ava verzog das Gesicht und schlug blinzelnd die Augen auf. »Was?«, murmelte sie.

»Gott sei Dank!« Mrs Meyers beugte sich über Ava und musterte sie besorgt. Eine Hand legte sie auf Avas Stirn. Schön kühl.

»Sie glüht immer noch. Ich glaube, sie hat Fieber.«

»Nein. Das ist kein Fieber.«

Mrs Meyers runzelte die Stirn und drehte sich zu Yana, die neben dem Bett hockte, um.

Seit ihrem letzten Besuch hatte sie sich umgezogen und den Schmutz abgewaschen. Die Schramme in ihrem Gesicht stach nun deutlich hervor.

Erst jetzt bemerkte Ava, dass Yana ihre Hand umfasst hatte. Ihr Blick ruhte auf Avas Unterarm. Darauf war ein tiefroter Abdruck zu sehen.

»Das ist Cassandra.«

»Oh mein Gott.« Mrs Meyers hob entsetzt die Hand an den Mund.

Yana ließ Ava los, als hätte sie sich verbrannt und stand auf. Avas Arm sackte kraftlos aufs Bett.

»Was bedeutet das?«, fragte Mrs Meyers und betrachtete Ava ängstlich.

»Dass sie an Stärke gewinnt.«

Mühsam versuchte Ava sich aufzusetzen. Nach wenigen Zentimetern gab sie es wieder auf, konzentrierte sich darauf, die anderen ernst anzusehen. »Sie greift mich an«, sagte sie leise. »Sie versucht rauszukommen. Aber ich lasse sie nicht.«

Yana lächelte sanft. »Das sehen wir«, sagte sie. »Aber Cassandra kann sehr ausdauernd sein.«

Mrs Meyers schüttelte den Kopf. »Das darf nicht passieren.«

»Ich weiß. Lässt du uns bitte einen Moment alleine? Ich muss mit Ava sprechen«, bat Yana.

Die ältere Dame nickte. »Gut.« Sie schien noch etwas sagen zu wollen, schüttelte dann jedoch nur den Kopf und verließ das Zimmer.

Yana sah ihr einen Moment hinterher. Dann zog sie den Stuhl zum Bett und setzte sich darauf.

»Was hast du vor?«, fragte Ava.

»Ava. Du musst begreifen, wie mächtig Cassandra ist. Wenn sie etwas will, bekommt sie es normalerweise auch. Ich mache mir Sorgen, dass es diesmal genauso sein wird.«

»Danke für die Warnung, aber ich glaube, ich habe mittlerweile selbst gemerkt, dass Cassandra nicht auf einen gemütlichen Plausch aus ist«, antwortete Ava und hielt Yana als Beweis den Handabdruck auf ihrem Unterarm hin.

Yanas Stimme wurde eindringlicher. »Wenn Cassandra etwas haben will, hört sie nicht auf, ehe sie es bekommt. Weißt du, was das bedeutet?« Yana lehnte sich vor.

Ava zuckte etwas widerwillig mit den Achseln.

»Früher war sie ein eigenständiges Wesen. Jetzt ist sie nur ein Trittbrettfahrer in dir. Das wird sie nicht hinnehmen. Niemals. Solange Cassandra in dir ist, wirst du gegen sie kämpfen müssen. Tag und Nacht. Es wird nie aufhören.«

Ava schluckte. »Dann werde ich das eben müssen«, antwortete sie und reckte entschlossen das Kinn vor.

Yanas Blick wurde weicher. »Das ist vermutlich das Letzte, was ich zu dir sagen sollte, aber es besteht die nicht gerade geringe Wahrscheinlichkeit, dass du es nicht schaffen wirst.«

Das traf Ava wie ein Schlag ins Gesicht. Sie öffnete den Mund, um etwas zu sagen, schloss ihn wieder. Danke für die Aufmunterung?

Yana seufzte. »Ich weiß, das hier ist nicht gerade ein Pep Talk. Ich will nur, dass du verstehst, was auf dich zukommen wird. Sie hat gerade erst angefangen und du kennst deine Fähigkeiten noch nicht.«

»Dann muss ich eben stärker werden! Von euch lernen!«

»Ich weiß nicht, ob die Zeit dafür reichen wird. Ich meine, konntest du dich mittlerweile mit deinem Phönix verbinden?«

Ava schüttelte widerstrebend den Kopf. »Sie hält ihn von mir fern«, murmelte sie. »Und er scheint sowieso nicht sonderlich erpicht darauf zu sein, es zu versuchen.«

»Das wäre wahrscheinlich der einzige Weg. Wenn überhaupt. Es hat in der Geschichte der Feuervögel noch nie so eine Situation gegeben. Alles, was wir tun, basiert auf Vermutungen.«

Ava dachte nach. »Ich habe das gesamte Haus ihres Sohnes zerstört. Ich bin nicht machtlos.«

»Das zählt nicht. Du hattest deine Gefühle nicht unter Kontrolle.«

So wie damals?

»Dann werde ich es eben irgendwie anders schaffen«, erwiderte Ava trotzig.

Yana sah sie mitfühlend an. Aus irgendeinem Grund machte sie das wütend.

»Ich muss es zumindest versuchen! Er hat immer noch Diana. Ich muss sie da rausholen. Also bitte, mach mich los.« Ava rüttelte wieder an ihren Fesseln.

»Ich werde mit dem Zirkel sprechen müssen. Ich habe es schon lange genug hinausgezögert, aber nach diesen Entwicklungen bleibt mir keine Wahl.« Yana stand auf.

»Was werden sie dann tun?«, fragte Ava.

Yana zuckte unschlüssig mit den Schultern. »Das werden wir sehen. Es tut mir leid, Ava. Aber mit Cassandra, die ständig stärker wird, dürfen wir keine Zeit verlieren. Ich wünschte, ich hätte dich früher eingeweiht. Wirklich.«

Ava schluckte. Das klang endgültig. »Es muss noch nicht vorbei sein. Hilf mir stärker zu werden. Gegen Cassandra anzukommen.«

Yana schüttelte traurig den Kopf. »Ich fürchte, das liegt nicht in meiner Macht. Der Zirkel muss entscheiden, wie es weitergeht.«

»Aber du bist doch Teil des Zirkels!«, rief Ava verzweifelt.

»Ja. Und unsere Aufgabe ist es, die Welt vor Bösem zu schützen. Erneut.«

Ava konnte den Schmerz in Yanas Stimme hören und es machte ihr Angst.

Yana wollte den Raum verlassen. Ava suchte krampfhaft nach einem Grund, sie am Gehen zu hindern. Was passiert mit mir, wenn sie mit dem Zirkel spricht?

»Warum?«, stieß sie schließlich hervor.

Yana sah sie fragend an. »Warum was?«

»Warum hast du mir überhaupt geholfen? Als klar war, dass Cassandra überlebt hat.«

Yana presste die Lippen zusammen. Nach einem Moment antwortete sie: »Weil ich mir so sehr gewünscht habe, dass du es schaffst.« Damit verschwand sie aus dem Zimmer und ließ Ava erneut alleine zurück.

»Aber warum? Du kanntest mich doch gar nicht«, stellte sie die Frage in den leeren Raum. Dann ließ sie erschöpft den Kopf aufs Kissen fallen. Was zur Hölle soll ich jetzt tun?

KAPITEL 23

Ava versuchte wohl zum hundertsten Mal, ihren Fesseln zu entkommen. Wütend rüttelte sie daran. »Komm schon!«

Nach stundenlanger Grübelei war sie zu dem Schluss gekommen, dass sie nicht einfach hier liegen und auf eine Entscheidung des Zirkels warten würde. Diana war immer noch in Gefahr.

Nur verweigerten ihr die Fesseln leider die Kooperation. Sie rüttelte erneut daran, als es an der Tür klopfte.

Ava hielt inne. »Ja?«

Was auch immer der Zirkel beschlossen hatte, sie würde sich dem nicht kampflos fügen.

Doch es war Mrs Meyers, die nun zaghaft die Tür aufstieß und mit einem Tablett ins Zimmer kam. Sie lächelte Ava unsicher an. »Ich dachte, du hast vielleicht Hunger.«

Sie stellte das Tablett mit einem Suppenteller auf den Nachttisch und setzte sich zu Ava ans Bett. Für einen kurzen Moment flackerte in Ava die Hoffnung auf, dass sie ihre Fesseln lösen würde, damit sie essen konnte. Das wäre ihre Chance. Aber scheinbar hatte Mrs Meyers denselben Gedanken. Sie griff nach dem Löffel, der neben dem Teller lag und tauchte ihn in die Suppe. Dann hielt sie ihn Ava hin, wobei sie die Hand darunter hielt, damit Ava keine Tropfen abbekam.

Ava ignorierte den Löffel. »Machen Sie mich los, bitte.«

Mrs Meyers hielt Ava den Löffel weiterhin hin, aber ihr Lächeln zitterte. »Iss, Darling. Das wird guttun.«

»Mrs Meyers! Machen Sie mich los!« Ava rüttelte an ihren Fesseln.

Seufzend legte Mrs Meyers den Löffel zurück in den Teller.

»Das darf ich nicht.«

»Warum, weil der so mächtige Zirkel es Ihnen verboten hat?«, fragte Ava spöttisch. »Wenn er wirklich so mächtig wäre, hätte es doch ganz einfach für ihn sein müssen, mir zu helfen. Aber das hat er nicht. Und Diana ist immer noch da draußen. Ich muss ihr helfen.« Eindringlich sah Ava sie an.

Mrs Meyers wandte den Blick ab.

Frustriert wollte Ava die Hände in die Luft werfen, was nur dazu führte, dass die Fesseln tiefer in ihre sowieso schon wunden Handgelenke einschnitten. Zischend zog sie die Luft ein.

Nach einem Moment des Schweigens fragte sie: »Haben sie schon entschieden, was sie wegen mir machen wollen?«

Mrs Meyers zuckte mit den Schultern. »Sie beraten noch. Die Entscheidung ist keine leichte, Ava. Sie wollen dir nichts Böses.«

»Ja, merkt man«, entgegnete Ava trocken.

»Ich bin sicher, sie versuchen eine gute Lösung zu finden.«

»Gut für sie oder gut für mich?«

Mrs Meyers schwieg.

Ava nickte. »Toll. Dann warte ich einfach hier wie ein Lamm, das zur Schlachtbank geführt werden soll.«

»Ava ...«, setzte Mrs Meyers an.

»Was? So fühlt es sich an! Erst eröffnen sie mir, dass ich angeblich ach so wichtig für den Zirkel bin, verwenden Jahre darauf, mich zu schützen. Und jetzt, wo es schwierig wird, bin *ich* plötzlich die Böse und sie müssen beratschlagen, was sie tun sollen? Das ist doch Bullshit.«

Wieder erwiderte Mrs Meyers nichts, aber das war Ava egal. Sie hatte sich in Rage geredet.

»Und wissen Sie, was das Schlimmste ist? Dass Yana erst so getan hat, als wäre ich ihr wichtig und mich jetzt fallen lässt wie eine heiße Kartoffel. Wieso überhaupt? Wieso hat sie sich nicht einfach ferngehalten, wie die anderen auch? Ich verstehe es nicht. Ich war immer schon alleine, ich hätte niemanden gebraucht. Ich habe nichts vermisst!«

Ärgerlich schüttelte Ava den Kopf, weil sich Tränen anzubahnen drohten. Sie wollte es sich nicht eingestehen, aber sie konnte spüren, dass ein großer Teil ihrer Wut seltsamerweise nicht mal daher kam, dass der Zirkel sie wie eine Feindin behandelte.

»Ich dachte, nachdem sie mir so oft geholfen hat, nach allem, was in der kurzen Zeit passiert ist, da wären wir so was wie ... Freundinnen.« Oder vielleicht sogar mehr.

Mrs Meyers hatte Avas Ausbruch stumm gelauscht. »Bist du fertig?«, fragte sie dann sanft.

»Ja. Vielleicht. Weiß nicht«, murmelte Ava.

Mrs Meyers holte Luft. »Also. Zuerst einmal glaube ich nicht, dass der Zirkel dich als die Böse sieht. Immerhin bist du eine von ihnen. Sie werden einfach nur beraten müssen, wie sie weiter vorgehen.«

Ava warf ihr einen skeptischen Blick zu.

»Und was Yana angeht ... Sie ist auf deiner Seite, Ava. Das wird sie immer sein.«

Ava schnaubte. »Sieht aber nicht so aus.«

Mrs Meyers musterte sie, bevor sie fragte: »Hat Yana dir je von sich erzählt?«

»Sie meinen, dass sie eine Zeit bei Cassandra war? Auf der *bösen* Seite? Hat sie erwähnt, ja.«

»Aber hat sie dir auch erzählt, wieso sie bei ihr war? Wieso sie so lange geblieben ist?«

Ava schüttelte den Kopf. »Nicht direkt. Sie sagte nur, Cassandra könne sehr überzeugend sein.«

Mrs Meyers nickte. »Hör zu, Ava. Ich weiß nicht, ob ich es dir sagen sollte, aber ich glaube, du hast ein Recht, es zu wissen.«

Ava hob abwartend die Augenbrauen.

»Cassandra und Yana hat mehr verbunden als ... Freundschaft.«

Ava nickte. Es schmerzte, Henrys Worte von Mrs Meyers bestätigt zu hören. »Ich weiß. Henry hat Andeutungen gemacht. Sie waren offenbar ein Paar.« Ein Stachel der Eifersucht pikste in ihr Herz. Ava versuchte ihn zu ignorieren.

»Ja, sie waren ein Paar. Aber es hat sie mehr als Liebe verbunden, Ava. Yanas Benu und Cassandras Phönix sind seit Jahrtausenden Seelenverwandte. Die Menschen, denen diese Feuervögel innewohnen, sind durch ein starkes Band miteinander verbunden. So stark, dass es bei vielen zu Liebe führt.« Mrs Meyers sah Ava aufmerksam an.

»Aber ... Cassandras Phönix ist jetzt in mir.«

»Ja. Nachdem Yana erkannt hatte, wer Cassandra wirklich war, hat sie Jahrzehnte damit verbracht, sich von ihr fernzuhalten. Und als Cassandra besiegt war, war es ihr verboten, sich dir zu nähern. Das war unglaublich schwer für sie. Yana tut also nicht bloß so, als ob sie deine Freundin wäre, Ava. Sie ist es. Und ich vermute, sie ist mehr als das. Oder wäre es gerne. Denn ihr beiden übt eine Anziehung aufeinander aus, die es nicht oft auf der Welt gibt.«

Ava schwieg. Sie musste das Gesagte erst verdauen. Dann kam ihr ein Gedanke. »Aber das würde ja bedeuten, dass die Gefühle ... also ich meine, wenn ich welche hätte, dass sie vom Phönix ausgehen würden. Und nicht von mir selbst.« Diese Vorstellung machte Ava auf merkwürdige Weise traurig.

Mrs Meyers neigte nachdenklich den Kopf. »Ich denke, so einfach ist das nicht. Natürlich ist durch die Verbindung eurer Feuervögel eine gewisse Grundlage geschaffen, aber ich glaube, wenn die Menschen nicht auch selbst etwas füreinander empfinden würden, würden sie auch nicht zueinanderfinden.«

»Nicht?«

»Nein. Jinjin erzählte mir einmal, dass Yanas Vorgänger nichts mit Cassandra und ihrer eigenwilligen Art anfangen konnte. Es muss auch etwas in den Menschen geben, damit die Verbindung zustande kommt. Und ich denke, wenn das vorhanden ist, dann ist es eine Verbindung, die ihresgleichen sucht.«

Ava erwiderte nichts. Sie lehnte den Kopf zurück und starrte nachdenklich an die Decke. Was sagt das über Yana aus, wenn sie die Verbindung zu Cassandra hatte wollen müssen?

»Wieso hat sie mir das nicht gesagt?«, fragte sie schließlich.

»Vielleicht wusste sie nicht, wie, vielleicht war es ihr unangenehm. Immerhin wurde sie schwer von Cassandra getäuscht. Aber wenn ich an euer Training denke, war sie sicher kurz davor.« Mrs Meyers lächelte Ava an.

Ava spürte wieder, wie ihr die Hitze in die Wangen stieg.

Mrs Meyers griff nach dem Teller und hielt Ava einen Löffel Suppe hin. Bevor sie sich erneut weigern konnte, nahm ihr ihr knurrender Magen die Entscheidung ab. Also ließ sie sich von Mrs Meyers füttern.

Als die Suppe leer war, lehnte sich Ava wieder zurück. Draußen wurde es allmählich schon wieder dunkel. Nachdenklich drehte sie die Hände in den Fesseln. »Und wie lange soll das jetzt so bleiben?«, fragte sie.

»Ich weiß es nicht, Darling. Ich hoffe, nicht lange. Sie werden sicher bald wissen, wie wir mit dieser Situation umgehen.«

Ava nickte, doch so sicher war sie sich da nicht.

Mrs Meyers nahm den Teller und stand auf. »Versuch noch etwas zu schlafen. Du hast es nötig.«

Ist ja nicht so, als könnte ich viel anderes machen. Wieder nickte Ava nur. »Danke. Auch dafür, dass Sie ehrlich waren.«

Mrs Meyers lächelte. »Morgen sieht alles sicher schon wieder ganz anders aus. Gute Nacht, Ava.«

Sie schaltete das Licht aus und ging. Der Raum versank in diffusem Dämmerlicht. Eine Straßenlaterne sendete einen warmen Schein durch das Fenster.

»Ich hoffe es«, flüsterte Ava.

Ihr voller Magen sorgte dafür, dass ihre Augen schwerer wurden. Sie versuchte, eine einigermaßen bequeme Position zu finden. Mehr als auf dem Rücken zu liegen war allerdings nicht möglich. Ava schloss die Augen. So lag sie einige Momente da, dämmerte langsam weg als:

»Ava.«

Sie riss die Augen wieder auf, sah sich im Raum um, doch außer ihr war niemand da.

»Ava.«

Die Stimme zog ihren Namen in einem Singsang in die Länge. Sie war leise, kaum wahrnehmbar. Aber sie war da. *In* ihr. Avas Herz raste. *»Verschwinde!«* Sie schüttelte den Kopf, als könnte sie so alles nicht Erwünschte darin loswerden. Ein leises Lachen erklang.

»Hau ab!« Wütend starrte Ava an die Decke. *»Niemand will dich hier haben. Deine Zeit ist vorbei.«*

Das Lachen verstummte. Ava lauschte angestrengt, doch sie konnte nichts mehr hören. Sie begann sich fast wieder zu entspannen, als eine Hitzewelle sie ergriff. Schweiß trat ihr auf die Stirn, sie keuchte auf. Ihr Körper fühlte sich wieder an, als würde er glühen.

»Meine Zeit ist nie vorbei.« Die Gedanken waren schwach, fast unhörbar. Aber die Wut dahinter konnte Ava deutlich spüren.

Sie kniff den Mund zusammen, um kein Geräusch zu machen. Wer wusste schon, was passieren würde, wenn Yana oder Mrs Meyers sie so fänden. Sie war sich immer noch nicht sicher, was der Zirkel als »bestes Vorgehen« ansah. Immerhin hatte Jinjin deutlich gemacht, dass sie sie zur Not bekämpfen würden. Sie war nicht scharf darauf, diese Aussage auf die Probe zu stellen. Also schluckte sie jeden Laut herunter und schnaufte. Die Hitzewelle ließ langsam nach, die Wut verebbte. Ava entspannte ihren verkrampften Körper wieder etwas. Sie atmete tief durch.

»Deine Zeit ist vorbei. Jetzt bin ich dran.« Sie dachte es zuversichtlicher, als sie sich fühlte und hoffte, Cassandra würde es nicht merken. Sie lauschte auf eine Antwort. Aber es blieb still. Gerade als Ava überlegte, ob sie sich das alles vielleicht doch nur eingebildet hatte, entstanden wieder wie von selbst Worte in ihrem Kopf.

»Deine Tante.«

Ava erstarrte. Es dauerte einen Moment, bis die nächsten Worte kamen. Anscheinend fiel es Cassandra schwer, sie zu formen.

»Willst du ihr helfen?«

Widerwillig schnaubte Ava. Sie wollte, aber ans Bett gefesselt würde das schwierig werden. Abgesehen davon, dass sie nicht wusste, wo ihre Tante war.

»Willst du ihr helfen?«, wiederholte sich die Frage in ihrem Kopf.

»Ich müsste ihr nicht helfen, wenn dein Sohn nicht wäre.«

Stille.

Dann ... lachte Cassandra? Ava war sich nicht sicher.

»Mein Sohn.«

Ava konnte den Stolz fühlen, der in diesem Gedanken mitschwang. Offenbar war Cassandra zufrieden mit seiner Arbeit. Ava verzog das Gesicht.

»Ich kann dich zu ihm führen. Und zu deiner Tante.«

Moment. Was? Ava musterte skeptisch die Schatten, die die Straßenlampe an die Decke malte. Das war ganz sicher eine weitere Falle. Und du wärst wirklich, wirklich blöd, wenn du darauf eingehen würdest. Cassandra würde niemals einfach so preisgeben, wo ihr Sohn sich aufhielt, nur um Ava zu helfen.

»Warum solltest du das tun? Henry käme niemals gegen den Zirkel an.«

»Ich sagte dich. Nicht sie. Ich kann dich zu ihm führen. Alleine.«

Ava schluckte. Alleine würde sie es niemals mit Henry aufnehmen können. Andererseits, würde ihr der Zirkel noch helfen, nach dem, was heute passiert war? Hatte er ihr überhaupt schon mal geholfen? Sie sah auf ihre Fesseln.

»Shit.«

»Okay, rein hypothetisch. Was würde passieren, wenn ich mitkäme? Henry wird Diana ja nicht einfach so freigeben.«

Ava konnte eine gewisse Befriedigung spüren, die in Cassandras Antwort mitschwang. *»Alles hat seinen Preis.«*

Ja, das hatte sie befürchtet. *»Und dieser Preis wäre?«*

»Die Frage ist doch nicht, was er ist, sondern ob du bereit bist, ihn für deine Tante zu zahlen, oder?«

Ava schloss die Augen. Cassandra hatte recht. Würde sie ernsthaft dankend ablehnen und lieber weiter hier auf dem Bett liegen bleiben, wenn sie die Möglichkeit hatte, Diana zu retten? Sie war nicht schuld an alledem. Ich bin es. Sie schluckte. Und ich bin es ihr schuldig, sie da rauszuholen.

Sie öffnete die Augen wieder. *»Also gut. Dann bring mich zu deinem Sohn. Wie auch immer du das anstellen willst.«* Sie rüttelte zweifelnd an ihren Fesseln.

Erneut meinte Ava das entfernte Geräusch eines Lachens zu hören.

»Du musst mir vertrauen.« Cassandras Stimme klang einschmeichelnd. Und siegesgewiss.

Ava schnaubte ungläubig.

»Du musst mir ein wenig Kontrolle geben. Sonst kommen wir hier nicht raus.«

Sie ballte ihre Hände zu Fäusten. Das ist eine ganz beschissene Idee. Aber sie wollte hier raus. Sie musste. Also atmete sie tief durch und dachte: *»Wie?«*

»Konzentriere dich auf deine Hände und lass zu, dass ich sie nutze.«

Ava sah auf ihre zu Fäusten geballten Hände und öffnete sie langsam wieder. Sie lenkte ihre Gedanken auf die Handflächen, die einzelnen Finger und versuchte sich vorzustellen, wie sie dort (*und nur dort!*) ihre Barrieren sinken ließ.

»Schade, kluges Kind.« Cassandra Stimme triefte vor Sarkasmus, aber Ava konnte eine leichte Enttäuschung darin hören.

Dann spürte sie, wie die Hitze in ihre Finger schoss, sie bis in die Spitzen ausfüllte. Es fühlte sich an, als würde jemand seine Hände in ihre wie in Handschuhe schieben und sie dann direkt ins Feuer halten. Ava biss die Zähne zusammen und beobachtete ungläubig, wie sich auf ihrer Handfläche ein kleiner Funke bildete. Während er größer wurde, schoss ihr ein Bild in den Kopf. Sie sah den Phönix, der golden leuchtend im Dunkeln schwebte und hörte einen klagenden Schrei. Das Gefühl des Verrates flutete ihren Verstand. Ehe Ava sich weiter darauf konzentrieren konnte, sprang der Funke auf die Fessel über und eine kleine Rauchfahne begann von ihr aufzusteigen. Sie beobachtete, wie der Funke sich immer tiefer in die Fessel fraß. Einzelne Fasern waren schon durchtrennt und standen ab. Testweise drehte Ava ihr Handgelenk hin und her. Noch hielt sie. Nervös sah sie zur Tür. Wenn jetzt Yana oder Mrs Meyers hereinkam, dann hätte sie ein gewaltiges Problem. Sie drehte ihr Handgelenk immer weiter hin und her und zog an der Fessel, bis sie plötzlich mit einem Ratsch zerriss. Ungläubig starrte Ava einen Moment auf ihre freie Hand hinunter, ehe sie sich daranmachte, die andere Fessel zu lösen.

Vorsichtig richtete sie sich auf und sah wieder zur Tür. Dahinter war es still. Als sie vom Bett aufstand, erfasste sie kurzzeitig ein Schwindel und sie musste sich am Nachttisch abstützen. Dann riss sie die schwelende Fessel vom Bett und trat sie auf dem Boden aus. Sie war frei.

»Und jetzt?«

»Geh zur Wand«, kam der Befehl.

Widerwillig gehorchte Ava. Ich tue das für Diana.

»Leg deine Hände auf.«

Ava hob die Hände und presste sie gegen die Tapete. Erneut spürte sie ein Kribbeln in den Handflächen. Anders als erwartet erschien allerdings kein Funke. Das Kribbeln hörte auf und nichts geschah.

»Hat es nicht funktioniert?«

»Warte«, hörte sie Cassandras forsche Stimme.

Und plötzlich spürte Ava etwas. Die Wand unter ihren Fingern begann zu vibrieren. Ein kleiner, leuchtender Punkt erschien darauf. Ava kniff die Augen zusammen und betrachtete ihn verwundert. Noch während sie das tat, wurde der Punkt immer größer und Ava glaubte, ein Stück Sternenhimmel durch die Wand zu sehen. Aber hinter der Wand geht es nicht nach draußen.

Nur Momente später erkannte sie ihren Fehler. Der Punkt wuchs und wuchs, doch anders, als sie gedacht hatte, zeigte er ihr nicht die Umgebung draußen. Als er so groß war wie eine Melone, konnte Ava einen Blick auf dunkle Wiesen im Vollmond erhaschen, die von einem scharfen Wind niedergedrückt wurden. Schnell ziehende Wolkenfetzen verdunkelten die Szenerie immer wieder. Ein Rauschen schwoll an, der Punkt wuchs immer noch weiter. Jetzt sah Ava, dass die Wiesen sich an einer Klippe befanden, die zu einer sturmgepeitschten See hinabfielen. Sie trat von der Wand zurück und beobachtete mit offenem Mund, wie der Punkt so weit wuchs, bis er auf den Boden traf. Sie warf einen Blick zur Tür. Wenn Yana oder Mrs Meyers in der Nähe wären, würden sie das Rauschen sicher hören.

»Los«, kam es von Cassandra.

»Ich soll da durch?« Ava beäugte das Portal misstrauisch.

»Ja, jetzt geh schon!« Die Ungeduld in Cassandras Stimme war deutlich zu hören. Das Gefühl, gerade einen riesigen, idiotischen Fehler zu begehen, verstärkte sich. Aber sie hatte keine Wahl.

Sie sah durch die Öffnung. *»Wo führt es hin?«*

»Geh. Durch.«

Zögernd machte Ava einen Schritt darauf zu. Sie musste. Sie konnte nicht zurück. Diana wartete darauf, dass jemand sie befreite und der Zirkel entschied womöglich gerade darüber, Ava in irgendein dunkles Verlies zu sperren. Das hier war ihre Chance. Vielleicht die einzige, die sie bekommen würde. Noch einen Schritt. Da wurde hinter Ava die Tür geöffnet.

»Was zum …?!«, hörte sie Yanas überraschte Stimme.

Ava sah sich um.

Yana betrachtete überrumpelt das Portal in der Wand, dann sah sie Ava an. »Ava!«

»Geh!«

Bevor Yana noch etwas sagen konnte, wirbelte Ava herum und machte einen großen Schritt durch das Portal.

KAPITEL 24

Der Durchgang fühlte sich an, als wäre Ava unter einen eiskalten Wasserfall getreten. Sie keuchte auf, doch da berührten ihre Füße schon das Gras und der Wind trieb ihr die Seeluft in die Nase. Sie drehte sich gerade noch rechtzeitig um, um zu sehen, wie Yana durch ihr Zimmer auf sie zustürzte. Doch das Portal schloss sich rasend schnell und verschwand mit einem leisen *Blop,* als hätte es nie existiert. Ava sah sich unbehaglich um. Links von ihr lagen die steilen Klippen. Sie konnte das mächtige Krachen der Wellen bis hier oben hören. Rechts von ihr erhoben sich in einiger Entfernung ein paar dunkle Hügel. Sonst war überall nur Gras.

»Wo sind wir?«, fragte sie.

»Zu Hause.« Cassandra klang zufrieden.

»Und das ist wo?«

»Schottland.«

Avas Magen zog sich zusammen. Damit hatte sie nicht gerechnet. Schottland? Das war verdammt weit weg. Eine Gänsehaut kroch ihre Arme herauf und sie kam nicht nur von dem kalten Wind, der ihr unablässig feine Wassertröpfchen ins Gesicht pustete. Auf der Klippe war weit und breit keine Menschenseele, geschweige denn eine menschliche Behausung zu sehen. Ich bin mitten im Nirgendwo. Perfekt für eine Falle. Hier ist es für sie ein Leichtes, mich einfach zu überwältigen.

Ihr kam ein unguter Gedanke. Und wo soll hier bitte Diana sein? Was für ein Idiot sie doch war! Wieso hatte sie darauf vertraut, dass Cassandra die Wahrheit sagte? Sie hatte doch gar keinen Grund dazu! Jetzt war sie vollkommen allein. Sie fühlte sich ausgeliefert.

»Dummes Kind«, schaltete sich Cassandra dazwischen. *»Deine Tante ist in der Höhle.«*

Welche Höhle? Ava sah sich irritiert um. Tatsächlich fiel ihr erst jetzt der schmale Weg auf, der vom Mond sacht erleuchtet wurde und am Rand der Klippe entlangführte.

»Was ist? Willst du dir hier draußen den Tod holen?«

Ava ärgerte sich über den arroganten Ton von Cassandra, dennoch setzte sie sich in Bewegung. Sie folgte dem Weg zur Klippe. Ein Blick hinunter sagte ihr, dass sie sich mindestens dreißig Meter über dem Meer befand. Oder mehr, die Dunkelheit machte es nicht gerade einfach, die Entfernung zu den im Mondlicht glitzernden Schaumkronen der Wellen zu schätzen. Der Wind riss an ihren Haaren. Am Ende des Weges waren Stufen in den Fels gehauen, der sich rechts und links von ihnen erhob. Sie sahen ausgetreten und glitschig aus.

»Da runter?«

»Ja.«

Ava sah sich nach einem Geländer um, doch da war nichts. Vorsichtig setzte sie einen Fuß auf die erste Stufe. Wie erwartet rutschte sie sofort hin und her. Ihr brach der Schweiß aus. Wenn sie hier stürzte, kam sie nicht lebend unten an. Bilder, wie sie ausrutschte und im Fall gegen all die spitzen Kanten schlug, bevor sie krachend auf dem Boden aufkam, jagten durch ihren Kopf. Ihre Kopfhaut kribbelte und zog sich zusammen.

»Jetzt mach schon!«

»Wenn ich nicht aufpasse, kommen wir beide nicht unten an. Also stress mich nicht!«

Ava meinte ein Schnauben zu hören, aber Cassandra blieb stumm.

Vorsichtig tastend setzte sie ihren Weg fort. Stellte sicher, dass sie mit beiden Füßen fest auf jeder Stufe stand, bevor sie die nächste in Angriff nahm. Trotz des kalten Windes liefen ihr Schweißperlen den Rücken hinunter. Es dauerte gefühlt eine Ewigkeit, bis Ava endlich von der letzten Stufe stieg. Sie hatte den ganzen Weg nicht aufgeschaut, sondern sich nur auf ihre Füße konzentriert. Als sie nun den Blick hob, blieb ihr fast der Mund offen stehen. Die Treppe hatte sie auf eine Art natürlichen Damm geführt. Links und rechts brandete das Meer mit all seiner Kraft gegen die dunkle Barriere und schickte hohe Gischtwolken darüber. Im ersten Moment dachte Ava, jemand hätte schwarze Pflastersteine darauf verlegt. Doch dann erkannte sie, dass die sechseckige Form der einzelnen Steine natürlichen Ursprungs war. Sie ragten wie Stelen aus dem Wasser und schlossen sich zu einem soliden Übergang zusammen. Am Ende des Damms öffnete sich in einem Teil der Klippen, die das Meer über Jahrtausende vom Festland getrennt hatte, ein riesiger pechschwarzer Schlund. Das musste die Höhle sein. Ava bewegte sich vorsichtig darauf zu. Während sie den Damm überquerte, musste sie aufpassen, dass die Wellen sie nicht mit sich rissen. Salz legte sich auf jeden freien Zentimeter ihrer Haut und sie leckte es sich von den Lippen. Als sie den Eingang erreichte, blieb sie stehen. Auch das Innere schien aus diesen steinernen Säulen zu bestehen. Das Meer teilte die Höhle in der Mitte und Ava konnte gerade noch erkennen, wie es weiter hinten um eine Biegung verschwand. Links und rechts führten die schwarzen Stelen wie riesige Trittstufen tiefer hinein. Auch die hohe Decke wies diese eigenartigen sechseckigen Muster auf. Das Rauschen der Brandung war so laut, dass eine Unterhaltung unmöglich gewesen wäre.

»Da rein, nehme ich an«, dachte Ava mit flauem Gefühl im Magen.

»Genau.«

»Ich sehe aber bald nichts mehr.«

»Lass mich Licht machen.«

Ava sah auf ihre Hände. Sie wollte Cassandra nicht wieder die Kontrolle überlassen. Nicht einmal über einen kleinen Teil ihres Körpers. Das Gefühl war schrecklich gewesen. Aber die Vorstellung, ins eiskalte, dunkle Wasser zu fallen, weil sie nichts mehr sah, war schlimmer. Sie konzentrierte sich erneut auf ihre Hände, stellte sich vor, wie sie nur dort ihre Barrieren fallen ließ. Sofort fühlte sie, wie ihre linke Handfläche kribbelte. Eine kleine Flamme erschien darauf. Und erneut hörte Ava den klagenden Ruf des Phönix. Sie war sich nicht sicher, was dieses Bild zu bedeuten hatte. Vorsichtshalber sandte sie einen Gedanken in seine Richtung und hoffte, dass er ihn hörte. *»Ich verbünde mich nicht mit ihr.«*

Cassandras Lachen ertönte in Avas Kopf. *»Das werden wir ja noch sehen.«*

»Nein! Niemals!«

Die Flamme schoss kurz in die Höhe.

»Geh einfach oder willst du deine Tante hier sterben lassen?«

Ava meinte einen wütenden Unterton in Cassandras Stimme zu hören. Sie streckte die linke Hand vor sich aus und atmete tief durch. Nach kurzer Überlegung entschied sie sich für die rechte Seite der Höhle und begann über die Steine zu klettern. Ungefähr in der Mitte der Höhle rutschte sie fast aus und konnte sich gerade noch so mit rechts abfangen. Mit zitternden Knien äugte sie über den Rand der Steine zu dem Meeresarm, der sich in die Höhle erstreckte. Das Wasser schäumte und schlug unentwegt gegen die Wände. Was da wohl alles drin lauert? Es schüttelte sie. Das wollte sie lieber nicht herausfinden.

»Was ist? Geh weiter!«

Ava schnaubte ärgerlich und mutiger, als sie sich fühlte, bevor sie Cassandras Befehl mit Beinen wie Wackelpudding Folge leistete. Die Brandung wurde leiser und schließlich hörte sie nur noch ein stetes Tropfen und ihre Schritte, die von der hohen Decke widerhallten. Gerade als sie sich fragte, wie weit sie noch gehen musste, sah sie vor sich einen flackernden Schein. Die Decke wurde niedriger und erreichte schließlich normale Raumhöhe. Vor Ava war ein Felsspalt, aus dem Licht sickerte. Sie blieb stehen. Er war klaustrophobisch eng.

»Und jetzt? Bitte sag nicht da durch.«

»Da durch.«

»Echt jetzt?« Skeptisch musterte Ava den Spalt. *»Das ist viel zu schmal!«*

»Dahinter findest du deine Tante.«

Ava schüttelte widerwillig den Kopf. Aber hatte sie eine Wahl? Sie war jetzt so weit gekommen. Seitlich quetschte sie sich in die Felsspalte, die Hand mit der Flamme vor sich erhoben. Die Steine drückten vorne und hinten in ihre Haut, rissen an ihrer Kleidung. Ava hatte das Gefühl, nicht richtig atmen zu können. An einer Stelle musste sie sich mit Kraft durchschieben. Aus Reflex versuchte sie sich am Fels hinter ihr abzustützen und sorgte so dafür, dass ihre Lichtquelle erlosch. Kurz geriet sie in Panik. Es brauchte einen Moment, bis sich ihre Augen an das spärliche Licht gewöhnt hatten, das den Raum hinter dem Spalt erhellte. Sie zwang sich, tief ein- und auszuatmen, drückte sich erneut gegen den Felsen und schob sich Millimeter für Millimeter durch die enge Passage. Als sie endlich aus dem Spalt heraustrat, fühlte sich der erste Atemzug an, als wären Zentner an Gewicht von ihrer Brust genommen worden. Gierig sog Ava die Luft in ihre Lungen und wurde sich nur langsam bewusst, dass sie nun in einem kreisrunden Raum stand. An den Wänden hingen Fackeln, auf den Boden war ein großes Pentagramm mit einer Feder darin gezeichnet. Das ist der Raum aus meinem Traum!

Überrascht schaute sie sich um. Fast erwartete sie, das Häufchen Asche auf dem Boden zu sehen, aber natürlich war es nicht da.

»Ah, du hast es tatsächlich hierher geschafft.« Henry stand an der Wand ihr gegenüber. Neben ihm knieten zwei gefesselte Gestalten. Als Avas Blick auf Diana fiel, spürte sie, wie sich ein Knoten in ihrem Magen löste. Bis eben war sie sich nicht sicher gewesen, ob Cassandra gelogen hatte. Aber Diana war hier. Offenbar ebenso paralysiert wie bei ihrer letzten Begegnung, aber am Leben und allem Anschein nach unverletzt. Und neben ihr war ...

»Dylan?!« Überrascht machte Ava einen Schritt nach vorne. Tatsächlich. Dylan kniete neben Diana auf dem Boden. Seine Augen waren schreckgeweitet. Auch er schien sich nicht bewegen zu können.

»Was soll das?« wandte sie sich wütend an Henry.

Der zuckte mit den Schultern. »Sagen wir, es verstärkt meine Argumente.«

»Lass ihn sofort gehen! Beide!«

Henry lächelte leicht. »Das, meine Liebe, wäre äußert dumm. Nein, vorerst bleiben sie schön, wo sie sind. Du entscheidest, wie es mit ihnen weitergeht.«

»Ich werde Cassandra nicht die Kontrolle überlassen.«

Henry verzog enttäuscht das Gesicht und fuhr sich nachdenklich über das Kinn. »Auch nicht im Austausch für deine Eltern?«

Ava blinzelte. »Was?«

»Cassandra könnte sie zurückbringen, weißt du. Deinen Fehler rückgängig machen. Deine Schuld tilgen.«

Diana stieß einen Laut aus, ihre Augen waren weit aufgerissen.

Ava starrte Henry an. »Das ... kann sie nicht.« Es sollte überzeugt klingen, aber sie konnte nicht verhindern, dass ein kleiner Funken Hoffnung darin zu hören war.

»Bist du sicher? Schließlich hat sie den Tod selbst ausgetrickst.«

Ava schüttelte unsicher den Kopf. »Das ist unmöglich. Sie sind schon so lange tot.«

Henry warf die Hände in die Luft und lachte. »Herzchen, das ist Magie. Da spielt Zeit keine Rolle. Du als Feuervogel wirst das noch am eigenen Leib erfahren. Schließlich lebt ihr weit über euren natürlichen Todeszeitpunkt hinaus.«

»Stimmt das? Kannst du das?«

Ehe Cassandra antwortete, schnippte Henry mit den Fingern, als wäre ihm gerade eine Idee gekommen. »Wir können es ja einfach testen.« Er deutete auf Diana und Dylan. »Wer von beiden soll unser Versuchskaninchen sein?«

»Was?«, fragte Ava entsetzt. Ihre Nackenhaare stellten sich auf.

»Na, wen wollen wir töten, damit Cassandra ihn zurückholen kann? Wenn du ihr die Kontrolle übergibst, versteht sich.« Er zwinkerte Ava zu und legte beiden jeweils eine Hand auf die Schulter. Dylans Brustkorb hob und senkte sich rasend schnell. Ava meinte, Schweiß auf seiner Stirn glitzern zu sehen.

»Lass sie in Ruhe!« Sie stürzte einige Schritte vor und stand nun am Rand des Pentagramms.

Henry beobachtete sie. Er schien auf etwas zu warten. So verharrten sie einige Momente, bis er schließlich die Schultern zuckte. »Schön, dann wähle ich eben aus.« Er trat einen Schritt zurück, strich sich erneut über das Kinn und sah zwischen Diana und Dylan hin und her.

Dylan gab einen erstickten Laut von sich.

»Oh, ich glaube, wir haben einen Freiwilligen!« Begeistert klatschte Henry in die Hände, rieb sie aneinander und legte schließlich eine auf Dylans Kopf.

Der wimmerte und sah Ava unverwandt an.

»Nein! Bitte, lass ihn in Ruhe!« Die Verzweiflung schnürte Ava die Kehle zu. Sie sah sich nach etwas um, mit dem sie gegen Henry kämpfen konnte und wünschte sich zum ersten Mal, dass sie wüsste, wie sie ihre Fähigkeiten einsetzen konnte. Aber außer den Fackeln an den Wänden war der

Raum komplett leer. Hier war nichts, mit dem sie Henry aufhalten konnte.

»Bitte!«, rief sie deshalb erneut und hob flehend die Hände.

Henry lächelte leicht. Dann hob er ohne Vorwarnung die andere Hand und stieß sie Dylan mit Wucht in den Rücken. Der riss erschrocken die Augen auf und kippte zur Seite.

»Nein!« Ava schrie auf und rannte auf Dylan zu. Doch kurz bevor sie ihn erreichte, schoss vor ihr eine Wand aus Feuer empor. Ava kam schlitternd zum Stehen. Der Ring des Pentagramms, in das sie nun hineingetreten war, hatte sich entzündet und trennte sie von Henry und den anderen. Über den Flammen spannte sich eine schimmernde Kuppel. Sie war eingeschlossen. Tränen rannen ihr über das Gesicht. Sie versuchte einen Blick auf Dylan zu erhaschen. Er lag reglos am Boden.

»Nein«, wimmerte sie. Ihr Blick wanderte zu Diana. Ihr Gesicht war immer noch ausdruckslos aber auch ihr liefen Tränen über die Wangen.

»Nein«, flüsterte Ava erneut. Sie fiel vor Dylan auf die Knie. Das lodernde Feuer gab den Blick immer wieder frei. Erst jetzt fiel Ava auf, dass rings um das Pentagramm Runen in den Stein geritzt waren, die nun glühten.

Henry lachte. »Es ist noch nicht zu spät. Übergib ihr die Kontrolle und sie holt ihn zurück.«

Ava sah zu ihm auf. Lächelnd sah er auf sie hinab. Hass flutete ihren Körper. Wie Feuer brannte er sich durch ihre Adern und trübte ihren Blick.

Henry legte seine Hand auf Dianas Schulter. »Brauchst du noch mehr Motivation?«

Das war zu viel. Ava spürte, wie sich ihre Fäuste wie von selbst ballten. Sie sprang auf und ohne nachzudenken schlug sie gegen die Kuppel aus Feuer und Licht. Ein greller Blitz explodierte vor ihren Augen und sie wurde zurückgeschleudert. Sie knallte hart mit dem Kopf auf den Boden und der

Raum versank für eine Sekunde im Dunkeln. Als das Licht zurückkam, war Henry verschwunden. Ebenso Diana. Ava rappelte sich auf und rannte zu der Stelle, an der er eben noch hinter der Barriere gestanden hatte. Auch Dylans Körper war weg.

»Nein! *Nein!*«, schrie sie erneut.

»Meine Güte, kannst du auch noch was anderes sagen?«, erklang eine gelangweilte Stimme hinter ihr.

Ava erstarrte, bevor sie sich langsam umdrehte. Da stand sie. Mitten im Pentagramm. Sie trug ein altertümliches, aber edles Kleid. Ihre roten Locken loderten und warfen den Schein der Flammen zurück. Aus ihren grünen Augen sprach Arroganz und ihre Lippen waren zu einem überheblichen Lächeln verzogen. Cassandra.

»Was ... wie?«, stammelte Ava und sah sich um. »Wie kannst du hier sein?«

Cassandra beobachtete Ava wie eine Katze ihre Beute.

Genau wie ihr Sohn.

»Ich war schon die ganze Zeit hier«, antwortete sie und lächelte. Es war grausam.

»Aber ... du warst nicht *hier* hier. Du warst ...« Ava deutete auf ihre Stirn.

Cassandra warf den Kopf zurück und lachte. Es war dieselbe Pose wie in Avas Halluzination des Scheiterhaufens. Die Erinnerung beschwor den Geruch von verbranntem Fleisch wieder herauf. Ihr wurde schlecht.

»Du dummes, dummes Mädchen«, tadelte Cassandra sie arrogant und bewegte sich grazil auf Ava zu. Die wich reflexartig zurück. Cassandra blieb stehen und lächelte breit. »Du denkst wirklich, das hier wäre echt?«

»Ist es nicht?« Ava war verwirrt.

»Nun, doch. Es ist echt. Aber nicht auf der physischen Ebene.«

Langsam begriff Ava. Henry war nicht mit Diana und Dylan verschwunden. Sie stand nicht mit Cassandra alleine in der Höhle. Sie befand sich gerade mit ihr auf einer Art Zwischenebene. »Aber ... wie?«, fragte sie.

Cassandra rollte mit den Augen. »Die Runen. Sie verstärken die mentalen Kräfte und öffnen einen Übergang zu einer anderen Ebene.« Ihr Mund zuckte amüsiert. »Gut für die, die es wissen. Unschön für die, die in die Falle tappen. Aber genug geredet. Ich denke, es ist Zeit, dass du mir endlich gibst, was mir gehört.« Cassandra machte erneut einen Schritt auf sie zu.

»Und was genau soll das sein?«, versuchte Ava Zeit zu schinden und wich weiter zurück.

»Mein. Leben. Du hast es mir gestohlen. Ich will es wiederhaben.« Cassandras Miene wurde ernst. Sie starrte Ava an.

»Das ist gelogen.«

Cassandra schrie wütend auf und schleuderte ohne Vorwarnung einen Feuerstrahl auf Ava. Überrascht machte Ava einen Sprung zur Seite und entging der Attacke nur knapp.

»Wegen dir habe ich alles verloren. Ich hätte es fast geschafft. Du bist es mir schuldig!«

»Das bin ich nicht!« Ein neuer Strahl flog auf Ava zu, sie warf sich zu Boden. Sie spürte, wie er knapp über ihren Kopf hinweg zischte und hinter ihr in die Flammenwand knallte.

Cassandra knurrte wütend. Doch plötzlich, als hätte jemand einen Schalter umgelegt, glättete sich ihr Gesicht. Sie lockerte die Schultern und sah Ava scheinbar entspannt an. Nur ihre geblähten Nasenflügel verrieten noch ihre Wut. »Nun, du möchtest also, dass dein jämmerlicher Freund tot bleibt? Ebenso wie deine Eltern? Fein.« Sie zuckte mit den Schultern und drehte Ava desinteressiert den Rücken zu.

Misstrauisch beobachtete Ava sie. »Du kannst sie nicht zurückholen«, sagte sie und spürte einen stechenden Schmerz in ihrem Herzen. Nun ist auch Dylan tot. Wegen mir. Sie schluckte gegen das Brennen in ihren Augen an.

»Sicher?«, kam die Antwort. Ein goldener Schimmer über Cassandra erregte Avas Aufmerksamkeit. Dort über der Kuppel zog der Phönix seine Kreise. Sie folgte seinem Flug mit den Augen, flehte ihn stumm an ihr zu helfen. Doch er tat nichts. Gerade als sie enttäuscht den Blick senken wollte, löste sich ein goldener Funke von ihm und trudelte wenige Schritte vor Ava zu Boden. Es war eine goldene Feder. Ihr Blick schoss zu Cassandra, die ihr immer noch den Rücken zugedreht hatte. Schnell kam sie auf die Füße und griff nach der Feder. Sie wusste nicht, wie sie ihr helfen sollte, aber etwas sagte ihr, dass sie es tun würde. Cassandra drehte sich erneut zu Ava um, die barg die Feder in ihrer Hand und sah Cassandra an.

»Du glaubst also, dass du es deinen Eltern nicht schuldig bist? Stellst dein eigenes Leben über ihres?«

»Das stimmt nicht! Ich würde alles dafür geben, es rückgängig zu machen! Aber nicht so.«

»Na offensichtlich nicht. Du hast sie getötet und nun serviere ich dir deine Möglichkeit zur Wiedergutmachung auf einem Silbertablett und du bist so egoistisch, dass du sie nicht annehmen willst. Vielleicht ist es ja sogar besser, wenn sie tot bleiben. Sie wären sicher enttäuscht von dir.«

Ava wusste, dass Cassandra sie nur provozieren wollte. Aber sie konnte sich nicht gegen das Gefühl wehren, dass sie recht hatte. Wer war sie, dass sie über Leben und Tod entschied? Wenn sie nachgab, würden drei Menschen wieder zum Leben erweckt, die es nicht verdient gehabt hatten, zu sterben.

»Was würde mit mir passieren?«, fragte Ava leise. »Würde ich ... einfach verschwinden?«

Cassandra lächelte. »Natürlich nicht. Wir würden einfach die Plätze tauschen. Du und ich.«

»Und wenn ich es tue ... was machst du dann? Nachdem du sie zurückgeholt hast?«

»Oh, ich denke, das wirst du dann schon sehen.«

Ihr Lächeln gefiel Ava nicht. So oder so war es nichts Gutes.

»Nein, ich … ich kann nicht.«

»Du ignorantes Kind!« Cassandra konnte ihre Wut nicht länger zurückhalten. »*Ich* sollte diejenige sein, die die Entscheidungen trifft!« Erneut begann sie Ava zu attackieren. Mit jedem Satz wirbelte sie Ava einen neuen Feuerball entgegen, dem diese gerade so auswich. »Was weißt du denn schon?! Ich war der stärkste Phönix, den es jemals gegeben hat. Ich habe es verdient zu leben!«

Ava stolperte und fiel hin.

Cassandra ragte über ihr auf und betrachtete sie hasserfüllt. Sie hob die Hände und richtete sie erneut auf Ava. »Nicht so ein armseliges Würmchen wie du!« Ein Feuerstrahl zuckte, Ava riss die Arme hoch und plötzlich durchflutete sie Wärme. Im ersten Moment dachte sie, es wäre Cassandra, aber als sie die Augen öffnete, sah sie eine goldene Barriere zwischen sich und ihrer Gegnerin, die den Strahl abgelenkt hatte. Ungläubig betrachteten sie das flimmernde Konstrukt beide einen Moment, ehe es erlosch. Die Feder in Avas Hand zerfiel und wurde davon geweht.

»Wie erbärmlich«, sagte Cassandra verächtlich, aber in ihrer Stimme schwang noch etwas anderes mit. Unsicherheit? Sie hob den Blick und folgte dem Phönix, der weiterhin seine Kreise zog.

Ava nutzte die Chance und rappelte sich auf. »Niemand will dich hier«, sagte sie schwer atmend. »Verschwinde!« Sie warf sich Cassandra mit aller Macht gegen die Brust. Überrascht von dem Angriff wurde Cassandra in die Flammenwand geschleudert. Sie verschwand im Feuer, doch anders als Ava erwartet hatte, fing sie nicht an, vor Schmerzen zu schreien. Keuchend blieb Ava vor den Flammen stehen. Die teilten sich und Cassandra trat unbeeindruckt und unversehrt daraus hervor. Sie lachte. Es klang hell und böse zugleich. Ava gefror das Blut in den Adern. Sie stolperte zurück.

Cassandras Haare schwebten nun in alle Richtungen. Sie deutete auf Ava. »Hast du wirklich gedacht, das würde mich verletzen?« Ihre Finger strichen durch die Flammen, als würde sie sie liebkosen.

Avas Blick schnellte zu dem Phönix hoch, doch der zog nur weiter seine Bahnen und stieß einen klagenden Schrei aus.

»Schau ihn nicht an!«, rief Cassandra. »Er wird dir nicht helfen! Er kann nicht, denn er gehorcht mir!«

»Ich dachte, die Verbindung wäre eine Partnerschaft und keine Sklaverei«, schleuderte Ava ihr entgegen. Mutiger als sie sich fühlte.

»Das ist Auslegungssache.« Cassandra lächelte böse und riss eine Hand nach oben. Der Phönix gab einen gequälten Laut von sich und Ava sah, wie sich eine feine goldene Verbindung zwischen ihm und Cassandras Hand spann. In Cassandras Augen loderte plötzlich ein Feuer, das Ava Angst machte.

»Die Feder hätte mehr bewirken können als einen dämlichen Schutzzauber. Aber weißt du, wieso es nicht funktioniert hat?«, fragte Cassandra und kam langsam auf Ava zu. »Weil du ihn nicht als Teil von dir akzeptierst. Du wünschst dir, er wäre nicht da. Dabei hätte er dir das schönste Geschenk gemacht, das man haben kann: Macht. Und genau deshalb gehört er zu mir. Denn ich schöpfe sein Potenzial aus.« Cassandra riss an der dünnen Verbindung und eine mächtige goldene Flamme schoss aus ihrer Hand auf Ava zu. Sie sprang zur Seite und spürte, wie die Flamme ihren Arm versengte. Sie heulte auf.

Auch der Phönix stieß ein Wehklagen aus. Das Geräusch jagte Ava eine Gänsehaut über die Arme. Gerade als Cassandra sie erneut bombardieren wollte, erschütterte plötzlich ein Donnern den Raum. Ava und Cassandra hatten Mühe, sich auf den Füßen zu halten. Ava war, als würde sie unter dem Donnern Stimmen hören, die durcheinander riefen.

Cassandra wandte den Blick zur Decke. »Scheint, als wäre deine Verstärkung eingetroffen«, sagte sie höhnisch. »Zeit, ihnen ein für alle Mal klarzumachen, wer hier die Mächtigste ist.«

Mit einem Sprung war sie bei Ava und stieß ihr die lodernde Hand gegen die Brust. Ava entwich zischend die Luft aus den Lungen und sie fiel schmerzhaft auf den Rücken. Ehe sie sich aufrappeln konnte, war Cassandra über ihr und presste ihre Arme mit ihren Beinen auf den Boden. Ava wand sich und trat um sich, aber sie konnte sich nicht befreien. »Wenn du mich tötest, stirbst auch du!«, presste sie hervor, ohne zu wissen, ob das stimmte.

Cassandra brachte ihr Gesicht nahe an Avas. Ihr Blick loderte. »Wer sagt denn was von töten?« Sie presste Ava überraschend einen harten Kuss auf die Lippen, aus ihrem Blick sprach ein kaum kontrollierter Wahnsinn. Dann richtete sie sich auf und stieß ihre Hand mit aller Macht auf Avas Brust herab. Ava schrie. Es fühlte sich an, als würde sich der Boden unter ihr auflösen, und sie fiel in die Tiefe. Cassandra über ihr wurde immer kleiner, das Licht schwand wie bei einer Tunnelöffnung, die sich immer weiter entfernte.

KAPITEL 25

Ava schlug hart in der Dunkelheit auf. Benommen blinzelnd blieb sie einen Moment liegen. Was ist passiert? Der Gedanke hallte laut um sie herum, wurde von unsichtbaren Wänden zurückgeworfen. Ava rappelte sich verwirrt auf. Was ist das? Erneut schossen ihre gedachten Worte laut durch den Raum. Ava presste sich die Hände an die Ohren und sah nach oben zu dem Lichtpunkt. Etwas stimmte nicht. Ganz und gar nicht. Sie fühlte sich so ... losgelöst.

»Und so nutzt man seine Macht«, ertönte Cassandras Stimme. Der kleine Lichtpunkt am Ende des Tunnels wurde plötzlich rasend schnell größer und mit einem Mal konnte Ava wieder sehen. Und verstand. Sie hatten die Zwischenebene verlassen und Cassandra hatte in der physischen Welt die Kontrolle über Avas Körper übernommen. Die war jetzt nur noch eine Zuschauerin. Sie konnte den Raum und die Flammenwand nur noch eingeschränkt sehen, wie in einem Film aus der Ich-Perspektive. Als ob ihre Augen eine große Leinwand wären. Cassandras Blick sprang hin und her. Ava sah Diana und Henry, der unablässig Zauber schleuderte. Sie sah Dylans Körper. Und sie sah ihre eigenen Hände. Nur dass sie ihr nicht mehr gehorchten. Sie formten Flammen, die wuchsen und wuchsen.

»Henry, zerstör den Kreis!«, hörte Ava ihre eigene Stimme, obwohl sie nicht gesprochen hatte.

Cassandra hat gewonnen. Entsetzt sah Ava, wie Henry sie ansah und eine unbändige Freude auf seinem Gesicht erschien.

»Mutter?«

»Ja, und jetzt zerstör den Kreis!«

Henry tat wie ihm befohlen und zerstörte eine der Runen. Sofort verschwanden die Flammen und die Kuppel. Und jetzt sah Ava auch, wem Henry seine Zauber entgegenschleuderte. Vor dem Spalt standen sie. Jinjin, Tye und Yana. Sie schossen Lichtblitze ab, doch Henry hatte sich Hilfe von seinen Schattendämonen geholt. Wie wirbelnder Rauch erschienen immer mehr von ihnen in der Höhle und griffen die Feuervögel an. Sobald der Bannkreis fiel, entrang sich Avas Kehle (oder war es jetzt Cassandras?) ein Schrei und sie sah, wie ihre Hände eine riesige Feuersbrunst auf den Zirkel warfen. Jinjin reagierte am schnellsten und blockte das Feuer ab, doch sie alle wurden nach hinten geschleudert. Ava sah, wie Yana gegen die Wand knallte. Derweil formten ihre eigenen Hände den nächsten Angriff. *Nein!*

Sie sah sich hektisch um, aber es gab nichts, was sie tun konnte. Sie war gefangen in ihrem eigenen Körper. Cassandra und Henry bewegten sich derweil halbkreisförmig und ließen einen Zauber und eine Flamme nach der anderen los. Jinjin und Tye taten ihr Bestes, aber Ava konnte sehen, dass sie von der Masse der Gegner in die Ecke gedrängt wurden. Ihr fiel ein, was Yana gesagt hatte: »Wir kämpfen nicht. Wir verteidigen.«

Doch jetzt taten sie es. Ihretwegen.

Es kam ihr vor, als wäre es eine Ewigkeit her, dass sie und Yana zusammen im Trainingsraum gewesen waren und versucht hatten, eine Verbindung zu Avas Phönix aufzubauen.

Die Verbindung! Wenn ich sie aufbauen kann ... Ava wagte nicht, den Gedanken weiterzudenken, aus Angst, Cassandra könnte sie hören. Aber die war anscheinend zu sehr mit dem Kampf beschäftigt. Ava sah sich in dem dunklen Nichts hinter ihr um. Hielt Ausschau nach dem Phönix. *»Wo bist du? Bitte, ich brauche deine Hilfe!«*

Erst passierte nichts, doch dann löste sich ein zitternder goldener Punkt aus der Dunkelheit und kam langsam näher. Mit leisem Rauschen landete der Phönix auf dem Boden und hopste ein paar Schritte auf sie zu, ehe er stehen blieb und sie misstrauisch beobachtete. Ava kniete sich hin.

»Hallo.«

Der Phönix legte den Kopf schief. Erst jetzt fiel Ava auf, wie ramponiert er aussah. Sein Gefieder stand wild in alle Richtungen, er ließ seine Flügel hängen und aus seinen Augen sprachen Erschöpfung und Schmerz. Von seiner Brust nahm ein feiner goldener Faden seinen Anfang und verschwand in der Dunkelheit. Ava überkam ein so starkes Mitgefühl, dass es ihr die Kehle zuschnürte.

»Was hat sie dir nur angetan?«

Der Phönix krächzte leise.

»Es tut mir so leid.« Ava streckte die Hand nach ihm aus, doch er hüpfte zurück. Sie ließ die Hand wieder sinken. *»Du vertraust mir nicht.«*

Der Phönix krächzte erneut. Er plusterte sich auf und schüttelte sich. Goldene Funken stoben nach oben. Ava folgte ihnen mit ihrem Blick. War das die Macht, von der Cassandra gesprochen hatte? Konnte sie wirklich Tote auferstehen lassen und dafür sorgen, dass man unsterblich wurde?

Der Phönix schien ihren Gedankengang vernommen zu haben, denn er stieß einen schwachen Schrei aus und hopste mehrere Schritte von Ava weg.

»Nein, nein! So habe ich das nicht gemeint! Ich bin nicht wie sie.«

Skeptisch starrte er sie an. Eine Erschütterung warf sie plötzlich zur Seite und ein scharfer Schmerz schoss ihr den Arm herauf. Sie sog zischend die Luft ein. Gleichzeitig hörte sie einen Schrei aus ihrer eigenen Kehle.

»Das wirst du büßen!«, knurrte Cassandra.

Ava sprang auf und sah aus Cassandras Perspektive, wie diese eine weitere Flamme beschwor. Der Phönix hinter ihr rief gequält. Als Ava sich ihm erneut zuwandte, sah sie, wie die Verbindung glühte und das Gold des Phönix einen kurzen Moment blasser wurde. Sie ließ sich wieder vor ihm auf die Knie fallen. *»Was tut sie nur mit dir! Ich weiß nicht, wie ich dir helfen soll.«*

Ein schwächliches Krähen, der Phönix ließ den Kopf hängen.

Ganz vorsichtig berührte sie den Kopf des Vogels. Er zuckte zurück, doch die kurze Berührung reichte und ehe Ava sich versah, wurde sie mit Bildern und Gefühlen überflutet. Sie sah alles, was Cassandra je getan hatte. Jede noch so kleine böse Tat, zu der sie den Phönix gezwungen hatte. Sie spürte seine Machtlosigkeit, den Schmerz, die Misshandlung. Und sie erlebte den Punkt, an dem er zerbrach. Es war der Tag, an dem Cassandra auf dem Scheiterhaufen stand und jeden tötete, der gekommen war, um die Hexe brennen zu sehen. Dabei verschonte sie niemanden, auch nicht die Kinder. Ava sah, wie sich der Phönix zurückzog, sich zu verstecken versuchte, ohne ein Versteck zu haben, in dem sie ihn nicht finden konnte. Dann der Moment, in dem Cassandra erkannte, dass sie geschlagen war. Die kurze Hoffnung des Phönix, frei zu sein, endlich nicht mehr seinem Wesen zuwiderhandeln zu müssen. Nur um dann zu erkennen, dass sie sich mit all ihrer Wut und ihrem Hass an ihn geklammert und er keine andere Wahl hatte, als gemeinsam mit ihr die Verbindung mit Ava einzugehen.

Das alles konnte nur Sekundenbruchteile gedauert haben, in der die Flut auf sie einstürzte und sie Mühe hatte, nicht in ihr zu ertrinken. Sie bekam kaum noch Luft. Keuchend fiel sie zurück. Tränen rannen ihr über die Wangen. So viel Leid.

»Es tut mir so leid!«

Sie konnte den Phönix durch den Schleier ihrer Tränen kaum erkennen. Ihr Herz zog sich zusammen und sie hatte das Gefühl, es würde gleich zerreißen. So viele Jahrhunderte des Schmerzes. Wenn sie das vorher gewusst hätte, hätte

Ava nie auch nur einen Moment darüber nachgedacht, Cassandra die Kontrolle zu überlassen, um ihre Eltern wiederzusehen. Wie hatte er das bloß ertragen?

Der Phönix ließ den Kopf hängen.

»Ich verstehe, dass du mir nicht traust.« Ava zwang sich die Gedanken klar und deutlich zu denken. *»Aber du musst mir helfen. Ich kann sie nicht alleine aufhalten.«*

Der Phönix sah auf und musterte sie. Ein Zittern durchlief seinen Körper.

»Ich weiß, dass du Angst hast. Sie hat dir so viele schreckliche Dinge angetan.« Ava versuchte so viel Mitgefühl in ihre Gedanken zu legen, wie möglich war. *»Aber sie ist gerade dabei, dort weiterzumachen, wo sie aufgehört hat.«*

Wie aufs Stichwort traf Ava ein heißer Schmerz und sie keuchte auf. Tye hatte es offenbar geschafft, einen von Cassandras Feuerbällen abzufangen und auf sie zurückzuschleudern. Die Welt kippte kurz, als Cassandra nach hinten geschleudert wurde. Als der Zirkel wieder in den Blick kam, hörte Ava Jinjins Stimme: »Cassandra, hör auf. Du kannst nicht gewinnen.«

Cassandra lachte. »Da bin ich anderer Meinung. Lass es uns herausfinden.«

Sie sprang wieder auf. Ohne Unterlass richtete sie die Magie des Phönix gegen die anderen Feuervögel. Er wirkte erschöpft, sein Gold verblasste mehr und mehr. Cassandra brannte vor Hass und nutzte ihn als Antrieb für ihre Attacken.

Jinjin ließ die Hände sinken, während Tye einen Zauber von Henry ablenkte, der gegen die Steinwand krachte und die Höhle zum Erzittern brachte. Sein sonst so entspanntes Gesicht war wutverzerrt. Ava meinte seine Augen im wahrsten Sinne des Wortes aufblitzen zu sehen. Wie auf ein geheimes Zeichen nahmen sich die drei Feuervögel plötzlich an den Händen. Um jeden von ihnen bildetet sich eine Art Aura, die sich zum riesigen Schatten eines Vogels formte.

Während hinter Tye ein gewaltiger Adler auftauchte, der dunkelblau schimmerte und von Blitzen durchzogen wurde, ähnelte Jinjins Aura eher einem Pfau. Er schillerte in Grün, Weiß, Rot, Schwarz und Gelb. Yanas Aura formte sich zu einem rotgoldenen Reiher, dessen Hinterkopf zwei lange Federn zierten. Sie alle schlugen mit den Flügeln und ihre Schreie erfüllten den Raum. Die Auren der Zirkelmitglieder formten sich zu einem Bogen, der sie umschloss. Mit einem Mal schien die Zeit langsamer zu laufen. Die Feuerbälle von Cassandra und die Zauber von Henry flogen in Zeitlupe auf sie zu. Selbst die Schattendämonen schienen in ihren Angriffen eingefroren.

Jinjin erhob die Stimme. »Cassandra, du musst aufhören.«

»Niemals. Ich sollte die Anführerin des Zirkels sein! Ich sollte die meiste Macht besitzen!« Sie schien nur noch sprechen zu können, ihr restlicher Körper war in der Zeitlupe gefangen.

Ehe Jinjin etwas erwidern konnte, donnerte Tye mit lauter Stimme: »Verdammt noch mal, du weißt, dass es so nicht läuft. Der Fenghuang führt den Zirkel seit jeher an. Er ist der Älteste. Wieso kannst du das nicht einfach begreifen?«

»Cassandra ... Cas, bitte. Mach es nicht noch schlimmer, als es schon ist. Überlass Ava ihren Körper. Wie soll das hier denn enden?«

Als Yanas Stimme ertönte, gab der Phönix einen fragenden Laut von sich und hüpfte näher heran. Der Kosename, mit dem Yana Cassandra ansprach, versetzte Ava einen leichten Stich.

»Zerbrich du dir nicht deinen kleinen Kopf darüber, Bonnie.« Cassandras oder vielmehr Avas Stimme, mit der sie sprach, klang hässlich. Yana zuckte zusammen. Ava konnte den Schmerz in ihren Augen sehen und sie hasste Cassandra dafür, dass sie so eine Macht über sie zu haben schien.

»Es ist ganz einfach«, fuhr Cassandra fort. »Ihr überlasst mir eure Macht und ich lasse euch im Gegenzug leben.«

»Du weißt, dass das nicht möglich ist«, wandte Jinjin ein. Es klang, als hätten sie diese Unterhaltung schon mal geführt. »Die Verbindung mit unseren Feuervögeln ist untrennbar bis zu unserem Tod. Wir können dir die Kräfte nicht überlassen. Und würden es auch nicht tun. Kein einzelner Mensch sollte so viel Macht besitzen.«

»Schön. Dann eben anders.« Wut loderte in ihrer Stimme und mit einem Mal spürte Ava einen kräftigen Ruck an sich. Sowohl sie als auch der Phönix wurden nach oben gerissen und zu der goldenen Verbindung des Phönix gesellte sich jetzt ein dünner, weißer Faden, der von Avas Brust aus in die Dunkelheit führte und verschwand. Ava ächzte. Es fühlte sich an, als würde ihre komplette Energie aus ihr gesogen werden.

Cassandra bewegte sich plötzlich wieder in normaler Geschwindigkeit und schleuderte einen weiteren Ball auf die anderen. Er loderte weiß und golden und prallte mit solch einer Macht auf die Barriere, dass die anderen Feuervögel überrascht zurückstolperten.

»Was zum Donner …?«, hörte Ava Tye rufen.

Cassandra lachte.

»So sieht es aus, wenn man auf mehr als nur die eigene Magie Zugriff hat.«

Ein weiterer Ball wurde geschleudert und Ava glaubte zu spüren, wie etwas aus ihr herausfloss. Ihre weiße Verbindung leuchtete auf. Dort, wo der Ball die Barriere traf, rasten elektrische Verästelungen über die Oberfläche.

Mit jedem neuen Ball, den Cassandra warf, zitterte und flackerte sie mehr. Lange würde sie nicht mehr standhalten. Es fühlte sich an, als würde alle Kraft Ava langsam verlassen. Sie versuchte sich zu wehren, versuchte die Verbindung irgendwie zu kappen, aber was sie auch tat, der weiße Faden blieb bestehen. Auch der Phönix flatterte verzweifelt, doch auch er kam nicht frei. Ava sah zu ihm herüber.

»Cassandra, hör auf!« Yanas Stimme hallte durch die Höhle, aber Cassandra war wie von Sinnen. Ein Angriff folgte dem nächsten. Sie hielt nur kurz inne, um noch größere Feuerbälle zu erschaffen und auf den Zirkel loszulassen. Ava sah, wie Tye seine Hand losriss und die Zeitlupe aufgehoben wurde, hörte, wie Jinjin etwas zu ihm sagte, aber er reagierte nicht. Sein Gesicht war vor Zorn verzogen. Er hob beide Hände und mit einem Mal grollte ein gewaltiger Donner durch die Höhle. Cassandra sah nach oben. Dunkle Wolken formten sich an der hohen Decke und als Tye die Hände nach unten riss, folgten ihnen mächtige Blitze. Plötzlich wurde Cassandra zur Seite gestoßen und Ava sah, dass ein Blitz in Henry fuhr, genau an der Stelle, an der Cassandra eben noch gestanden hatte. Henrys Körper zuckte, seine Haare standen elektrisiert zu Berge. Seine Augen waren weit aufgerissen und auf Cassandra gerichtet.

»Nein!«, schrie sie, doch sie konnte nichts tun. Als der Blitz verschwand, ging Henry zu Boden. Feine Rauchschwaden stiegen von ihm auf.

»*Nein!*«, schrie Cassandra erneut und rappelte sich wieder auf. Sie rannte zu ihrem Sohn und beugte sich über ihn.

»Mutter …«, röchelte er leise. Feine Blutbläschen bildeten sich an seinen Mundwinkeln. Seine Augen waren rot vor geplatzten Äderchen. Ein verbrannter Geruch ging von ihm aus. Über sein Gesicht und seinen Hals zogen sich feine, dunkelrote Verästelungen.

»*Du!*« Sie wirbelte zu Tye herum und deutete auf ihn. Funken sprühten aus der Fingerspitze. Der Phönix krächzte wie wild und versuchte flatternd wegzukommen, aber er konnte sich nicht bewegen. Ava und er hingen immer noch gefangen in der Luft. Ava bemerkte ein Flackern am unteren Rand von Cassandras Gesichtsfeld. Es wurde merklich wärmer. Langsam loderten feine Flammen empor. Cassandra hob die Arme, kleine Flammen schlängelten sich über sie, wanden sich um ihre Hände. Avas ganzer Körper stand in goldenen Flammen. Der Phönix wand sich, krähte verzweifelt. Die goldene Verbindung leuchtete und pulsierte ununterbrochen.

Was macht sie?

Als Ava erneut einen Blick hinaus warf, sah sie gerade, wie Tye wieder die Hände hob. Sie bekam Angst. Was würde passieren, wenn die Blitze ihren Körper trafen? Konnte sie das überleben?

Yana stürzte vor. Ava konnte hören, wie sie »Tye, nicht!« rief. Doch er gab in dem Moment die Blitze frei, in dem sich Cassandras Wut entlud und sie ein Flammenmeer nach ihm schleuderte. Genau in der Mitte trafen die Flammen auf die Blitze und verbanden sich zu einem wilden Monster. Entladungen zuckten in alle Richtungen, ein lauter Knall ertönte und Ava sah, wie Yana von einem der Blitze getroffen und zu Boden geschleudert wurde. Sie stand nicht wieder auf.

Nein! Avas Schrei hallte zeitgleich mit dem panischen Aufschrei des Phönix durch ihren Verstand.

Sie sah, wie Tye entsetzt auf Yana herunterblickte.

Cassandra nutzte die Ablenkung und wirbelte zu ihrem Sohn herum. Im ersten Moment dachte Ava, sie wolle nachsehen, ob er noch lebte, denn sie griff nach seinem Handgelenk. Henry versuchte die Hand zu heben.

»Mutter ...«, presste er wieder hervor. Cassandras Hand schloss sich um sein Handgelenk und mit einem Mal konnte Ava spüren, wie sich ihr Körper auflud.

Henrys Augen wurden groß. Panisch versuchte er ihr seinen Arm zu entziehen, aber er war zu schwach. »Warum?«, stieß er atemlos hervor.

Ein feiner Rauchfaden wand sich an der Stelle empor, an der Cassandra ihren Sohn berührte.

»Das war immer schon dein wichtigster Zweck.«

Henry blinzelte sie überrascht an. Dann erstarb sein Blick und sein Körper wurde zu Asche. Kurz hielt sie seine Umrisse, dann fiel der Magier zu einem Haufen zusammen. Fast zeitgleich verschwanden die Schattendämonen aus der Höhle. Wie Rauch, der von einer kräftigen Brise verwirbelt wurde, lösten sie sich einer nach dem anderen einfach auf.

Ava sah entsetzt auf das Geschehen auf dem Boden vor ihr. Cassandra hatte Henrys Magie abgezapft.

Und es war nicht gerade wenig Magie. Ava spürte, wie sie durch ihren Körper raste und ihr Stärke gab.

»Ava«, hallte plötzlich Dianas Stimme durch den Raum. Cassandra drehte sich zu ihr um. Anscheinend hatte Henrys Tod die Starre gelöst, denn Diana rappelte sich mühsam auf.

»Du musst aufhören! Bitte, du warst nicht …«

»Halt die Klappe.« Ein Lichtblitz warf Diana zurück und sie blieb neben Dylans Körper liegen.

Nein!

Cassandra ließ Ava keine Zeit, sie wandte sich wieder dem Zirkel zu, als wäre Diana nicht mehr als eine lästige Fliege gewesen, die es zu verscheuchen galt.

Ava konnte spüren, wie sich ihr Körper mit Henrys Magie immer weiter auflud. Entsetzt erkannte sie, dass Cassandra so tatsächlich eine Chance hatte, die anderen zu besiegen. Das darf nicht passieren!

Ava wand sich in der Luft, sie sah erneut zum Phönix hinüber. Er hatte seine Gegenwehr aufgegeben und schwebte resigniert neben ihr. Der Kopf und die Flügel hingen kraftlos herunter.

Ava streckte ihre Hand nach ihm aus, ihre Fingerspitzen schwebten nur Zentimeter von seinem Kopf entfernt. *»Bitte, du musst mir helfen.«*

Der Phönix drehte den Kopf weg.

»Wenn sie gewinnt, wird es nie enden.«

Ein leiser, resignierter Laut. Ein goldener Funke fiel auf Avas Finger. Als er sie berührte, sah sie den Moment, in dem Yana vom Blitz getroffen wurde, erneut.

Es darf nicht umsonst gewesen sein. Unendliche Traurigkeit erfasste sie. Noch können wir die anderen vielleicht retten. Tye und Jinjin. Diana. Bitte!

Der Phönix sah sie an. Seine Augen spiegelten den Schmerz wider, den Ava selbst fühlte. Und plötzlich spürte sie eine Verbundenheit, die vorher noch nicht da gewesen war. Sie erkannte, dass es sie niemals ohne den Phönix gegeben hatte. Er war kein Parasit, der in ihr Leben eingedrungen war und es zerstört hatte. Er war schon immer bei ihr gewesen. In ihr. Er war ihre Bestimmung und sie seine.

»Ich weiß, ich habe mir gewünscht, du wärst nicht hier. Aber das war ein Fehler. Du bist ein Teil von mir. Gemeinsam sind wir stärker. Und gemeinsam können wir sie vielleicht aufhalten. Bevor noch *jemand zu Schaden kommt.«*

Ava versuchte die letzte verbliebene Entfernung zwischen ihnen zu überwinden. Der Phönix zögerte.

»Bitte.«

Er musterte sie lange prüfend. Und dann streckte er seinen Kopf vor und sein Schnabel berührte ihre Finger. Ava spürte eine Wärme, die sie durchflutete. Sah erneut seine Erinnerungen. Aber diesmal war sie dagegen gewappnet. Sie nahm sie an, machte seinen Schmerz zu ihrem und sandte ihm im Gegenzug ein Gefühl der Verbundenheit. Wie bei einem elektrischen Lichtbogen änderten die Verbindungen, die von ihnen ausgingen, ihre Richtung. Anstatt weiter in der Dunkelheit zu verschwinden, sprang der goldene Faden des Phönix auf Ava über und führte direkt in ihre Brust, genauso wie Avas weißer Faden beim Phönix im Brustkorb endete. Die Kraft, die Ava durchströmte, war uralt und mächtig. Die Macht, die sie in der Schwebe gehalten hatte, ließ sie los und sie fielen zurück auf den unsichtbaren Boden.

»Was?«, hörte Ava Cassandra überrascht fragen.

Als sie ihre Aufmerksamkeit nach außen richtete, sah sie, wie Cassandra versuchte, weitere Feuerbälle zu erzeugen. Außer Lichtblitzen kam allerdings nichts mehr zustande.

Jinjin streckte den Arm nach Tye aus, um seinen nächsten Angriff zu unterbrechen. Beide beobachteten Cassandra aufmerksam, die immer wütender versuchte, die Magie des Phönix anzuzapfen. Yana lag noch immer bewegungslos auf dem Boden. Avas Herz zog sich schmerzhaft zusammen. Diana war aus Cassandras Blickfeld verschwunden, sie wusste nicht, ob sie noch lebte. Ava sah den Phönix an. Aufmerksam blickte er zurück.

»Eine Idee, wie wir es anstellen?«

Der Phönix krächzte, dann schwang er sich in die Lüfte und flog davon. Ava rappelte sich auf und folgte ihm in die Dunkelheit. Als sie sich umsah, sah sie, dass der Blick nach draußen wieder kleiner wurde. Sie verlor die Verbindung zur Außenwelt und konnte nur beten, dass in der Zeit nichts Schlimmes geschah. Bald war das Geschehen nur noch ein kleiner Punkt in ihrem Rücken. Das einzige Licht kam vom Phönix, der ihr golden leuchtend den Weg wies.

Nach einer gefühlten Ewigkeit tauchte vor Ava etwas auf. Es sah aus wie eine alte Holztür.

Der Phönix landete davor und krähte erneut.

Ava blieb stehen. *»Was ist das?«*

Ein Bild erschien plötzlich in ihrem Verstand. Von einer jungen Cassandra in einfacher Bauernkleidung. Unsicher warf Ava einen Blick auf die Tür. *»Du meinst, dahinter steckt Cassandras Bewusstsein?«*

Der Phönix flatterte mit den Flügeln.

»Aber was soll ich tun?«

Der Phönix machte eine Bewegung, als würde er mit dem Kopf zur Tür deuten. Anscheinend wollte er, dass sie hineinging.

Avas Unbehagen wuchs, aber wenn das ihre Chance war, Cassandra zu stoppen, dann musste sie sie ergreifen. Sie atmete tief durch und trat auf die Tür zu. Als sie ihre Hand auf den Knauf legte, drehte sie sich noch einmal zu dem Phönix um. *»Du wartest auf mich, oder?«*

Er hopste ein paar Schritte auf sie zu und sah sie ernst an.
»Danke.«
Dann holte sie tief Luft und trat durch die Tür.

KAPITEL 26

Sie wusste nicht, was sie erwartet hatte. Vielleicht noch mehr Dunkelheit, ein alles verschlingendes Feuer, Chaos. Aber ganz sicher kein friedliches Mittelalter. Ava stand auf einer kleinen umzäunten Wiese, auf der einige Schafe zufrieden grasten. Vogelgezwitscher lag in der Luft. An einem Ende der Wiese stand eine einfache Hütte. Sie bildete offenbar das Ende eines Dorfes, das sich im Schatten einer kleinen Burg duckte. Dunkel und bedrohlich thronte diese auf einem Hügel. Ein junges Mädchen trat gerade aus der Tür der Hütte. An ihrem Arm baumelte ein Korb. Cassandra. So wie der Phönix sie ihr gezeigt hatte. Wie sie vor alledem gewesen sein musste. Ihre einfachen, tristen Kleider standen in starkem Kontrast zu ihrem fein geschnittenen Gesicht und den lodernden roten Haaren.

Unsicher blieb Ava einen Moment stehen, doch dann folgte sie ihr langsam, als sie sich Richtung Wald aufmachte, der sich kurz hinter der Hütte erhob. Während Ava in sicherem Abstand hinter Cassandra herging, schaute sie kurz an sich hinab, um sich zu vergewissern, dass die goldene Verbindung nicht abgerissen war, nachdem sie die Tür passiert hatte. Beruhigend flimmerte das Gold, das in einer feinen Linie aus ihrer Brust entsprang und hinter ihr verschwand. Ava konnte die Kraft spüren, die durch sie pulsierte. Der Phönix war nach wie vor bei ihr.

Im Wald war es schattig und kühl. Die junge Cassandra folgte einem kaum sichtbaren Pfad durch die Bäume. Während ihre Schritte leise auf dem Boden raschelten, schien

Ava selbst offenbar keinen einzigen Laut zu verursachen. Sie hörte Vögel um sich herum zwitschern und sah Bienen, die leise brummend an ihr vorbeizogen. Der Weg öffnete sich zu einer kleinen Lichtung. Eine Gestalt in einem Umhang kniete auf dem Boden und zupfte bedächtig Blätter von einem Busch ab. Ava blieb erst im Schatten der Bäume stehen, doch als Cassandra neben die Gestalt trat und diese aufsah, trat Ava neugierig einige Schritte näher. Sie musste jetzt genau in ihrem Blickfeld stehen, aber die Frau, die dort kniete, schien keine Notiz von ihrer Anwesenheit zu nehmen.

Sie lächelte Cassandra an. »Das hat aber gedauert, ich bin fast fertig. Sind die Schafe versorgt?« Ihre Stimme war melodisch.

Cassandra nickte zögerlich. Ava fiel auf, dass sie den Blick ihrer Mutter mied und den Kopf leicht wegdrehte.

»Rupert wollte erst nicht, aber ich konnte ihn schließlich davon überzeugen, dass es draußen schöner ist als im Stall.« Cassandras Stimme klang hell, zitterte jedoch leicht. Keine Spur des arroganten Tons, der später darin mitschwingen sollte.

Cassandras Mutter zog ihre Augenbrauen zusammen. »Was hast du?«

Cassandra knetete den Henkel des Korbes und sah schweigend weg.

Ihre Mutter drehte sich nun vollständig zu ihr um und legte ihre Hände auf Cassandras. »Bonnie?« Sie griff sanft nach Cassandras Gesicht und drehte es wieder zu sich. Kurz erstarrte sie, dann wurden ihre Züge weich. »Ach Cassandra.«

Als Ava vorsichtig ihre Position änderte, um Cassandras Gesicht besser sehen zu können, wurde ein blauer Fleck sichtbar, der auf ihrer Wange prangte. Auch jetzt reagierte keine von beiden auf sie. Cassandras Unterlippe zitterte. Sie presste ärgerlich den Mund zusammen und ähnelte dadurch ihrem älteren Ich für einen kurzen Moment.

Cassandras Mutter studierte ihr Gesicht, dann seufzte sie resigniert und ließ die Hand sinken. »War der Junge wieder bei uns?«

Cassandra nickte.

»Was hat er diesmal gesagt?«

»Dass sein Vater uns aus dem Dorf jagen würde, wenn ich ihm nicht seinen Anteil gebe.«

Die Mutter seufzte erneut, stand auf und klopfte sich Blätter vom Mantel.

»Hast du es ihm gegeben?«

Cassandra starrte ihre Mutter trotzig an.

»Cassandra?« Der Ton ihrer Mutter war fordernd.

Schließlich sackten Cassandras Schultern ein Stück hinab und sie ließ den Kopf hängen. »Ja.«

»Wie viel wollte er?«

»Zwei Pence.«

Cassandras Mutter verzog kurz das Gesicht, aber dann lächelte sie tapfer, als Cassandra frustriert ausstieß: »Es tut mir leid. Ich wollte es ihm nicht geben, aber er hat nicht aufgehört.«

»Das macht nichts, Bonnie.« Sie strich Cassandra sanft durchs wilde Haar. »Wir können es eben nicht ändern. Er ist der Sohn des Lairds.«

»Aber er braucht das Geld doch gar nicht! Er hat doch genug!«, fuhr Cassandra wütend auf.

»Ich weiß, aber wem wird sein Vater eher glauben, wenn er ihm eine Lüge auftischt? Ihm oder uns?« Cassandras Mutter nahm ihren eigenen Korb, der schon gut gefüllt war und streckte Cassandra die Hand entgegen. »Komm, ich denke, wir haben für heute genug gesammelt.«

Cassandra blieb stehen.

Ihre Mutter seufzte. »Cassandra, so ist es nun mal. Wir sind nur einfache Leute.«

»So sollte es aber nicht sein. Das ist nicht fair.«

Cassandras Mutter musterte sie einen Moment, ehe sie antwortete. »Bonnie, du musst dich damit abfinden. Du kannst nicht ewig wütend auf das Leben sein, dass dir gegeben wurde. Und jetzt komm.«

Sie verließ die Lichtung. Cassandra blieb noch einen Moment stehen, dann folgte sie ihr, aber nicht ohne zu flüstern: »Ich muss gar nichts.« Sie ballte die Hände zu Fäusten.

Ava trat hinter einen Baum, nur falls die beiden sie doch wahrnehmen konnten. Sie wusste nicht, wieso der Phönix sie ausgerechnet hierhin geschickt hatte. War das Cassandras Unterbewusstsein? Nur eine Erinnerung? Oder der Moment, der über ihren Weg entschieden hatte?

Als die beiden fast außer Sicht waren, folgte Ava ihnen. Sie erreichten wieder das Bauernhaus, Ava blieb etwas abseits hinter einem Karren stehen. Die Schritte von Cassandras Mutter wurden langsamer. Eine hochgewachsene Gestalt stand vor der Tür. Ein Mann in edlen Kleidern. Seine Haare und auch sein säuberlich gestutzter Bart waren grau. Sein Gesicht konnte durchaus als sympathisch durchgehen. Lachfalten zogen sich um seine Augen und Mundwinkel, doch gerade war sein Blick grimmig.

»Laird.« Überrascht knickste Cassandras Mutter vor dem Mann.

Als Cassandra keine Anstalten machte, dem Beispiel ihrer Mutter zu folgen, wurde die Miene des Mannes noch finsterer.

»Möchtet Ihr nicht hereinkommen? Ich habe nicht viel, was ich Euch anbieten kann, aber für ein Ale wird es sicher reichen«, lenkte Cassandras Mutter seine Aufmerksamkeit schnell wieder auf sich und öffnete die Tür.

Doch der Mann schüttelte den Kopf. »Ich will nicht lange bleiben. Allerdings hat mein Sohn eine Beschwerde vorgebracht. Schon wieder.« Der Mann richtete seinen Blick auf Cassandra. Die reckte das Kinn vor.

»Was war es diesmal?«, fragte Cassandras Mutter resigniert.

»Offenbar hat deine Tochter meinen Sohn ohne Grund angegriffen. Er wollte sich nur die Schafe ansehen und sie ist wie eine Furie auf ihn losgegangen.«

»Das ist nicht wahr!«, begehrte Cassandra auf. »Er wollte …«

»Ich bin sicher, es war nur ein Missverständnis«, fiel Cassandras Mutter ihr ins Wort.

Der Mann zog eine buschige Augenbraue hoch. »Ein Missverständnis, das mit einem Veilchen im Gesicht meines Sohnes endete.«

Cassandras Mutter warf ihrer Tochter einen enttäuschten Blick zu. Ava konnte sehen, dass sie sich beherrschen musste, als sie sich wieder dem Laird zuwandte. »Ich versichere Euch, es wird nicht wieder vorkommen.«

Der Mann nickte. »Das sollte es auch nicht. Du bist eine ausgezeichnete Heilerin, Caitlin. Ich würde deine Künste ungern missen, aber wenn du deine Tochter nicht bändigst, dann kann ich dich nicht länger hier dulden. Ein Bauernmädchen, das den Sohn des Lairds angreift. Das ist nicht gut für das Dorf. Sie sollte lernen, wo ihr Platz ist, sonst endet es noch böse.« Der letzte Satz war an Cassandra gerichtet.

Ihr Gesicht war rot vor Zorn geworden. Wütend funkelte sie den Laird an.

»Ich verstehe. Ich bitte um Entschuldigung.« Cassandras Mutter neigte demütig den Kopf.

Der Mann schwieg einen Moment, dann nickte er. Er wandte sich zum Gehen. Cassandras Mutter drehte sich zu ihrer Tochter um, ehe sie etwas sagen konnte, rief er noch über die Schulter: »Und Cassandra soll sich bei meinem Sohn entschuldigen.«

Cassandra ballte ihre Fäuste so fest zusammen, dass die Knöchel weiß hervortraten. Sie sah ihre Mutter an und wollte etwas erwidern, doch die scheuchte sie nur ins Haus. »Nicht hier. Geh. Na los.«

Widerwillig stapfte Cassandra hinein. Die Tür schloss sich hinter ihnen.

Ava wollte ihnen gerade folgen, als die Szene plötzlich einfror. Verunsichert blieb sie stehen. Sie konnte den Laird sehen, der mitten im Schritt erstarrt war. Am Himmel hing ein bewegungsloser Vogel. Auch der Wind wehte nicht mehr und das gemütliche Blöken der Schafe war verstummt. Es war mucksmäuschenstill geworden. Eine Hand legte sich um ihren Arm und riss sie zurück. Überrascht stolperte Ava nach hinten und fiel auf den Boden. Über ihr ragte die erwachsene Cassandra auf. Ihr Blick glühte vor Zorn.

»Dachtest du, ich bekomme nicht mit, was du hier treibst?«, fragte sie.

»Ich treibe hier gar nichts«, erwiderte Ava und wollte sich gerade wieder aufrappeln, aber da hatte Cassandra sie schon am Hals gepackt und in die Luft gehoben. Avas Füße berührten gerade noch so mit den Zehenspitzen den Boden, sie kratzte und riss an der Hand, die sich um ihre Kehle schloss. Für einen kurzen Moment bekam sie Angst, dass Cassandra mit ihr dasselbe wie mit Henry anstellen könnte. »Wie kannst du überhaupt hier sein?«, röchelte sie.

»Ich kann vieles, was du nicht kannst, du dumme Göre.« Cassandra sah sie hasserfüllt an und stieß sie dann von sich. »Verschwinde von hier. Sofort.«

In ihren Händen zuckten kleine Lichtblitze auf, doch noch schienen sie nur eine Drohung zu sein. Ihr Blick war auf Avas Brust gerichtet. Auf den goldenen Faden, der sich daraus hervor wand. Sie greift nicht an, weil sie sich nicht mehr sicher ist, wie viel Macht sie noch hat, realisierte Ava. Diese Erkenntnis und die Verbindung zum Phönix gaben ihr Mut. Sie war hier nicht diejenige, die in einem fremden Körper steckte, Magie nutzte, die ihr nicht zustand und die sie auch nicht verdient hatte. Das hier war *ihr* Bewusstsein, *ihr* Körper. Cassandra hatte hier nichts zu suchen.

»Nein, du verschwindest«, erwiderte Ava und trat einen Schritt vor.

Wütend rümpfte Cassandra die Nase. Ihre Finger spielten mit dem Licht in ihrer Hand. »Stell dich mir nicht in den Weg, ich warne dich.«

Doch Cassandra hatte ihre Macht über Ava verloren.

»Und was willst du dagegen tun? Du bist nicht besser als dieses jähzornige Kind, das nicht verstehen will, wo sein Platz ist. Deine Zeit ist vorbei.« Ava versuchte so viel Verachtung in ihre Stimme zu legen wie möglich. Cassandra stieß einen kurzen Wutschrei aus und schleuderte einen Lichtblitz in Avas Richtung. Die hob intuitiv die Arme und sah, wie der Blitz auf einen goldenen Widerstand traf. Er wurde abgelenkt und krachte in den Karren, der sofort Feuer fing. Ohne darauf zu achten, griff Cassandra erneut an. Diesmal ging ein Busch in Flammen auf. Ava wich den Angriffen aus oder blockte sie ab und bald hatten sich überall Brandherde gebildet, die sich rasch ausbreiteten. Durch die Flammen konnte Ava die Tür zu Cassandras Geist sehen.

Sie musste hier raus, ehe Cassandra ihr Bewusstsein in Schutt und Asche legte. Ein erneuter Blitz kam angeflogen, diesmal hob Ava reflexartig eine Hand und fing ihn ab. Der Blitz landete zuckend in ihrer Handfläche, ohne Schaden anzurichten. Cassandras Augen wurden groß und ohne weiter darüber nachzudenken, warf Ava ihn zurück. Cassandra sprang aus dem Weg, doch er erwischte sie noch an der Schulter. Wütend schrie sie auf.

Ava machte einen Schritt in Richtung der Tür. Sie musste Cassandra lange genug ablenken, um es dorthin zu schaffen. Ihr Blick fiel auf das Haus. Der Gedanke, der ihr kam, gefiel ihr nicht. Es ist nur eine Erinnerung. Ihnen kann nicht wirklich etwas passieren. Oder?

Den nächsten Angriff von Cassandra lenkte Ava gerade so in das strohbedeckte Dach des Hauses. Es fing sofort Feuer.

»Nein!«, schrie Cassandra auf. Erst jetzt schien sie zu realisieren, dass ihr Bewusstsein in Flammen stand. Sie hustete und wirbelte zur Haustür herum, versuchte sie zu öffnen, aber die Tür bewegte sich keinen Millimeter. Sie war genauso in der Zeit erstarrt wie alles andere auch.

Das war Avas Chance. Sie rannte los. Nur die Wiese lag zwischen ihr und der Tür. Hinter sich hörte sie das Prasseln des Feuers.

»Du undankbare Göre«, schrie Cassandra. Ihre Stimme klang angestrengt. Ein Lichtblitz nach dem anderen schlug neben Ava ein, jeder schwächer als der vorherige. In ihrem Rücken prickelte es, aber sie rannte weiter, ohne sich umzudrehen. Die Tür schwang auf, Ava konnte den Phönix sehen, der dahinter saß und auf sie wartete.

»Ich wollte uns zu wahrer Größe verhelfen! So mächtig wie wir würde niemand sein!«

Ava stolperte durch die Tür. Der Phönix krächzte aufgeregt und flatterte ein Stück zurück. Erst als sie zurück in der Dunkelheit war, drehte sie sich um. Cassandra war vor der Tür ihres Elternhauses auf die Knie gefallen. Sie starrte unentwegt in Avas Richtung. Alles um sie herum brannte, die Erinnerung bekam Risse. Aus ihnen waberte Dunkelheit hinein. Es sah aus, als würde sie vor der Tür zur Hölle stehen. Das Feuer fauchte jedes Mal wie ein Raubtier, wenn es neue Nahrung fand. Etwas explodierte und ein riesiger Feuerball entrollte sich in alle Richtungen. Er hüllte Cassandra ein und raste auch in Richtung Tür, doch Ava schlug sie gerade noch rechtzeitig zu. Das Feuer krachte von der anderen Seite dagegen. Ava konnte sehen, wie Rauchfahnen unter ihr hervor waberten. Der Türknauf erzitterte, begann zu glühen, fiel mit einem lauten Scheppern auf den Boden und rollte dort einige Male eiernd im Kreis, bevor er zum Stillstand kam. In der darauffolgenden Stille war nur Avas Keuchen zu hören.

Der Phönix und sie fixierten die Tür misstrauisch. Doch nichts passierte. Vorsichtig näherte sich Ava ihr und drückte versuchsweise dagegen. Das Holz war heiß, rührte sich aber nicht.

»Ich glaube, wir haben es geschafft.«

Ihre Beine fühlten sich plötzlich an wie Gummi. Sie sackte zusammen. Der Phönix hüpfte auf sie zu und pfiff leise. Der erste Ton, der nicht voller Trauer war. Sein Gefieder sandte ein warmes, goldenes Funkeln in die Dunkelheit.

»Wir haben es wirklich geschafft«, flüsterte Ava. Erst jetzt merkte sie, wie erschöpft sie war. Ihre Welt kippte plötzlich und sie fühlte noch, wie ihre Wange den Boden berührte, bevor sie das Bewusstsein verlor.

KAPITEL 27

Als sie wieder zu sich kam, spürte sie harten Stein unter sich. Ihr ganzer Körper schmerzte und sie hatte den Geschmack von Blut im Mund. Angewidert verzog sie das Gesicht. Von weit her konnte sie ganz leise das Rauschen der Wellen vernehmen. Vorsichtig öffnete sie die Augen. Die dunklen, seltsam geformten Steine hingen an der Decke. Hier und da waren Stücke abgeplatzt und zu Boden gefallen. Sie drehte den Kopf, was ein widerliches Schwindelgefühl und eine Welle der Übelkeit auslöste. Sie lag mitten im Pentagramm auf dem Boden. Ihr Blick war getrübt, sie blinzelte, um klarer zu sehen, aber es half nicht viel.

Diana. Dylan. Yana.

Sie versuchte sich aufzurichten, aber ihr ganzer Körper schmerzte und sie fiel wieder zurück. Plötzlich war ein Schatten über ihr. Ava hob den Blick. Tye ragte über ihr auf. Sein Gesicht war grimmig, in seinen Händen zuckten Blitze. Ava versuchte etwas zu sagen, aber die Worte wollten nicht aus ihrem Mund. Sie war so müde.

»Sieh es ein. Du wirst niemals gewinnen, Cassandra. Wir werden immer hier sein und dafür sorgen, dass das nicht passiert.«

Tyes tiefe Stimme dröhnte in Avas Ohren. Sie schüttelte schwach den Kopf, wollte etwas erwidern, aber ihre Zunge gehorchte ihr nicht. Flehend sah sie ihn an. Ich bin nicht Cassandra.

Seine Hände knisterten drohend. Sie hob langsam die ihre und streckte sie ihm entgegen.

Tyes Finger zuckten und er verlagerte sein Gewicht, als würde er sich für eine Abwehr bereit machen, doch dann zog er die Augenbrauen zusammen. Er musterte die Hand, die Ava ihm hinhielt.

Ihr Blick folgte seinem und sie sah eine kleine goldene Flamme auf ihrer Handfläche brennen. Als sie verschwand, lag dort eine einzelne goldene Feder. Überrascht zog sie ihre Augenbrauen zusammen.

Tye wandte den Blick nicht von ihrer Hand ab, als er alarmiert über die Schulter rief: »Jinjin?«

Ava hörte ein Rascheln und neben ihm tauchte Jinjin auf. Aus ihrem Dutt hatten sich Strähnen gelöst und in ihrem Gesicht waren Rußspuren zu erkennen. Tye deutete auf Avas Hand. Als Jinjins Blick darauf fiel, ließ sie sich neben Ava auf die Knie sinken und griff nach der Feder. Sie drehte sie zwischen den Fingern und musterte schließlich Ava mit ihren dunklen Augen.

»Was bedeutet das?«, fragte Tye argwöhnisch.

Jinjin streckte ihre freie Hand aus und legte sie Ava an die Wange.

Erschöpft schloss Ava kurz die Augen.

»Es bedeutet, dass Ava etwas gelungen ist, was wir nicht geschafft haben.«

»Ich ... verstehe nicht. Du sagst ... Das ist nicht mehr Cassandra?« Ava konnte Tyes Zweifel hören. Sie schüttelte schwach den Kopf. Die Blitze in Tyes Händen wurden weniger.

»Es könnte eine Falle sein.«

»Nein, das denke ich nicht. Der Phönix hat es bestätigt.« Jinjin hielt die Feder hoch. Dann sah sie Ava an. »Ruh dich aus, Ava. Wir bringen dich nach Hause.«

Ava versuchte erneut den Kopf so zu drehen, dass sie die anderen sehen konnte. Was war mit Diana passiert? Mit Yana? Was bedeutete es, dass sie nicht neben den anderen stand? War sie tot? Waren alle tot? Ihr Herz zog sich schmerzhaft zusammen. Ihre Kehle verkrampfte sich und ihre Augen füllten sich mit Tränen.

»Alles ist gut. Schlaf jetzt.« Jinjin strich mit ihrer Hand über Avas Stirn und plötzlich überkam sie eine Müdigkeit, die sie erbarmungslos mit sich zog.

Als Ava das nächste Mal die Lider wieder aufschlug, lag sie in ihrem Bett über dem Antiquitätengeschäft. Es dauerte einen Moment, ehe ihre Augen sich scharf stellten. Ihr ganzer Körper schmerzte noch immer. Nur langsam kam die Erinnerung an die Geschehnisse in der Höhle zurück.

Als ihre Gedanken zu Yana und Dylan sprangen, richtete sich Ava ruckartig auf.

Obwohl ihr Körper protestierte, schwang sie die Beine über die Bettkante und erhob sich ächzend. Mit unsicheren Schritten tappte sie durch ihr Zimmer. Fast hatte sie erwartet, dass die Tür abgeschlossen wäre, aber sie öffnete sich ohne Widerstand. *Also haben Tye und Jinjin mir geglaubt.*

Sie betrat den leeren Flur. Unschlüssig blieb sie stehen, dann wandte sie sich nach rechts und folgte dem Gang in Richtung der großen eichenen Flügeltüren. Es kostete sie einiges an Kraft, die schweren Türen aufzudrücken. Sobald der Spalt groß genug war, schlüpfte sie hindurch. Auf der obersten Stufe der Treppe blieb sie stehen. Unten in der Bibliothek stand eine Gestalt vor der Wand mit der Geschichte der Feuervögel. Sie betrachtete die Bilder nachdenklich und strich mit einem Finger über die Linien.

Mit zitternden Knien stieg Ava die Treppen hinab und näherte sich ihr. Als sie fast bei ihr angekommen war, drehte sich die Gestalt um.

»Diana«, flüsterte Ava. Ihre Beine drohten nachzugeben, aber Diana fing sie auf.

»Ava!«

Ava krallte sich in ihr Oberteil wie eine Ertrinkende an ein Stück Holz. »Diana«, flüsterte sie erneut. Sie konnte es nicht fassen. Sie drückte ihre Tante so fest sie konnte an sich, vergrub ihr Gesicht an ihrer Schulter und atmete den so vertrauten Duft ein. So blieben sie eine lange Zeit. Erst jetzt realisierte Ava wirklich, welche Angst sie um sie gehabt hatte. Welche Angst sie gehabt hatte, nun ganz alleine auf der Welt zu sein.

Nach einer Weile löste sich Diana sanft aus Avas Umklammerung und sah sie an. Liebevoll strich sie mit einer Hand eine Strähne aus Avas Gesicht.

»Du bist ... ich dachte, du wärst ... aber du bist hier«, stotterte Ava.

»Es tut mir leid«, sagte Diana nur. So viel Schmerz lag in diesen Worten.

»Dir?«, fragte Ava überrascht. »Du wärst meinetwegen fast gestorben! Wenn ich nicht gewesen wäre, wäre das alles gar nicht passiert.« Ava machte eine kurze Pause. Es gab etwas, das sich still und heimlich in ihren Verstand geschlichen hatte, seit Henry ihr Dianas Erinnerung gezeigt hatte. »Du wusstest die ganze Zeit, was ich bin oder?«, fragte sie schließlich.

Diana sah sie nur an, ihr Gesicht ein einziger Ausdruck der Trauer. Dann nickte sie.

Ava löste sich von ihr, machte ein paar unsichere Schritte und ließ sich dann kraftlos auf das Sofa vor dem Wandgemälde fallen. Sie starrte ihre Tante an. »Warum hast du nicht ...«

Diana setzte sich neben Ava auf das Sofa und griff nach ihrer Hand. »Ich war dabei, als der Orden das erste Mal versuchte, dich zu holen. In der Nacht, in der deine Eltern starben. Durch deinen Ausbruch konnte wohl auch der Zirkel dich endlich lokalisieren und Mrs Meyers tauchte auf. Sie erklärte mir alles. Was du bist, wer dieser Orden ist, wieso sie dich wollen. Und dass sie dich niemals wieder finden dürfen.

Ich musste ihr schwören, dir nichts zu sagen. Sie hatten zu große Angst davor, dass sich die Geschichte wiederholen würde, wenn du zu früh von deinen Kräften erfährst.«

In Avas Kopf drehte sich alles. Erneut sah sie vor ihrem geistigen Auge, wie sie als kleines Kind ihr gesamtes Elternhaus in Brand steckte.

»Ich bin also wirklich schuld.« Sie konnte Diana nicht in die Augen sehen. Das Gefühl lastete so schwer auf ihr, dass sie meinte, daran zu ersticken.

Doch Diana drückte ihre Hand und sagte: »Nein, Ava. Du warst nicht schuld.«

»Ich habe es doch gesehen.« Gerade als Diana etwas erwidern wollte, schob Ava hinterher: »Ich war in Jesberg.«

Diana hielt verdutzt inne.

»Ich war am Grab meiner Eltern. Auf dem Grabstein steht auch mein Name, wusstest du das? Und ein alter Mann erzählte mir ...« Ava zögerte. »Er erzählte mir, du hättest das Haus angezündet. Wegen eines Streits. Zumindest ist es das, was alle denken.«

»Oh Ava.«

»Ich habe wirklich für einen Moment geglaubt, dass du es warst. Du hast dich so dagegen gewehrt, mit mir darüber zu sprechen ...« Das Eingeständnis kam ihr nur schwer über die Lippen. Scham brannte in ihr und ließ ihr Gesicht heiß werden. »Dabei war ich es. Es tut mir so leid.«

»Nein! Ava, nein! Du warst es nicht ...«

»Hör auf, Diana«, unterbrach Ava sie. »Ich habe es gesehen. In deiner eigenen Erinnerung.«

Diana schüttelte den Kopf. »Auch Erinnerungen können trügen. Ja, du hast das Haus mit deiner Kraft angezündet.«

Ava zuckte mit dem Kopf. Siehst du.

Diana machte eine abwehrende Geste: »Aber! Aber du bist nicht schuld am Tod deiner Eltern.«

»Wie sollen sie denn sonst gestorben sein?«

»Durch Henry.«

Diese zwei Worte jagten eine Gänsehaut über ihren Körper. »Was?«

»Henry hat dir nicht die gesamte Erinnerung gezeigt. Dein Feuer war eine Reaktion darauf, dass er deine Eltern nur Momente vorher getötet hat. Als sie versuchten, dich zu beschützen.«

Ava starrte Diana an.

»Ava, als dein Feuer ausbrach, waren sie schon tot.« Diana nahm Avas Gesicht in ihre Hände. »Dich trifft keine Schuld! Du warst nur ein verängstigtes kleines Kind, das mit ansehen musste, wie seine Eltern starben.« Dianas Blick war ernst und fest.

»Aber ... es war Henry?«

»Ja. Sie wollten dich an diesem Abend holen. Als das Feuer ausbrach, mussten sie fliehen. Kurz darauf fand mich dann Mrs Meyers. So schnell es ging, bin ich mit dir von dort verschwunden und mit Mrs Meyers nach Frankfurt gekommen.«

»Deshalb der andere Name«, sagte Ava mehr zu sich.

»Was meinst du?«

»Auf dem Brief, den ich mit der Adresse in Jesberg gefunden habe, stand Diana Blum.«

Diana nickte. »Wir dachten, ein neuer Name und eine Großstadt wären ein besserer Schutz als so ein kleiner Ort, denn wir wussten, sie würden es noch mal versuchen. Der Zirkel hat geholfen, deine Spuren zu verwischen. Uns war aber immer klar, dass sie irgendwann dahinterkommen würden.«

»Dann ... dann wusstest du es? Und hast all die Jahre versucht, mich zu beschützen? Deswegen warst du immer so vorsichtig neuen Menschen gegenüber?«, fragte Ava.

Diana nickte. »Du hast als Kind oft die Beherrschung verloren, wenn du dich zu sehr aufgeregt hast. Sei es im positiven oder negativen Sinne. Ich dachte damals, es wäre das Beste, dich so gut es geht von anderen fernzuhalten, aber das war ein Fehler und das tut mir wirklich aufrichtig leid. Ich wusste nicht, wie ich dich anders hätte beschützen sollen.«

Ava musste an all die Streits denken, die sie deswegen vom Zaun gebrochen hatte. Sie war so wütend gewesen, dass ihre Tante sie nie irgendwo hingelassen hatte, nie erlaubt hatte, dass Freundinnen länger als ein paar Stunden bei ihr blieben. Das hatte dazu geführt, dass sie mehr und mehr ausgeschlossen wurde und sich selbst auch immer weiter zurückzog. Jetzt wusste sie, warum.

»Deswegen hast du nie über den Tod meiner Eltern gesprochen.«

»Es war sicherer so. Ich hätte dir keine Einzelheiten nennen können, ohne mich in noch mehr Lügen zu verstricken. Und ich habe weiß Gott genug gelogen.«

Ava kam ein Gedanke. »Hast du deswegen irgendwann auch behauptet, das Foto von meinen Eltern wäre verloren gegangen? Ich habe es in deinem Karton wiedergefunden, als ich nach einer Adresse gesucht habe.«

Diana nickte niedergeschlagen. »Du hast nicht aufgehört, Fragen zu stellen. Ich dachte, wenn du sie nicht mehr vor Augen hättest ... es war abscheulich von mir.«

Ava legte Diana gerade beruhigend eine Hand auf die Schulter als sie hörte, wie die Tür hinter ihnen geöffnet wurde.

Diana sah über ihre Schulter und lächelte. »Ich glaube, da ist jemand, der dir Hallo sagen möchte.«

Ava drehte sich um. Als sie sah, wer dort unbeholfen an der Treppe von einem Fuß auf den anderen trat, sprang sie überrascht auf. Ihr ganzer Körper protestierte gegen die rasche Bewegung, doch das war ihr egal. Denn dort stand, mit verstrubbelten Haaren, etlichen Schrammen und einem zutiefst verwirrten Gesichtsausdruck: »Dylan!«

Sie lief mit großen Schritten auf ihn zu, während er langsam die Treppe runterging. Er lächelte schief. »Hi.«

Bevor er mehr sagen konnte, fiel Ava ihm in einer wilden Umarmung um den Hals.

»Oh, au.« Dylan tätschelte Avas Rücken.

Sie löste sich wieder von ihm. »Ich dachte, du wärst … aber wie?«

»Ganz ehrlich: Keine Ahnung. Ich dachte, mein letztes Stündlein hätte geschlagen, als alles schwarz wurde. Aber dann bin ich in der Höhle aufgewacht, als sich dieser enorm riesige Typ mit seinem coolen Männerdutt gerade über mich beugte. Und dann war ich plötzlich hier.« Verwirrt sah Dylan sich um. »Wo auch immer das ist.«

Ava lachte erleichtert. »Wir sind wieder in Frankfurt. Das hier ist die Wohnung von Mrs Meyers.«

»Okay, vielleicht sollte ich auch über einen Job als Antiquitätenhändler nachdenken, wenn ich mir dann so eine Wohnung leisten kann.« Staunend sah Dylan sich um.

»Aber wie bist du überhaupt in dieser Höhle gelandet?«

Dylan zuckte mit den Schultern. »Ich habe mir Sorgen gemacht, weil ich nichts von dir gehört hatte. Also dachte ich, ich schaue mal bei dir zu Hause vorbei. Und da haben mich diese … Dinger erwartet.« Ein Schauder durchlief ihn. »Direkt wie aus einem Albtraum, mit roten Augen und irgendwie …«

»Formlos? Wie Nebel?«, half Ava ihm weiter.

»Genau!« Er sah zu Diana. »Und dann bin ich in dieser seltsamen Höhle neben deiner Tante und diesem schrägen Typen aufgewacht. Na ja, und den Rest kennst du ja.«

»Gott, ich bin so froh, dass es dir gut geht!« Ava umarmte Dylan erneut.

Verlegen kratzte sich Dylan im Nacken. »Und ich erst. Ich hatte geplant, als alter, zynischer Opa vor den Schöpfer zu treten, der ihm mal deutlich sagt, was er alles besser machen könnte. Das hätte meine Pläne ganz schön zunichtegemacht.«

Ava lachte und dieses reine Gefühl der Freude in dem ganzen Chaos fühlte sich unglaublich gut an. Es kam ihr wie eine Ewigkeit vor, seit sie das letzte Mal gelacht hatte.

Doch Dylans Blick wurde plötzlich ernst. »Aber jetzt mal ganz ehrlich, Ava: Was war das alles?« Er machte eine ausladende Geste.

»Das ist schwer zu erklären. Ich fange selbst erst richtig an, es zu verstehen.« Dylan hatte eine Erklärung verdient, aber jetzt, wo sie wusste, dass es ihm gut ging, musste sie noch eine Sache in Erfahrung bringen. Die Dringlichkeit dahinter brannte unter ihrer Haut. »Ich werde es dir so gut es geht erklären, versprochen. Aber erst muss ich ... ich muss etwas nachsehen.«

»Vielleicht kann ich es so lange schon mal versuchen«, sagte Diana.

Ava nickte ihr dankbar zu, an Dylan gewandt sagte sie: »Ich bin gleich wieder da, Ehrenwort!«

Dylan nickte etwas überrumpelt, aber Ava konnte es nicht länger hinauszögern. Sie drückte seinen Arm ein letztes Mal, dann schlüpfte sie durch die Tür.

Als die große Eichentür hinter ihr sanft ins Schloss fiel, wurde es still um sie herum. Der Flur war nur von dem künstlichen Licht beleuchtet, das auf die Bilder der Feuervögel fiel. Mit pochendem Herzen steuerte Ava ihrem Ziel entgegen. Vor Yanas Tür blieb sie stehen. Sie hob die Hand, die leicht zitterte. Einen Moment zögerte sie, dann klopfte sie zaghaft gegen die Tür. Keine Reaktion. Ava klopfte etwas fester. Trotzdem nichts. Vorsichtig drückte sie die Klinke herunter und lugte in Yanas Zimmer. Sie hatte gehofft, Yana würde im Bett liegen und sich von ihren Blessuren erholen. Dass sie schlief und ihr Klopfen deshalb nicht gehört hatte. Aber Yanas Bett war leer. Augenblicklich ergriff Übelkeit von Ava Besitz. Was ist mit ihr passiert?

Ava zog die Tür leise wieder hinter sich zu. Dann drehte sie sich unschlüssig um. Sie überlegte einen Moment, ehe sie sich wieder in Bewegung setzte. Diesmal steuerte sie auf die Treppe am Ende des Flures zu. Hastig stieg sie die Stufen hinauf. Mrs Meyers oder einer der anderen konnte ihr sagen, was mit Yana passiert war. Oben angekommen stieß sie die Tür zum runden Saal auf und blieb wie angewurzelt stehen.

Dort in der Mitte des Raumes, im Kreis mit der Feder, kniete sie. Sie saß mit dem Rücken zu Ava, hatte den Kopf gesenkt, dass ihre schwarzen, glänzenden Haare wie ein Vorhang vor ihr Gesicht fielen. Langsam umrundete Ava sie. Als sie ihr gegenüberstand, kniete sich Ava so leise wie möglich hin und betrachtete Yana. Sie hatte die Augen geschlossen. Ihr Gesicht war mit Schrammen übersät, tiefe Augenringe hatten sich in ihre gebräunte Haut gegraben. Die Lippe war aufgeplatzt. Und dennoch. Nie hatte sie schöner ausgesehen. Yanas Hände lagen mit den Handflächen nach oben auf ihren Oberschenkeln. Sie schien zu meditieren. Schwache rote und goldene Funken stiegen aus ihren Handflächen auf. Vorsichtig streckte Ava ihre geöffnete Hand aus und ließ sie wenige Zentimeter über Yanas in der Luft schweben. Ohne ihr Zutun rieselten plötzlich goldene Funken herab. Sie trudelten durch die Luft und erloschen, sobald sie Yanas Handfläche berührten. Überrascht beobachtete Ava das Schauspiel. Als sie den Blick hob, schaute sie direkt in Yanas dunkle Augen. Ava zuckte zusammen und wollte ihre Hand zurückziehen, doch Yana griff nach ihrem Handgelenk.

»Nicht.«

Als sie sich berührten, blitzte vor Avas innerem Auge für einen kurzen Moment der Phönix auf. Eine wohlige Wärme flutete Avas Körper, die sich rasch ausbreitete und jedes negative Gefühl vertrieb. Verwundert blickte sie auf Yanas Hand auf ihrem Handgelenk, um das sich für eine Sekunde ein rotgoldenes, feines Band aus Licht zu schlingen schien. Als Ava Yana wieder ins Gesicht sah, lächelte diese.

»Du hast es wirklich geschafft. Du hast sie besiegt.«

Ava zuckte unbeholfen mit den Schultern. »Ich hoffe es. Gott, ich dachte, du wärst tot.« Ihre Stimme zitterte.

Yana drückte Avas Hand. »Als ich in der Höhle ankam und sie hatte die Kontrolle übernommen, dachte ich auch ...«

»Ich weiß«, sagte Ava leise.

Yanas Griff wurde plötzlich fester. »Du hättest nicht durch dieses Portal gehen sollen. Das war dumm.«

»Ich musste.«

Yana seufzte. »Ich weiß.«

Sie sahen sich einen Moment stumm an.

»Also, wie hast du es angestellt?« Yanas Blick sprang neugierig über Avas Gesicht. »Wie hast du die Kontrolle zurückbekommen?«

Ava musste lächeln. »Mit seiner Hilfe.« Sie legte die freie Hand auf ihr Herz. Doch dann wurde sie wieder ernst. »Er hat unglaublich gelitten unter ihrer Verbindung. Du hättest ihn sehen sollen. Er war so misstrauisch und ... traurig.« Der Gedanke daran verursachte einen Stich in ihrer Brust. »Ich habe gesehen, was er alles mit ihr erlebt hat, Yana. Es war grauenhaft.«

»Aber nun habt ihr euch gefunden. Ab jetzt wird es besser für ihn.«

Ava nickte. »Ich hoffe es.«

Sie schwiegen einen Moment. Keine von beiden machte Anstalten, ihre verschränkten Hände zu lösen, und das verursachte in Avas Magengegend ein angenehmes Kribbeln.

»Und Cassandra ist wirklich ... tot?«, fragte Yana leise.

»Ich bin mir nicht sicher. Um ehrlich zu sein, kann ich noch nicht mal sagen, was genau passiert ist.« Nachdenklich runzelte sie die Stirn. »Ich glaube, sie hat ihr eigenes Bewusstsein angezündet.«

Yana zog die Augenbrauen hoch.

»Sie war außer sich, weil ich sie gesehen habe, wie sie vor dem Ganzen war«, erklärte Ava. Sie zögerte einen Moment, bevor sie hinzufügte: »Das Schlimme ist, wenn das eine echte Erinnerung war, die ich gesehen habe, dann kann ich fast verstehen, warum Cassandra so wütend war. Ihr Leben damals muss frustrierend gewesen sein.« Ava versuchte sich gegen das Gefühl zu wehren, aber sie konnte es nicht verhindern.

»Sie war nicht von Grund auf ein böser Mensch, Ava. Sie war einfach ... verloren.«

Wieder schwiegen sie. Ava starrte auf den Boden vor sich. Eine Frage kreiste schon in ihrem Kopf, seit sie aufgewacht war. »Cassandra sagte ... Als sie versucht hat, mich davon zu überzeugen, ihr freiwillig die Kontrolle zu übergeben, sagte sie, dass sie meine Eltern zurückbringen könnte.«

Sie schaffte es nicht, Yana dabei ins Gesicht zu schauen. Stattdessen betrachtete sie weiter die feinen Striche der aufgemalten Feder, auf der Yana kniete.

»Ava«, begann Yana einfühlsam. »Niemand kann den Tod ungeschehen machen.«

Ava hatte es gewusst, aber die Worte ausgesprochen zu hören, versetzte ihr einen schmerzhaften Stich. Sie schluckte und nickte, die Augen immer noch krampfhaft auf die Feder gerichtet. Yanas Daumen strich sanft über Avas Handrücken. Als Ava ihrer Stimme wieder traute, fragte sie: »Aber Dylan, wie konnte er ...?«

»Dylan hatte Glück, dass Henry nur geblufft hat. Er muss gewusst haben, dass Cassandra diese Fähigkeit nicht besitzt, und hat Dylan lediglich ausgeknockt. Es musste ja nur für dich echt aussehen.«

Sie wusste nicht, wieso, aber diese Enthüllung raubte ihr endgültig das letzte bisschen Kraft. Ava vergrub ihr Gesicht in den Händen. Die ganze Angst der letzten Wochen entlud sich mit voller Macht. Sie begann, unkontrolliert zu zittern.

»Hey, hey«, sagte Yana sanft. Ava hörte ein leises Rascheln und spürte dann, wie Yana sie in ihre Arme zog. Sie ließ es zu und lehnte sich gegen sie. Yana legte ihr Kinn auf ihren Kopf und strich ihr beruhigend über den Rücken. Sie sagte kein Wort, während Ava versuchte, wieder Herr über ihren Körper zu werden.

»Dylan geht es doch gut. Deinem Freund ist nichts passiert«, sagte Yana schließlich. Ihre Stimme klang seltsam gepresst.

Als das Zittern langsam nachließ, löste sich Ava von ihr. »Ich dachte, ich schaffe es nicht.«

Yana verzog mitleidig das Gesicht.

»Sie war so stark«, fuhr Ava fort. »So überzeugt davon, dass es ihr Recht wäre. Hätte der Phönix mir nicht geholfen ...«

»Aber du hast es geschafft.«

»Ich glaube, du warst der Grund«, sagte Ava leise und sah auf ihre Hände.

Yana antwortete nicht.

»Als Cassandra dich verletzt hat, war der Phönix außer sich vor Angst. Ich konnte es spüren. Und ich glaube ... ich glaube, er konnte spüren, dass es mir genauso ging.« Schüchtern hob Ava den Blick. Yanas Gesicht war ausdruckslos. Ava fühlte ihre Wangen brennen. »Na ja, ich denke, deshalb hat er mir geholfen.«

Yana sagte noch immer nichts.

Verlegen räusperte sich Ava. »Ohne ihn hätte ich ihr nicht viel entgegenzusetzen gehabt.«

Endlich kam Bewegung in Yana. Sie schüttelte den Kopf. »Du hattest etwas, was Cassandra nicht hatte. Deshalb hast du es geschafft.« Ihre dunklen Augen musterten Ava.

»Und was?«

»Einen Grund«, sagte Yana schlicht.

»Den hatte sie auch.«

»Ja, aber deiner war selbstlos. Du wolltest deine Tante retten.«

Ava zögerte einen Moment, ehe sie aussprach, was ihr Kopf ihr entgegen schrie. »Ich denke nicht, dass es nur mit

Selbstlosigkeit zu tun hatte.« Sie sah Yana in die Augen. Ihr Herz trommelte wie wild in ihrer Brust. Ihr Blick sprang zu Yanas Lippen, die sich leicht geöffnet hatten. Sie schluckte. Sie empfand etwas für Yana und es war ein schönes Gefühl, sich endlich darauf einzulassen. Es laut auszusprechen war aufregend und befreiend zugleich. Zuerst rührte sich Yana nicht, doch dann lehnte sie sich leicht nach vorne. Auch ihr Blick sprang zwischen Avas und ihrem Mund hin und her. Kurz vor Avas Gesicht verharrte sie. »Du bist verwirrt«, flüsterte sie. Es klang, als wollte sie sich selbst von etwas überzeugen.

»Nein«, gab Ava ebenso leise zurück.

»Du hast viel durchgemacht. Ich sollte nicht ... Dylan ...«

Avas Herz raste mittlerweile so sehr, dass ihr fast schwindelig wurde. »Dylan ist nur ein Freund«, erwiderte sie atemlos.

»Ich sollte wirklich nicht ...«, flüsterte Yana, doch ihr Gesicht kam einen weiteren Millimeter näher. Ehe Yana weiter darüber philosophieren konnte, ob sie sollte oder nicht sollte, beugte Ava sich vor und streifte ihre Lippen ganz sachte mit ihren. Überrascht zuckte Yana zurück. Doch dann veränderte sich etwas in ihrem Blick. Sie umschloss Avas Gesicht mit ihren Händen und presste ihre Lippen auf Avas. Ihr Kuss war leidenschaftlich und so voller Verlangen, dass Avas Magen Purzelbäume schlug und ihr Verstand raste. Es fühlte sich einfach so richtig an. So gut. So lange überfällig. Yanas Lippen waren weich und zugleich fordernd. Gerade als Ava versuchte zu definieren, wonach Yana so wunderbar duftete, hörte sie ein Geräusch.

»Oh.«

Yana und Ava fuhren wie zwei ertappte Teenager auseinander.

In der Tür stand Mrs Meyers. Ihr Gesicht war bis unter die grauen Haarspitzen vor Scham rot angelaufen. »Ich wollte nicht ... ich sollte nur ...« Mrs Meyers hob hilflos die Hände.

»Ach, nicht schon wieder.« Sie schien wütend auf sich selbst zu sein, denn sie stampfte allen Ernstes mit einem Fuß auf. »Es tut mir leid, ich sollte nach Yana sehen und dich suchen. Na, dich habe ich ja jetzt wohl gefunden.« Sie räusperte sich. »Der Zirkel wartet in der Bibliothek.« Damit drehte sie sich um und marschierte schnurstracks wieder die Treppe hinunter.

Yana und Ava sahen sich an und mussten lachen. Auch Yana war rot geworden und Avas Gesicht brannte. Yanas Blick wurde liebevoll, als sie sich erneut vorbeugte und Ava einen sanften Kuss auf die Lippen drückte. »Komm, lass uns gehen, ehe sie Sam noch einmal dazu verdonnern, uns zu holen.« Sie stand auf und streckte Ava ihre Hand hin.

Ava grinste und ergriff sie. »Ich glaube, sie wird diesen Raum für die nächste Zeit nicht mehr betreten, ohne vorher ordentlich Krach zu machen.«

Yana lachte leise. »Wahrscheinlich.«

KAPITEL 28

Es war das erste Mal seit ihrer Flucht, dass Ava Jinjin und Tye wieder von Angesicht zu Angesicht gegenübertrat. Als sie die Bibliothek betraten, lümmelte Tye auf dem Sofa und unterhielt sich angeregt mit Dylan, der mit leuchtenden Augen in einem dicken Buch blätterte, während Jinjin mit Mrs Meyers und Diana sprach, die sichtlich eingeschüchtert war.

Kein Wunder. Mit leichter Sorge im Magen betrachtete Ava die Älteste des Feuerzirkels.

Jinjin unterbrach das Gespräch, als sie die beiden Neuankömmlinge bemerkte, und wandte sich ihnen zu. »Ava, komm zu uns.«

Unsicher warf Ava Yana einen Blick zu. Sie hatte keine Ahnung, was sie jetzt erwartete. Gab es Ärger? Aber Yana lächelte beruhigend und stupste sie leicht mit der Schulter an. Ava stieg langsam die Treppe hinunter und gesellte sich zu der Gruppe. Jinjin musterte sie lange. Keiner sprach ein Wort. In den Gesichtern konnte Ava von Tyes Augenzwinkern über Dylans Verwunderung bis hin zu Dianas nervöser Miene die unterschiedlichsten Reaktionen lesen. Als sie die Stille nicht mehr aushielt, straffte sie die Schultern und sagte: »Ich musste einfach gehen. Diana hätte auch Himmel und Hölle in Bewegung gesetzt, um mich zu retten. Das weiß ich. Jetzt noch mehr als vorher.« Sie sah ihre Tante an, die lächelte leicht. »Deshalb werde ich mich auch nicht dafür entschuldigen. Es tut mir leid, dass ihr deshalb in einen Kampf verwickelt wurdet, aber nicht, dass ich gegangen bin.«

Das Ende des Satzes kam überhastet und etwas atemlos heraus. Die Nervosität hatte sie kurzatmig gemacht.

Jinjin sagte noch immer nichts.

Ava räusperte sich. »Wenn ihr mich deshalb also bestrafen müsst ... dann ist das eben so.« Das hätte selbstsicher klingen sollen, überzeugt. Aber ihre Stimme zitterte leicht. Sie schluckte. Einen kleinen Moment herrschte noch Stille, dann lachte Tye tief und kehlig. Es klang fast wie Donnergrollen. Irgendwie passend. Unsicher sah Ava zu ihm hinüber.

Er setzte sich aufrecht hin und schlug sich lachend auf das Knie. »Ich mag sie«, sagte er aus irgendeinem Grund an Yana gewandt. »Sie hat Schneid. Wärc wirklich schade gewesen, wenn Cassandra gewonnen hätte.«

Yana senkte den Kopf, aber Ava konnte sehen, dass sie schmunzelte. Jinjin hatte eine Augenbraue hochgezogen, aber als sie Avas Blick auffing, zuckte ihr Mundwinkel. Ihre ernste Miene entspannte sich etwas. Okay, also keine Bestrafung? Unsicher sah Ava in die Runde.

Schließlich ergriff Jinjin das Wort. »Keiner denkt hier an eine Bestrafung, Ava. War dein Vorgehen dumm und töricht? Ja, sehr sogar.«

Ava senkte den Kopf. Das habe ich wohl verdient.

»Aber letztendlich hat es dazu geführt, dass Cassandra besiegt wurde. Und das haben wir dir zu verdanken«, fuhr Jinjin fort. Ihr etwas strenger Ton wurde weicher. »Du hast etwas geschafft, was wir vorher nicht vermochten. Du warst wohl das entscheidende Puzzleteil, das uns gefehlt hat.«

»Also ... fesselt ihr mich nicht mehr ans Bett?«, fragte Ava zaghaft.

»Entschuldigung, was?«, warf Diana ein. Sie sah Mrs Meyers an.

Die hob entschuldigend die Schultern. »Ava hatte kurz vorher ein gesamtes Haus zerlegt. Wir waren uns nicht sicher, ob Cassandra es geschafft hatte, die Kontrolle zu übernehmen und na ja ... wollten lieber auf Nummer sicher gehen.«

»Und da fesselt ihr meine Nicht an ein Bett?« Diana war mit der Erklärung ganz und gar nicht zufrieden.

»Ist schon okay, Diana. Sie haben es ja nicht böse gemeint.« Ava klappte schnell den Mund wieder zu, als sie der ungehaltene Blick ihrer Tante streifte.

»Darüber sprechen wir noch«, wandte sie sich drohend an Mrs Meyers, die zerknirscht die Hände knetete.

»Sie kann wirklich nichts dafür«, versuchte es Ava erneut. Doch Diana schien die alte Dame als Opfer auserkoren zu haben. An die Feuervogel traute sie sich wohl nicht heran. Ava hatte echtes Mitleid mit Mrs Meyers. Sie wusste, wie hart Dianas Standpauken sein konnten, wenn sie wirklich sauer war.

Jinjin räusperte sich und die allgemeine Aufmerksamkeit wandte sich ihr wieder zu. »Ich weiß, es wird nicht einfach sein, Ava. Aber du musst uns erklären, wie du es angestellt hast. Wie konntest du Cassandra besiegen? Noch dazu ohne große magische Kenntnisse?«

Ava zuckte etwas verlegen mit den Schultern. Dann berichtete sie und ließ nichts aus. Von Cassandras Versprechen, ihre Eltern zurückzuholen. Davon, dass sie fast nachgegeben hätte, aber widerstehen konnte, nur um dann doch gewaltsam von Cassandra auf den Beifahrersitz in ihrem eigenen Körper gezwungen worden zu sein. Wie der Phönix ihr geholfen hatte, nachdem Yana verletzt worden war. Hier spürte Ava, wie die Hitze in ihre Wangen kroch, aber sie sprach weiter. Sie erzählte von der Tür, zu der der Phönix sie geführt hatte, und dass sie vermutet hatte, es müsste Cassandras Geist sein. Was sie hinter der Tür gesehen hatte und wie schließlich die erwachsene Cassandra ihr eigenes Bewusstsein in Brand steckte und es so zerstörte. Als sie geendet hatte, herrschte einen Moment Schweigen.

»Alter«, sagte Dylan schließlich in den stillen Raum. »Und ich dachte, in meinem Kopf wäre es seltsam.«

Ava lächelte zaghaft.

Tye hatte sich auf dem Sofa vorgelehnt und spielte nachdenklich mit seinem Armband. »Das bedeutet aber, Cassandra könnte noch irgendwo in dir sein?«

Ava zuckte unsicher die Schultern. »Wenn es so ist, spüre ich sie nicht mehr. In den letzten Tagen war sie irgendwie immer ... präsent, auch wenn ich es erst jetzt bemerkt habe. Aber jetzt ...« Sie hielt kurz inne und lauschte in ihren Kopf. »Nichts.«

Tye sah zu Jinjin hinüber. Die hatte Avas Ausführungen mit ernster Miene gelauscht.

»Du sagtest, da wäre eine Tür gewesen?«, fragte Jinjin.

»Ja, aber als Cassandra alles in Brand gesteckt und ich es zurück auf die andere Seite geschafft hatte, ist der Knauf abgefallen. Ich weiß nicht ... Ich weiß nicht, was das bedeutet. Ich meine, es war eine Tür in meinem Kopf ... das ist ja nicht gerade logisch ... Aber ich glaube, sie ist in ihrem eigenen Geist eingesperrt. Oder zumindest in dem Rest, der davon noch übrig ist.«

Jinjin drehte sich zu dem Wandgemälde um und schritt langsam die darauf festgehaltene Geschichte der Feuervögel ab. Als sie vor dem Phönix ankam, blieb sie stehen und betrachtete ihn nachdenklich. »Nun, das werden wir im Auge behalten müssen.«

»Was ist mit dem restlichen Orden?«, warf Mrs Meyers plötzlich ein. Alle Augen richteten sich auf sie. »Ich meine, Henry schien offenbar der Anführer zu sein, aber der Orden besteht noch immer. Was, wenn sie erneut versuchen, Ava in die Finger zu bekommen?«

Tye schüttelte den Kopf. »Ich denke nicht, dass sie das tun werden. Seit Cassandra verschwunden ist, sind die meisten wie blinde Hühner Henry hinterhermarschiert. Jetzt, wo auch er weg ist ... Sie müssten sich erst einmal neu sortieren.

Ihre absurde Idee der Unsterblichkeit ist ironischerweise mit Henry und Cassandra gestorben.«

Jinjin nickte. »Das denke ich auch. Nichtsdestotrotz sollten wir auch sie im Auge behalten. Sie haben vor langer Zeit die Linie zur dunklen Magie übertreten, wer weiß, welche Monster sie noch in den Untiefen ihres Ordens verstecken.«

»Das heißt, das war's jetzt?«, fragte Ava.

Jinjin lächelte. »Das war's jetzt. Für's Erste.«

»Und Diana und ich ... wir können jetzt einfach wieder zurück und machen weiter wie vorher?« Seltsamerweise erfüllte sie diese Aussicht nicht so sehr mit Freude, wie sie gedacht hatte.

Jinjin wechselte einen Blick mit Diana, Tye und Yana.

»Nun, Ava, du bist und bleibst ein Feuervogel. Ich glaube nicht, dass du einfach so in dein altes Leben zurückkannst.«

Avas Herzschlag beschleunigte sich. »Was bedeutet das?«

»Lass es mich ganz ehrlich sagen. Du hattest großes Glück, dass du Cassandra besiegen konntest. Du hast noch keine Ausbildung, keine Erfahrung in deiner eigenen oder der Magie des Phönix. Es bestand eine große Chance, dass du verlierst.«

Diese Worte sandten eine Gänsehaut über Avas Körper. Sie hatte nie ernsthaft darüber nachgedacht, was es bedeutet hätte, wenn sie verloren hätte. Sie hatte nur Diana retten wollen und alles andere ausgeblendet. Aber die Vorstellung, sie wäre nun auf ewig in ihrem eigenen Kopf eingesperrt ... »Aber ich habe nicht verloren«, sagte sie vorsichtig.

Jinjin nickte ernst. »Das stimmt. Und das zeigt, wie sehr wir dich und deinen Willen unterschätzt haben. Dennoch können wir nicht sicher sein, dass Cassandra wirklich eingesperrt bleibt oder gar tot ist. Wir müssen dich trainieren. Und in unserem Zirkel ist seit Langem ein Platz frei, der einem Phönix gehört.« Ihre Stimme wurde weicher und sie lächelte sanft.

»Ihr ... ihr wollt mich in den Zirkel aufnehmen?«, fragte Ava überrascht.

»Natürlich. Als Novizin. Der Feuerzirkel ist nur vollständig, wenn alle Feuervögel vertreten sind.«

»Und dann bringt ihr mir die Magie bei?«

»Ja«, war Jinjins schlichte Antwort.

Doofe Frage, Ava, was denn sonst? Kartentricks?

»Und ... ich kann bei Diana wohnen bleiben?«, fragte Ava.

Jinjin wiegte den Kopf hin und her. »Es wäre besser, du würdest dein Zimmer hier beziehen. Zumindest für deine Ausbildung. Ich möchte sichergehen, dass der Orden nicht auf dumme Gedanken kommt.«

Ava wandte sich an Diana. Die nickte tapfer. »Deine Eltern hätten es gewollt.«

Ava schluckte. Sie sah in die Runde.

Dylan hatte aufmerksam zugehört und als ihre Blicke sich nun trafen, grinste er aufgeregt. »Wer kann schon so was von sich sagen, Ava?«

Sie musste lächeln, doch der Kloß im Hals blieb.

Mrs Meyers machte einen Schritt auf Ava zu. Ihre Wangen waren rot vor Aufregung. »Du kannst dir ein Zimmer einrichten, wie du möchtest«, sagte sie eifrig.

Zuletzt sah sie Yana an. Die griff nach ihrer Hand. »Es ist das Richtige.«

Ava atmete tief ein und aus. Sie blickte zum Wandgemälde und dem Phönix, der sich vertrauensvoll einem der Magier zuwandte. Ihr Vorgänger.

Sie löste sich aus der Gruppe und trat an das Gemälde heran. Fuhr mit dem Finger die Linien nach, die eine jahrtausendealte Geschichte zeigten. Dann drehte sie sich um. »In Ordnung.«

Jinjin lächelte. Sie schien sich zu entspannen.

Tye stand auf und kam auf Ava zu. Mit einer Hand klopfte er ihr so kraftvoll auf die Schulter, dass ihre Beine leicht einknickten. »Na dann, willkommen im Zirkel, Küken.« Er lachte und drehte sich zu Jinjin und Yana um. »Das wird ein Spaß!«

Epilog

So einfach, wie Ava es sich vorgestellt hatte, war die Aufnahme in den Zirkel dann doch nicht. Sie hatte gedacht, mit ihrer Zusage wäre es besiegelt. Doch nun stand sie vor der Tür zum Kuppelraum und wischte sich sicher zum hundertsten Mal ihre Hände an dem alten Gewand ab, das sie trug. Es war aus goldenem Stoff mit kleinen Feder- und Vogelornamenten an Saum und Ärmeln. Wenn sie sich im Licht bewegte, funkelte es leicht, was in Ava den Verdacht aufkommen ließ, dass echtes Gold in das Kleidungsstück eingenäht war. Sie strich es nervös glatt und pustete eine Strähne ihres offenen roten Haares aus dem Gesicht.

Gerade als sie sich fragte, wie lange sie hier wohl würde stehen müssen, öffnete sich die Tür vor ihr und Mrs Meyers steckte den Kopf heraus.

»Sie sind bereit«, sagte sie aufgeregt.

Ava nickte. Mehr brachte sie nicht zustande. Sie folgte Mrs Meyers in den runden, mit Fenstern gesäumten Raum.

Um die eingelassene Feder im Boden waren die vier Stühle in einem Halbkreis aufgestellt, auf denen nun Jinjin, Yana und Tye saßen. Auch sie trugen ihre Gewänder. Jedes funkelte in den Farben ihres eigenen Feuervogels.

Mrs Meyers führte Ava durch den Raum und bedeutete ihr, sich auf die Feder zu stellen. Dann nahm sie ihren Platz neben Diana und Dylan ein, die im Hintergrund warteten. Normalerweise waren Zuschauer bei der Zeremonie eher unüblich, aber für Diana und Dylan hatten sie eine Ausnahme gemacht. Als Entschädigung für alles, was sie durchmachen mussten. Und wenn Ava sich nicht täuschte, hatte sie gehört, wie Dylan Mrs Meyers sogar das Versprechen abgeschwatzt hatte, ihn auf die nächste Reise zu einem besessenen Gegenstand mitzunehmen. Sie war froh über ihre Anwesenheit, als sie ihnen einen Blick zuwarf und Diana ihr aufmunternd zulächelte, während Dylan die Daumen in die Höhe reckte. Sie musste grinsen. Schließlich wandte sie sich den anderen Feuervögeln zu. Ihre Gesichter waren feierlich, Avas Aufregung stieg.

Jinjin erhob sich. Ihr buntes Gewand raschelte leise. »Ava. Du bist heute vor den Zirkel getreten, in der Absicht, ein Mitglied zu werden und den Phönix als deinen Partner und Weggefährten anzunehmen. Ist das richtig?«

Ava nickte. »Ja.«

»Dir ist bewusst, dass die Verbindung ein Leben lang besteht und du dich dazu verpflichtest, sie zu ehren und zu schätzen?«

»Ja.«

»Und du erkennst an und stimmst zu, dass wir unsere Kräfte niemals einsetzen, um Schaden zuzufügen, nur um zu schützen?«

Ava musste an Cassandra denken, die exakt dieselben Fragen gestellt bekommen haben musste. »Ja.«

»Wir sind eine Einheit von vier. Jeder von uns ist nach seiner Ausbildung ein vollwertiges Mitglied des Zirkels und bei jeder Entscheidung stimmberechtigt. Deshalb dürfen diese Entscheidungen niemals aus egoistischen Gründen gefällt werden. Wir dienen den Menschen, magischen Wesen und der Natur. Niemals uns selbst. Verstehst du das?«

»Ja.«

»Gut.«

Jinjin trat einen Schritt nach vorne und legte ihre Hände auf Avas Schultern.

»Um deine Aufnahme in den Zirkel als Novizin abzuschließen, musst du dich endgültig mit deinem Phönix verbinden. Knie nieder.«

Ava kniete sich auf die Feder am Boden und legte ihre Hände mit den Handflächen nach oben auf die Oberschenkel. Ihr Herz hämmerte in ihrer Brust.

»Und jetzt atme tief durch und besinne dich auf deine Mitte.«

Ava spürte Jinjins Hand, die sich ganz leicht auf ihren Kopf legte. Sie schielte zwischen ihren Haarsträhnen zu Yana hinüber. Die lächelte, als sie Avas Blick bemerkte. Ava atmete tief durch und schloss die Augen.

So wie Yana es ihr beim ersten Mal gezeigt hatte, versuchte sie sich auf ihren Atem und ihr Herz zu konzentrieren. Langsam atmete sie tief ein und aus. Fühlte die kühle Luft, die bei jedem Atemzug an ihren Nasenflügeln vorbeistrich. Langsam rückte der Raum voller Menschen in den Hintergrund. Auch Jinjins Hand spürte sie nicht mehr. Und dann war sie wieder von Dunkelheit umgeben. Unruhig rutschte sie hin und her. Was, wenn die Tür doch nicht verschlossen war? Sie lauschte in sich hinein. Doch da war keine Hitze. Keine Wut. Nur ihr eigenes Inneres.

»Hallo?« Zaghaft schickte sie das einzelne Wort in die Dunkelheit. Plötzlich überkam sie Sorge. Was, wenn der Phönix nicht kam? Wenn er ihr nur wegen Yana und ihrem Benu geholfen hatte? Was, wenn er beschlossen hatte, die Verbindung nicht einzugehen? Konnte er das überhaupt? Was würde dann passieren? Und mit einem Mal wurde Ava klar, dass sie sich nichts mehr wünschte, als eins mit ihrem Feuervogel zu werden. Er war ein Teil von ihr und sie von ihm. Gemeinsam waren sie ein Ganzes. So war es schon immer gewesen, nur hatte erst der Kampf in der Höhle ihr das klargemacht. Sie schämte sich dafür, dass sie den Phönix als Parasit empfunden und sich gewünscht hatte, er möge verschwinden.

»Bist du da?«

Sie wartete. Die Dunkelheit blieb undurchdringlich. Da!

Ein kleiner Funke, weit entfernt. Er hüpfte und sprang auf und ab und wurde langsam größer. Wie bei ihrer ersten Begegnung war der Phönix von einer goldenen Aura umgeben, die sich zunehmend lichtete, je näher er kam. Wärme flutete ihren Körper und Ava musste unwillkürlich lächeln. Der Phönix stieß einen Ruf aus und umkreiste Ava, ehe er zur Landung ansetzte. Sein kräftiger Flügelschlag sandte goldene Funken aus, die in die Dunkelheit davon tanzten. Um auf seiner Höhe zu sein, kniete sich Ava auch auf dieser mentalen Ebene auf den Boden und betrachtete den Phönix.

»Hallo.«

Er legte den Kopf leicht schief und musterte sie mit seinen klugen Augen. Dann pfiff er leise und tapste vorsichtig näher. Wie ein Papagei setzte er dabei seine Füße leicht über Kreuz. Ava bemerkte, dass die beiden goldenen und weißen Fäden wieder aufgetaucht waren, die eine feine Verbindung zwischen ihr und dem Phönix herstellten. Sie lächelte und streckte ihm eine Hand entgegen. Nur Millimeter vor ihren ausgestreckten Fingern hielt der Phönix inne. Sein Federkleid war immer noch ramponiert, aber Ava meinte schon eine leichte Besserung zu erkennen. Es standen nicht mehr so viele Federn kreuz und quer und sein Gold strahlte mehr.

»Weißt du, was los ist?«

Der Phönix neigte den Kopf zur anderen Seite.

»Wir sollen uns verbinden.« Nervös betrachtete Ava ihren Vogel. Seine Augen wanderten über ihr ganzes Gesicht, er schien sie eingehend zu mustern. Überlegte er?

»Ich ... ich weiß nicht wirklich, ob du eine Wahl hast. Aber ich verspreche dir, ich bin nicht ... sie.«

Der Phönix krähte, plusterte sich auf und schüttelte sich. Funken stoben in alle Richtungen davon. Einer landete auf Avas ausgestreckter Hand und glühte auf, ehe er in ihr versank und ihre Hand kurz von innen aufleuchtete. Fasziniert betrachtete sie das Schauspiel. Dort, wo der Funken in ihrer Hand verschwunden war, breitete sich eine wohlige Wärme aus. Aus einem Instinkt heraus schnippte Ava mit den Fingern und eine kleine goldene Flamme tauchte auf ihrer Handfläche auf. Verwundert hob sie sie vor ihre Augen und musterte sie. Auch der Phönix betrachtete die Flamme. Dann streckte er vorsichtig den Kopf nach vorne und zwickte ganz leicht in ihre Finger. Er musterte sie abwartend.

»Ist schon okay.«

Einen Moment schien der Phönix noch zu überlegen. Dann stupste er mit dem Schnabel gegen Avas Hand, als wollte er sie aus dem Weg schaffen. Unsicher ließ Ava die Hand sinken. Die Flamme erlosch.

»Du willst nicht?«

Enttäuschung loderte auf. Doch der Phönix kam mit langsamen Schritten noch ein Stück näher. Als seine Krallen ihre Knie berührten, blieb er stehen. Er war ihr so nah wie noch nie zuvor. Sie konnte die feinen goldenen Federchen um seine Augen sehen. Die dunklen Wimpern, die seine Augen umrahmten. Seine Pupillen zogen sich abwechselnd zusammen und weiteten sich wieder. Sie erkannte ein ganz feines Muster, das sich von den Augen zu seinem spitzen Schnabel zog. Fast wie bei einem Papagei, nur dass das Muster nicht bunt war, sondern sich in unterschiedliche Goldabstufungen unterteilte. Eine Weile saßen sie so da und betrachteten einander. Es fühlte sich vertraut an. Der Phönix gab einen fragenden Laut von sich.

»Ich weiß. Ich bin auch nervös. Aber wir schaffen das. Zusammen.«

Ava versuchte all ihre Überzeugung in diese Worte zu legen. Der Phönix schien einen Moment zu überlegen, dann neigte er ihr seinen Kopf entgegen. Intuitiv neigte auch Ava den ihren langsam in seine Richtung. Weiche Federn kitzelten ihre Stirn, als sie sie ganz sanft an seine legte. Eine Wärme und mit ihr eine tiefe Ruhe erfassten ihren Körper. Erstaunt sah Ava, dass die Verbindungen, die eben noch getrennt voneinander im Körper des jeweils anderen ein Zuhause gefunden hatten, miteinander verschmolzen. Sie formten einen starken Strang. Er schimmerte golden und weiß und floss von ihrem Herzen direkt in die Brust des Phönix.

Das ist es. Die Verbindung!

Sie spürte erneut die uralte Macht, die aus dem Phönix sprach. Doch diesmal fühlte sie sich nicht an, als würde sie sie nur durchfließen. Sie füllte jeden Winkel ihres Körpers aus, erstreckte sich von ihren Haarspitzen bis zu den Zehen. Als sie die Köpfe wieder hoben, war Ava von einem Verständnis und einer Ehrfurcht durchdrungen, wie sie es noch nie erlebt hatte.

»Danke.«

Der Phönix zwitscherte.

»Für dein Vertrauen.«

Ava streckte ihre Hand aus, er barg seinen Kopf in ihrer Handfläche und knabberte dann sanft an ihrem Finger. Dann trat er einen Schritt zurück und erhob sich in die Luft. Und als er abhob, hörte Ava einen Ton, den sie noch nie zuvor gehört hatte. Er war hoch, glockenhell und klar. Der Phönix sang. Sie lächelte, als sie ihren Blick an der Verbindung entlangwandern ließ, die dem Phönix in die Dunkelheit folgte. Stolz durchflutete sie. Ich habe es geschafft.

Einen Moment genoss sie noch das Gefühl der Verbundenheit, dann schloss sie die Augen ...

... und öffnete sie wieder in der realen Welt. Es war mucksmäuschenstill im Raum. Jinjins Hand auf Avas Kopf war verschwunden. Sie hielt den Blick gesenkt, versuchte das Erlebte in sich aufzusaugen und auf ewig in ihren Erinnerungen zu konservieren. Dort, wo der Funke des Phönix in ihre Hand eingedrungen war, lag nun eine kleine Feder aus Gold. Ava musterte sie verwundert. Dann sah sie auf. Alle Feuervögel hatten sich erhoben und standen um sie herum. Auch sie hatten den Blick auf den kleinen Anhänger in

Avas Handfläche gerichtet. Yana strahlte, Tye nickte anerkennend und Jinjin lächelte leicht.

»Damit wäre es vollbracht. Du und der Phönix seid jetzt vereint.« Sie bedeutete Ava aufzustehen.

Ava kam der Aufforderung nach. Unsicher und glücklich zugleich stand sie vor dem Zirkel.

»Dein Platz.« Jinjin wies auf den noch freien Stuhl neben Yana, aus dessen Lehne jetzt ein Phönix emporwuchs.

Als sie ihren Platz eingenommen hatte, ergriff Jinjin Tyes Hand, Tye streckte seine nach Yana aus und Yana schob ihre Hand in Avas. Eine unermessliche Kraft durchströmte Ava und sie sah, wie sich die Auren von Jinjins und Tyes Feuervögeln hinter ihnen entfalteten. Diana und Dylan stießen in Avas Rücken einen überraschten Ausruf aus. Auch Ava betrachtete mit offenem Mund die einzelnen Silhouetten. Bis Yana sie mit einem Lächeln anstupste und mit dem Kopf nach oben deutete. Ava sah über ihre Schulter nach oben. Hinter ihr erhob sich die Aura ihres Phönix, riesig, mächtig und golden. Die Feuervögel reckten ihre Köpfe in die Luft und schlugen mit ihren Schwingen. Goldene, rote, bunte Funken und kleine Blitze erfüllten den Raum. Ein Ruf entrang sich ihren Kehlen, hell und mächtig. Und damit war der Feuerzirkel nach langer Zeit endlich wieder komplett. Ava sah Yana in die Augen. In ihnen spiegelte sich die Aura von Avas Phönix und Ava war sicher, dass Yana die ihres Benu in ihren sah. Sie lächelten sich an und Yana drückte Avas Hand.

Das war ihr Platz. Hier war sie zu Hause.

ENDE

DANKSAGUNG

Wie oft habe ich die Danksagungen anderer Autoren gelesen und mir vorgestellt, was ich hier sagen, wem ich danken würde. Und nun tippe ich tatsächlich diese Zeilen. So verrückt es klingt, aber erst jetzt wird mir richtig bewusst, dass dieses Buch wirklich erscheinen wird. Avas Geschichte wird in die Welt getragen und deshalb möchte ich den Menschen danken, die das möglich gemacht haben.

Ich bedanke mich bei Piper und allen voran Elke Hittinger für das Vertrauen in mich und mein Debüt. Dafür, dass ihr auch Newcomern eine Stimme gebt und uns mit Rat und Tat zur Seite steht. Danke für den stets respektvollen und hilfreichen Austausch. Danke auch an Christin Giessel von Giessel Design für dieses wundervolle Cover.

Ein großer Dank geht auch raus an meine Redakteurin Stephanie Kempin. Durch deinen aufmerksamen Blick und deine scharfsinnigen Anmerkungen hast du geholfen, das Buch zu dem Werk zu machen, das es schlussendlich geworden ist. Manche Kommentare von dir waren wirkliche Augen-Öffner (kombiniert mit einem kleinen Stirnklatscher, weil ich es nicht selbst gemerkt habe). Das unterstreicht mal wieder die Aussage »Vier Augen sehen mehr als zwei«. Danke, dass du mir deine Augen geliehen und für Avas Geschichte auch hochschwanger noch alles gegeben hast.

Ich danke dir, Dominic, dass du mich bei all meinen Lebensentscheidungen, die schlussendlich auch zu diesem Buch geführt haben, bedingungslos unterstützt hast. Dass du nicht müde wirst (im wahrsten Sinne des Wortes) mir hin und wieder auch mal einen einstündigen und spontanen Pep-Talk nachts um zwei zu geben und damit jeden Zweifel direkt im Keim wieder zu ersticken. Ich danke dir, dass du mir das Gefühl gibst, alles schaffen zu können.

Außerdem danke ich dir, Mama. Du hast meine Liebe zu Geschichten schon in frühen Jahren in mir erweckt und gefördert, sei es auf dem Papier oder der Bühne. Durch dich ist mein Kopf voller Fantasie, die die Welt so viel bunter macht und die ich nie mehr missen möchte.

Danke auch an meine Testleser Philipp, Caro und Sarah. Durch euch konnte ich ein erstes Gefühl bekommen, ob die Geschichte, die ich mir in meinem stillen Kämmerchen ausgedacht habe, auch außerhalb meines Hirns funktioniert.

Und natürlich ein großes Danke an alle Leser, die mir ihre Zeit geschenkt haben. Ich hoffe, ich konnte euch mit meinem Debütroman ein paar schöne Stunden bescheren.

Hanna Weller
Januar 2024